ULLSTEIN

Das Buch

Die Luft ist staubig in Buttercup, dem verschlafenen Nest tief im Westen. Und nach sechs Tagen auf dem Rücken seines treuen Schecken braucht der Fremde umso dringender erst mal einen klaren Schluck, bevor er jegliche Geschäfte in Angriff nimmt. Doch der ist ihm nicht vergönnt – eine Schießerei im Saloon, und der Weg führt von dort direkt hinter Sheriff Starskis schwedische Gardinen mit Blick auf den Galgen. Bald stellt der Fremde fest, dass er eine heiße Zellennachbarin hat. Und als der mexikanische Bandit Alban Adango in die Stadt einreitet, um seine Schwester zu befreien, geht der Tanz erst richtig los ...
Ein tequilagetränkter, bleigeladener Parforceritt durch den Wilden Westen – oder nur ein Fiebertraum? Privatdetektiv Kristof Kryszinski versucht sich mühsam zu erinnern, was ihn in ein Krankenzimmer verschlagen haben könnte ...

Der Autor

Jörg Juretzka, 1955 in Mülheim an der Ruhr geboren, schreibt, seit er denken kann (also seit seinem 35. Lebensjahr). Vorher, sagt er, war einfach keine Zeit. Er wurde bereits zweimal mit dem Deutschen Krimipreis ausgezeichnet.

Von Jörg Juretzka ist in unserem Hause bereits erschienen:

Equinox

Jörg Juretzka

Wanted

Roman

Nach einer Idee von Roger M. Fiedler

Ullstein

Besuchen Sie uns im Internet:
www.ullstein-taschenbuch.de

Umwelthinweis:
Dieses Buch wurde auf chlor- und
säurefreiem Papier gedruckt.

Ullstein Verlag
Ullstein ist ein Verlag der Ullstein Buchverlage GmbH, Berlin.
Originalausgabe
1. Auflage Oktober 2004

Redaktion: Lothar Strüh
Umschlaggestaltung: Jarzina Kommunikationsdesign
Titelabbildung: Mauritius, Mittenwald
Gesetzt aus der Stone Serif
Satz: Pinkuin Satz und Datentechnik, Berlin
Druck und Bindearbeiten: Ebner & Spiegel
Printed in Germany
ISBN 3-548-25895-6

Sämtliche Figuren und sämtliche Orte dieses Romans sind frei erfunden.

Für Cora und Verena.

Speziellen Dank an Blood On The Saddle für ›Abilene‹

und an Tex Ritter für ›Blood On The Saddle‹.

Ein Traum, dachte ich und bewunderte die energisch geschwungene Kinnlinie, die mir der Zeichner verpasst hatte. Dann senkte ich den Blick auf die ausgelobte Summe und spürte kurz den Kitzel der Versuchung, schnurstracks zum Sheriffbüro durchzureiten und mich hängen zu lassen, nur um sie mir zu verdienen. Mann, ich war müde. Doch ich war am Ziel. Sechs Tage hektischer Ritt lagen endlich hinter mir und so ließ ich die Szenerie von Buttercup, North Carolina, in Ruhe auf mich einwirken.

Es war Mittagszeit, heiß wie nur je ein Augusttag in dieser dumpf brütenden Ebene, und wer es sich leisten konnte, ritt seine Mätresse oder lag sonst wie japsend im Schatten.

Zwei Mexikaner warteten schlafend vor der Eisenwarenhandlung, ein Neger fegte den hölzernen Gehsteig vor dem Drugstore, ein anderer schwankte mit großen Wassereimern an einem Gestell über seiner Schulter umher und füllte die Pferdetränken.

Einziges anderes Zeichen von Leben auf der

breiten, ungepflasterten Hauptstraße waren ein paar Geier, die sich um einen toten Hund balgten.

»Er ist da«, sagte Shits und wischte mit dem Ärmel seiner schwarzen Jacke am Fenster des Saloons herum, um einen genaueren Blick auf die Gestalt des einsamen Reiters werfen zu können. »Der verdammte Hund hat es doch tatsächlich geschafft.« Nervös wickelte er das Maßband in seinen Fingern ein Stück ab.

»Ganz wie Kleines Glas es vorausgesagt hat«, meinte Pancho, polierte nachdenklich am Spiegel hinter der Bar herum und warf einen sorgenvollen Blick auf sein mechanisches Klavier. Waren nicht billig gewesen, die Reparaturen, letztes Mal.

»Dann geht's also los?« Bro Ho ließ seine Zeitung sinken und hörte für einen Moment auf, sich Reste seines Frühstücks aus den Zähnen zu porkeln. Musste man dankbar für sein für solche Momente. Denn: Er porkelte sich nicht nur ausdauernd mit seinem Zahnstocher im Gebiss herum, nein, er holte, was immer er da fand, heraus ans Licht, betrachtete es ebenso kritisch wie ausgiebig von allen Seiten, beschnüffelte es nicht selten auch noch, nur um es dann …

»Ja«, meinte Shits. Zögernd löste er sich vom Fenster und wickelte das Maßband wieder ein. »Es geht los.«

»Ropes of the gallows
Are swingin' in the breeze.
All the ›Wanted‹-posters
Have pictures of me.«

The Beat Farmers
›California Kid‹

I

Erst das Pferd und dann der Reiter. Eine meiner kleinen Regeln. Man sollte nie vergessen, wer wen auf seinem Rücken trägt und warum eine Umkehrung dieses Arrangements keine wirklich gute Idee wäre. Schon gar nicht für jemanden in meiner Situation.

Deshalb passierte ich also erst mal mannhaft den Saloon, ließ den Schecken weitertrotten bis zum Mietstall, stieg nicht ohne eine gewisse Mühe ab und führte ihn hinein ins gnädige Halbdunkel.

Gleich die erste Box war belegt. Noch hatten sich meine Augen nicht auf die Lichtverhältnisse umgestellt, doch was sie mitbekamen, wirkte so, als hätte sich ein schiffbrüchiger Indianer mit letzter Kraft auf ein Rettungsfloß gerettet.

»Na, auch mal wieder in der Stadt?« Sam, der eineinhalbbeinige Verwalter dieses Schuppens, war mitsamt Krücke an meiner Seite aufgetaucht. »Ist 'ne Weile her, oder?«

»Stimmt«, bestätigte ich. »Ich komme nicht oft nach Buttercup und wenn doch, bleibe ich nicht lang. Deshalb ist mir, als ob ich mich jedes Mal wieder komplett neu eingewöhnen müsste. Ist das etwa Toller Hund, der da in der Box liegt?«

Sam strich sich durch den grauen Bart, rückte seine alte Kavalleriemütze zurecht. Auf die Knöchel seiner Rechten hatte er H-A-T-E tätowiert. Auf die der Linken auch, doch das nur nebenbei. Prüfend und konzentriert umhumpelte er mein Pferd, strich ihm sachte über die verschwitzte Flanke.

»Hat er die Hose auf halbmast?«, fragte er.

Ich sah nach, wurde mit dem Anblick zweier pickliger Arschbacken belohnt und nickte.

»Hat er 'ne Pulle Fusel in der Hand?«

Er hatte.

»Ist sie leer?«

Sie war.

»Liegt er auf 'ner Frau?«

Das Rettungsfloß erwies sich bei genauerer Betrachtung als eine ungeheuer dicke Negerin. Ich ging nicht ins Detail, sondern bestätigte nur kurz den generellen Umstand.

»Und, grinst sie?«

»Ich würde es eher ein Lächeln nennen«, meinte ich galant.

»Also, noch Fragen?«

»Ja. Was hat sich hier seit meinem letzten Besuch *geändert?*«

»Einiges und dann doch wieder gar nichts«, meinte Sam, ausweichend. »Die dritte Box ist noch frei.«

Ich schob den Schecken in die dritte Box und löste seinen Sattelgurt, was ihn vor Freude furzen ließ. Warm war's in dem Stall, auf eine träge Art gemütlich ... Man konnte die Rothaut direkt beneiden ... Ich schloss für einen Moment die Augen, lehnte die Stirn gegen den weichen Bauch meines Pferdes …

»Was ist … wo bin ich hier?«, fragte eine krächzende Stimme rechts von mir. War er also tatsächlich noch mal aufgewacht, der Zimmernachbar. Verdammt, und er war so schön ruhig gewesen bis jetzt. Mein Schädel reagierte auf das kleinste Geräusch mit einem Pochen hinter der Stirn, wie ich es bisher noch nicht mal mit Tequila zustande gebracht hatte.

»Im 'Ospietal de la Virgen Maria, wennse rechte ieste«, antwortete Imelda, die philippinische Putzfrau mit dem Hintern eines schwangeren Kaltblüters.

»*Was?*«, fragte die Stimme. Heiser. Und vage vertraut. Vor allem dieses ungläubige ›*Was?*‹.

»Marien'ospital, iene aleman.«

»Und … wie komme ich hierher?«

»Ambulanciea, würd iech sage«, antwortete Imelda und ich hörte ihren Mopp gegen die Fußleisten klatschen.

Wollte Erinnerungen wecken bei mir, diese heisere Stimme.

»Mit dem Krankenwagen? Ja … wieso das denn? Was ist denn passiert?«

Gleichzeitig schienen meine Erinnerungen es aber vorzuziehen, erst mal gründlich auszupennen.

»Unfall, würd iech meine«, antwortete Imelda auf ihre ruhige Art.

Ich hätte gerne mal rübergelinst, doch irgendjemand hatte eine Trennwand zwischen unsere Betten gestellt. Warum auch immer.

»Unfall? Ja, das sieht mir ganz danach aus«, zog mein Zimmernachbar eine erste Bilanz seines Zustandes. »Doch was für ein Unfall? Und wie ist es dazu gekommen?«

»Da fragens besser den Arzte«, meinte Imelda. »Müsste gleiche 'iersei. Wenn iech erst mal sage, dasse wieder wache siend.«

»Na, dann tun Sie das doch! Und sagen Sie ihm, dass ich das Gefühl habe, mir platzt gleich der Schädel!«

Willkommen im Club, dachte ich.

»Und wenn ich schon im Krankenhaus gelandet bin, wieso nicht im Einzelzimmer? Schließlich bin ich privat versichert.«

Ich seufzte. Das fehlte noch. Im gleichen Zimmer mit einem von diesen nörgeligen P-Patienten.

»Niex mehr frei, nach allem, was so los gewese, letzte Tage.«

»Was *war* denn los, verdammt noch mal?«

»Na, einieges, das könnse glaube.«

»Und wer liegt da drüben, in dem anderen Bett?«

»Das«, sagte Imelda noch und schlurfte zur Tür, »wollense besser garniechte wiesse.«

»Eins würd ich gerne wissen –«

Eine Sekunde oder so sah ich den Verwalter verwirrt an.

»Hat er auch 'nen Namen?« Er meinte mein Pferd.

»Falco«, sagte ich und konnte den Schecken so gerade daran hindern, mir den Hut vom Kopf zu stupsen, was er gern macht. Anschließend stellt er immer schnell einen Huf drauf, und wenn man sich dann danach bückt ... Schönes Pferd, mein Falco, bis auf diese großen, gelben Zähne. Und seinen, wie soll ich sagen, bissigen Sinn für Humor.

»Aber du hast meine Frage noch nicht beantwortet«, beschwerte ich mich. »Irgendwelche wichtigen Änderungen hier, auf die ich gefasst sein sollte?«

Sam schnalzte kurz und trocken mit der Zunge, sagte aber nichts. Ich hob inzwischen den Sattel vom Pferderücken und wuchtete ihn auf einen Ständer, richtete mich auf und fühlte plötzlich den Saloon seinen einmaligen Magnetismus entwickeln. Erst das Pferd, sicher, aber dann ...

Sam räusperte sich. »Thysson, Mandoney, Starski«, warf er hin. »Sagen die dir was?«

Ich durchforstete mein Gedächtnis. »Thysson, ja«, antwortete ich dann, »Mandoney ... hm. Starski? Warte mal, Starski ... Ist das nicht der Sheriff, der –«

»Genau«, unterbrach mich Sam. »›*Der* Sheriff‹. Schon mal begegnet?«

Ich schüttelte den Kopf.

»Besser das«, fand er. »Vor allem für jemand, der dem Steckbrief draußen so ähnlich sieht wie du.«

»*Jeder* sieht dem Steckbrief ähnlich«, meinte ich leichthin.

»Doch Fremde ganz besonders«, knurrte er warnend.

Und mehr wollte er zu dem Thema nicht äußern.

»Okay«, sagte ich und brach auf. »Hier hast du ein paar Dollar extra. Mach mein Pferd ein bisschen hübsch und gib ihm 'ne Schaufel Hafer mehr als üblich. Es hat ein paar harte Tage hinter sich.«

»Das sehe ich.« Er legte den Kopf schräg, beugte den Rumpf für einen genaueren Blick. »Könnte ein paar neue Eisen brauchen«, stellte er fest. »Vor allem hinten, die sind in der Mitte ganz abgelaufen.« Liebevoll zupfte er Falco einen dornigen Zweig aus der Mähne und der stupste ihm dafür freundlich die Kappe vom Kopf. Sam bückte sich und ich ließ die beiden allein.

»Auuiih!«, schallte mir noch nach, gefolgt von einem ausgesprochen fröhlichen Wiehern.

Die Saloon-Tür schloss mit einem Knall und Shits fuhr herum. Ein professioneller Reflex.

Shits war unglaublich schnell, doch tat er sein Bestes, das nicht publik zu machen. »Ich hatte schon zu viele unglaublich schnelle Kunden«, sagt er oft, »die dann alle einen getroffen haben, der noch 'nen kleinen Tick schneller gewesen ist.«

Aus diesem Grund hatte Shits, als es knallte und er herumfuhr, auch keinen Revolver gezogen. Sondern sein Maßband.

Ohne das Ergebnis einer exakten Messung erteilte der Sheriff schon lange keinen Auftrag mehr. Und wenn sich gerade mal wieder einer mit einem Knall verabschiedet hatte und man erst in die Werkstatt rennen musste, um eine Messlatte zu holen, konnte es passieren, dass, bis man zurück war, der Kunde schon längst anderswo diskret verscharrt worden war. Deshalb hielt Shits rund um die Uhr sein Maßband in Griffweite.

Diesmal legte er es gar nicht erst wieder weg. Wo immer Dickie Thysson auftauchte, gab es früher oder später Arbeit. Und wenn nicht für ihn, Shits, dann zumindest für Doc Tatters. Und meist früher als später.

»Pancho, wetz dein Messer«, befahl Dickie mit einer Stimme, die einem die Schulzeit in Erinnerung rief, als wir alle so gesprochen haben. »Mach es schön scharf.« Oder wenn die Kreide in der Hand der Lehrerin in einen unglücklichen Winkel zur Tafel geriet und dann ... »Denn wenn du mich auch nur anritzt, puste ich dich weg.«

Pancho Escuzito seufzte schwer. Er stellte das Glas, mit dessen Politur er sich einen Großteil des bis jetzt recht ruhigen Vormittags beschäftigt hatte, beiseite und zog die Barbierutensilien aus der Schublade.

Alles, was Pancho wollte, war, in seiner Destille hocken, den Tropfen beim Fallen zusehen und ein wenig Gitarre spielen. Doch seine Mutter, ›Mama Escuzito‹, die Eigentümerin des Saloons, hatte so lange konsequent jeden Barmann gefeuert, bis keiner mehr zur Verfügung stand und Pancho in die Bresche springen musste. Ihr war auch die Idee gekommen, die schlappen morgendlichen Einnahmen durch den Extra-Service des Rasierens ein wenig aufzupeppen. Was sie dabei nicht berücksichtigt hatte, war, dass es in der Natur der meisten Kunden hier in der Gegend lag, nur unter großen Vorbehalten jemanden mit einer scharfen Klinge an ihre Hälse zu lassen. Vorbehalte, denen sie gerne durch präliminarische Drohgebärden Ausdruck verliehen. Mit Vorliebe untermauert durch das demonstrative Herumfuchteln mit scharf geladenen Schusswaffen.

Und Pancho hasste Schusswaffen. Nicht einmal

so sehr, weil er, wie man vermuten durfte, seit Einrichtung der Barbierecke nun über ein Etablissement mit gleich *zwei* großen Spiegeln verfügte. Nein, Pancho hasste Schusswaffen grundsätzlich. Sie machten ihm Angst.

Und Angst machte ihn zittrig.

Draußen vor dem Mietstall flirrte die Luft, dass die Hauptstraße stellenweise schimmerte wie ein Spiegel. Die Sommer hier im tiefen Westen sind entweder nur unter Zuhilfenahme eines Kalenders vom Winter zu unterscheiden, oder aber sie machen ernst, überziehen die Gegend mit einer brütenden Schwüle, die die Mordlust auch im friedlichsten Zeitgenossen zu wecken vermag.

Wer immer sich zwischen mich und den nächsten Drink stellt, dachte ich, wird das am eigenen Leib zu spüren kriegen.

Meine Zunge lag mir im Maul wie etwas, das man normalerweise unter robuste Stiefel nagelt. Gemessenen Schrittes bewegte ich mich in der geradestmöglichen Linie auf den Saloon zu.

Die Stadt hatte sich nicht besonders verändert, seit ich das letzte Mal hier gewesen war. Wie die meisten Orte in der Grenzregion sah sie aus, als habe man sie binnen eines halben Jahres zusammengenagelt und könne sie binnen einer Viertelstunde wieder niederbrennen. Der einzige größere Ziegelbau gehörte der ›Buttercup Savings and Loans‹, dem Geldinstitut Ihres Vertrauens. Ich blieb kurz davor stehen, besah mir die imposante, verschnörkelte Fassade, den makellosen Anstrich, die blattgoldenen Schriftzüge in jedem einzelnen Fenster.

Später, entschied ich dann.

Die Tür zum Saloon öffnete nach außen und quietschte hässlich in den Angeln, als ich sie aufzog. Ich mag das. Habe noch nie viel von diesen halbhohen Pendeltürchen gehalten, wie sie anderswo Mode sind. Ich will es *hören* können, wenn jemand Neues hereinschneit. Von einer Feder betätigt, schlug die Tür mit einem Knall hinter mir zu. Jegliches Gespräch erstarb. Alle Augen im Raum richteten sich auf mich.

»Tach auch«, sagte ich. »Allerseits.«

Jemand japste. Ein Rasiermesser fiel klackernd zu Boden.

»Er *könnte* es sein«, beharrte der Bürgermeister und schlug mit der Faust auf den Schreibtisch. »Er sieht dem Mann auf dem Steckbrief ähnlich.«

»*Jeder* sieht dem Steckbrief ähnlich«, seufzte der Sheriff und lehnte sich weiter in seinem Stuhl zurück. »Das ist ja das Schöne daran, Thysson. Sonst kämen wir ja kaum noch zum Hängen, wenn es anders wäre.«

»Und falls er es wirklich ist?«

»Dann muss er her*geflogen* sein.« Der Sheriff ahmte mit den Armen schlagende Flügel nach und sah für einen Augenblick einem Vogel mit weißem Gefieder nicht unähnlich. Mit weißem Gefieder und einem knallroten Schnabel vornedran. »Erst letzte Woche hab ich telegrafisch nachgefragt, und da war er noch unten im Süden fleißig dabei, in einem schicken, gestreiften Anzug aus großen Steinen kleine zu klopfen.«

»Trotzdem seltsam. Ich meine den Zeitpunkt. Wenn er es doch wäre …«

»Kein Mensch kann so schnell reiten«, versicherte der Sheriff nach einem kontemplativen Weilchen.

»Oder«, korrigierte er sich ein weiteres Weilchen später, »präziser ausgedrückt: Kein Pferd könnte eine solche Distanz in so –«

»Angenommen«, unterbrach ihn der Bürgermeister, »ich finde jemanden, der ihn zweifelsfrei erkennt?«

Der Sheriff legte die Hände in den Nacken und schürzte nachdenklich die Lippen.

»In Millstone müsste es davon reichlich geben«, seufzte er. »Ist bloß kein Hinkommen zurzeit.«

»Ich hatte an die Gebrüder Jones gedacht.«

»Langsam, Bürgermeister.« Der Nachteil mit den Jones-Brüdern war, dass sie das Ähnlichkeitsprinzip der Steckbriefe in gewisser Weise verinnerlicht hatten. Ihre Identifizierungsmethode steckbrieflich Gesuchter war die effizienteste der ganzen Gegend. Und nebenbei die schrothaltigste. »Bisher sind wir hier in Buttercup noch ganz gut ohne deren Hilfe zurechtgekommen.«

»Sheriff, für mich steht hier in drei Tagen einiges auf dem Spiel. Deshalb noch mal meine Frage: Was ist, wenn ich jemanden finde, der ihn kennt und erkennt?«

Sheriff Starski nahm die Füße vom Schreibtisch und beugte sich vor.

»Dann teilen wir die Belohnung und knüpfen ihn auf«, sagte er. »Und scheiß auf seinen Doppelgänger im Süden.«

Was mir immer auffällt, wenn ich mal wieder für 'ne Woche oder so kein Dach über dem Kopf hatte, ist, wie sehr so ein Saloon doch stinkt. Kautabakrotz, schales Bier, Kuhmist, Männer- und Pferdeschweiß, verschütteter Fusel, billige Zigarren, Waffenöl.

Je schwerer das Aroma, so sagt man, desto besser der Laden.

Der Boothill Saloon von Buttercup, North Carolina, war somit, wenn man seiner Nase trauen durfte, eine der ersten Adressen, fünf Sterne und keiner weniger.

Trotzdem, viel war nicht los. Ein paar Siedler lehnten am Tresen und tranken sich Mut an für die Huren im hinten raus gelegenen Kitten Club, bevor es mit zehn Rollen Draht wieder zurückging zur Mutti in die Siedlung. Ich hatte ihre Ochsen- und Maultiergespanne draußen gesehen. Draht, immerzu Draht. Erst überziehen sie das ganze Land mit ihren Zäunen und dann ihre Nachbarn mit Klagen.

An einem Tisch rechts von mir saßen drei Mann in Anzügen, rauchten und spielten Karten. Eisenbahn- oder Mineningenieure, sowas in der Art.

Ich nickte Bro Ho zu, der kaum von seiner Zeitung aufblickte. Und Shits schien sich nicht satt sehen zu können an dem Geierfestmahl draußen auf der Straße. Hatten sich kaum verändert seit dem letzten Mal die beiden. Bro Ho mit seinem, sagen wir mal, gutmütigen Gesicht über einem Rahmen, in dessen Schatten gleich ein halbes Dutzend Mexe Siesta halten könnte, und der schmale, nervöse Shits mit den Augen und Reflexen eines Fliegen fangenden Reptils.

Beide schienen es für opportun zu halten, mich nicht zu kennen oder zu erkennen.

Eine nicht von der Hand zu weisende Spannung hing im Raum.

Aber vielleicht lag's auch an meinem Sechstagebart. Dass sie mich nicht erkannten, meine ich.

Ein Drink, dachte ich, erst mal ein Drink. Dann ein Bad, dann eine Rasur, dann … Mann, war ich müde.

Weiter hinten, direkt vor dem Frisierspiegel, stand der Fulltime-Schwarzbrenner, Teilzeit-Barkeeper und Nebenerwerbs-Barbier Pancho, steif wie ein Totempfahl, die Augen auf einen Revolverlauf fixiert, der unter dem Umhang auf dem Rasiersitz hervor direkt auf seinen Nabel gerichtet war.

»Du hast mich geschnitten, Pancho«, fauchte eine unangenehm helle Stimme. Pancho zog ein Handtuch von seiner Schulter und begann, mit zittrigen Fingern an seinem Kunden herumzutupfen.

»Ich sollte dich töten dafür.«

Ich sah von Bro Ho zu Shits, die so taten, als hätten sie nichts gehört.

Pancho tupfte und wischte, seine Hände flatterten wie Falcos Mähne bei vollem Galopp.

Ajeh, dachte ich. Sieh dir diesen Shake an, dachte ich und verschob ›Rasur‹ ans ferne Ende meiner Dringlichkeitsliste. ›Drink‹ blieb allerdings weiter ganz weit vorne.

»Und ich habe dich noch gewarnt, vorher, oder nicht?«

Eine helle, quietschige Stimme, die dieser Heini im Rasiersitz da erklingen ließ. Wie wenn man mit dem Korken zusammen ein Sandkorn in den Hals einer Flasche drückt. Apropos Flasche …

»Bro Ho und Shits sind meine Zeugen. ›Pancho‹, habe ich gesagt, ›rasier mich. Aber wenn du mich schneidest‹, habe ich gesagt, ›puste ich dich um.‹«

»Na, dann tu's doch endlich«, sagte ich und ging rüber zur Bar. »Aber red nicht so viel.«

Panchos Hand flog nur so hoch und zurück, seine Augen vor Entsetzen geweitet. Er hatte gerade weitermachen wollen, gerade das Messer angesetzt, als sein Kunde aus dem Sitz sprang.

»Wer hat das gesagt?«

Einmischung wird nicht belohnt in Buttercup. Es sei denn, man ist religiös und betrachtet den beschleunigten Abflug ins Ewige Reich des Himmels als eine adäquate Gegenleistung.

Sargtischler Shits für seinen Teil war zu nah dran am Geschehen, um Vertrauen in die Versprechungen vom Leben nach dem Tod zu entwickeln. »Aus meinen Kisten ist noch keiner wieder auferstanden«, sagte er oft. »Es sei denn«, fügte er gern hinzu, »Doc Tatters braucht mal wieder einen für seine ›anatomischen Studien‹.«

Und Totengräber Bro Ho war ungefähr so religiös wie nur je ein ehemaliger berufsmäßiger Wanderprediger. »Kommt drauf an«, antwortete er für gewöhnlich auf Fragen nach der Tiefe seines Glaubens, »wie viel die Leute raustun.«

Ähnlichen, wenn auch deutlich anders motivierten Schwankungen unterlag Panchos Gottvertrauen. Es wuchs, kann man sagen, normalerweise proportional zur Gefahrenlage.

»O Herr«, betete er leise im Angesicht der sich anbahnenden Konfrontation, »mach jetzt bitte keinen Scheiß.«

Seit der auf dubiosem Weg vom Streikbrecher zum Rancher aufgestiegene Richard Thysson auf zweifelhafte Art zum Bürgermeister von Buttercup gewählt worden war, hatte sich sein Vermögen in auffallend ähnlichem Maße vervielfacht wie die Verschuldung der Gemeinde. Das blieb nicht unkommentiert, doch Gegner seiner Amtsführung oder Person wurden entweder gekauft, zum Umzug in eine andere Gegend bewogen oder aber mit Gewalt aus dem Weg geräumt. Seine zweite Gattin, die voluminöse Geneviève, unterstützte ihn mit Ideenreichtum und permanenter Anstachelung. Und in gemeinsamer Anstrengung hatten Richard und Geneviève es geschafft, Sohn Dickie zu einem Terror der Gemeinde zu verziehen. Wann immer er von der elterlichen Ranch in die Stadt geritten kam, verließ er sie nur selten wieder, ohne zumindest ein frisches Paar auf den Stiefelhügel gepflanzt zu haben.

Der Sheriff betrachtete die Eskapaden des Sohnes mit der ganzen wohlwollenden Nachsicht von jemandem, der früher auch nicht anders gewesen ist und obendrein bis über beide Ohren in der Tasche des Vaters steckt.

Um es kurz zu machen: Wen Dickie nicht schaffte, den schaffte kurz darauf die örtliche Ordnungsmacht. Runter ins Erdloch oder hoch ins Himmelreich, je nach Auffassung.

Ich klopfte ungeduldig mit der Hand auf die Theke. Sechs Tage im Sattel machen einen Durst, das kann man sich nicht vorstellen.

»Hast *du* das gesagt, Fremder?« Die unangenehm helle Stimme gehörte zu einem Milchgesicht in gelecktem, topmodischem Outfit. Hut mit blitzenden Silberdollars im Band, glänzende Weste aus feinstem Leder, güldene Uhrkette, reinweißes Hemd, ein schniekes Bändchen um den Kragen, glänzende Lederhose in blitzeblanken Reitstiefeln, an die funkelnde Sporen geschnallt waren. Ah, und eh ich's vergesse: zwei hochglanzpolierte, vernickelte Sechsschüsser. Der eine, der linke, mit Perlmuttgriff. Der andere vermutlich auch, doch ließ sich das nicht so recht sagen, weil der Griff von einer Hand umschlossen war, die den dazugehörenden Lauf auf meine immer noch arbeitslose Leber richtete.

»Sag das noch mal, Fremder, ja?«

Ich winkte Pancho mit der Linken, gab ihm zu verstehen, dass ich nicht den ganzen Tag warten wollte, und als mein Blick wieder auf das Milchgesicht fiel, weitete ihm mein Revolverlauf ein Nasenloch. Die Mündung auf meiner Leber zuckte. Schweigend sahen wir einander in die Augen. Seine waren wässrig blau.

Tief drin in einer dunklen, triefend nassen Höhle habe ich mal einen fast durchsichtigen Frosch gesehen, der hatte solche Augen. Meine dagegen … Sagen wir es so: Über meine sagen die Frauen die nettesten Sachen, wenn es spät wird.

Das Ticken der Uhr an der Wand und das Krächzen der Geier draußen auf der Straße waren für den Zeitraum, den eine Nadel braucht, um aus der Hand einer Näherin bis auf den Grund zu ihren Füßen zu fallen, die einzigen Geräusche um uns herum. Für eine Ewigkeit also.

Dann sagte ich: »Du hast deinen Hahn noch nicht gespannt, Jungchen. Ich meinen schon.«

Wie erwartet schielte er nach meiner Waffe und ich drückte ab.

Der ganze Saloon schnappte nach Luft. Die Stadt. Die Welt. Dickie Thysson sah den Fremden in sprachlosem Erstaunen an, verdrehte dann die Augen. Als Nächstes gaben ihm die Knie nach, weshalb er noch einen Moment lang hilflos mit den Armen zu rudern versuchte, bevor er rücklings umsank. Und fiel. Langsam zuerst, doch dann in drastisch zunehmendem Tempo, bis er unter Dröhnen der Planken und staubiger Wolkenbildung der Länge nach hart auf dem Bretterboden aufschlug.

»Dafür hatte *ich* vergessen, nachzuladen«, brach der Fremde das Schweigen, mit einem Beiklang von Selbstkritik. Unter mildem Kopfschütteln klickte er die Trommel seines Revolvers von einer leeren Kammer zur nächsten.

»Pancho«, sagte er dann, sanft wie eine Mutter zu ihrem träumenden Kind, während er Patrone auf Patrone in die wohl geölten, großkalibrigen Kammern flutschen ließ, »was muss ein Mann noch alles tun, um in dieser Stadt an einen Drink zu kommen?«

Pancho stieg über Dickie Thysson hinweg und nahm hastig seinen Platz hinter der Theke wieder ein.

Ein Grüppchen bildete sich und starrte mit den für Schaulustige allerorten so typischen, sympathisch offen stehenden Mündern auf den reglosen Körper hinab.

»Sollten wir nicht den Doc holen?«, schlug jemand vor, doch Bro Ho grunzte nur. Er legte seine

Zeitung weg, bückte sich, packte Dickie bei den Stiefeln und begann, ihn wenig zeremoniell zur Türe zu schleifen. Shits hielt sie ihm auf.

Alles in allem, sagte sich Shits, ist ein ohnmächtiger Thysson-Sohn sicherlich ein Zugewinn für die Ruhe in der Stadt. Gut fürs Geschäft ist er allerdings nicht.

Und so folgte er, in innerem Zwist, dem munter die Treppenstufen hinunterklunkernden Kopf des Thysson-Sprosses, um ihn in die ach so belebende Pferdetränke zu tunken.

Weit kamen sie nicht.

Irgendjemand hat Sisley Mandoney mal »eine Kreuzung aus Maultier und Koyote« genannt und wollte gerade anfangen, darüber zu lachen, da war Shits schon mit seinem Maßband über ihm gewesen.

»Was ist hier los?«, grollte Mandoney und stellte sich dem Trio in den Weg.

»Ach nichts«, beeilte sich Shits zu behaupten.

»Dickie ist nur'n bisschen aus'n Latschen gekippt«, murmelte Bro Ho, die Beine des Bewusstlosen weiterhin in festem Griff.

»Gab's Ärger?«, grollte Mandoney.

»Ach nein«, beeilte sich Shits abzuwiegeln.

»Paar Eimer Wasser und er ist wieder wie neu«, versicherte Bro Ho.

»Etwa mit dem Neuen? Dem Fremden?«, hakte Mandoney nach. Grollend und voll von so was wie ungesundem Eifer.

»Ach was«, beeilte sich Shits die Wahrheit zu beugen.

»Hat vielleicht was Schlechtes gegessen«, bot Bro Ho noch an, doch da war Mandoney schon die Stufen hoch und die Tür zum Saloon fiel hinter ihm ins Schloss.

Mit einem Knall. Diese Türe schließt immer mit einem Knall, das ist das Schöne an ihr. Und mit einem weiteren Knall schlug ich mit der flachen Hand oben auf die Theke, um Pancho endlich dazu zu bringen, mir etwas in ein Glas zu schütten.

Der hatte es plötzlich sehr, sehr eilig, ein feuchtes Etikett auf die bis dahin nackte Flasche zu kleben und eine Steuerbanderole um ihren ranken Hals und dann erst auf mein forderndes Klopfen einzugehen. Ohne rechte Fortüne, um es salopp zu formulieren.

Nicht, dass er es nicht versuchte. Aber einerseits zitterten ihm die Hände so sehr, dass bis jetzt nur die Theke etwas abbekommen hatte von der farblosen Flüssigkeit aus der frisch etikettierten Flasche, zum anderen hatte er seine Augen und Gedanken offensichtlich woanders. Irgendwo hinter meinem Rücken. Da, wo der Neuankömmling stand. Unauffällig linste ich in den Spiegel und versuchte gleichzeitig, mein Glas unter Panchos oszillierenden Flaschenhals zu bugsieren. Sechs Tage im Sattel können einen Mann ausdörren, bis er zu schielen beginnt.

»Fremder«, grollte der Neuankömmling, »dreh dich um.«

Endlich hatte ich ihn. Im Spiegel, meine ich. Den Neuankömmling. Und nicht im Glas. Den Fusel, den ersehnten. Es war zum Verzweifeln.

Er, der Neue, besaß den Knochenbau und ganzen dentalen Charme eines so genannten Last- und Tragtieres und den Rest von einem … Tja.

Hagerer, Aas fressender, übellauniger Schleicher mit einem Hang zu nächtlichen Gesängen, würd ich sagen. Ire also. Die unangenehmste Sorte hier, mal abgesehen von den Schwarzfüßen.

»Ich zähle bis drei«, knurrte er unter seinem mächtigen, die Augen verschattenden Hut hervor. Stiefel scharrten und Stühle wurden gerückt, während sich die Spiegelfläche vor mir sehr rasch von Menschen leerte, bis nur noch ich und der Neuankömmling übrig blieben. Er löste den Halteriemen seines Holsters und hob den rechten Arm leicht vom Oberkörper ab, Hand griffbereit gespreizt.

Mit einer blitzartigen Bewegung, zu schnell für das menschliche Auge, schnappte ich Pancho die Flasche aus der Hand und goss mir selber einen ein.

»Eins ...«, ertönte es hinter mir.

»Hört mal zu«, stammelte Pancho und besah sich sorgenvoll seinen großen Barspiegel. »Wollt ihr das nicht vielleicht lieber ... ausdiskutieren?«

Ich fasste das Glas mit sachten Fingern. Ich fühlte mich dem Himmel so nah wie schon ewig nicht mehr.

»Zwei ...«

Pancho duckte sich wie jemand unter den kreisenden Rotorblättern eines ... eines ... Duckte sich halt und brachte sich im Watschelgang aus der Schusslinie.

Ich hob das Glas in einem stummen Toast.

Auf das Gesetz der Fairness, dachte ich. Das es verbietet, einem Mann einfach so in den Rücken zu schießen. Zumindest vor Zeugen.

»Und drei!«

Der Hut wurde mir rüde vom Haupt gerupft, ein

Loch erschien im Spiegel vor meinen Augen, Ausgangspunkt eines sich sternförmig ausbreitenden Musters von Rissen, und ein Revolver krachte. In dieser Reihenfolge. Subjektive Wahrnehmung nennt man das.

Der Schnaps war noch nicht ganz aus dem Glas, noch nicht ganz auf meiner Zunge, das leere Glas selber war vielleicht auf halbem Weg zurück auf die Theke, noch in der Luft, da war ich schon herumgewirbelt und mein Schuss gefallen.

Rauch stieg aus meinen Ohren, Funken stoben aus meinen Nüstern, Feuerschein flackerte in meinen Augen, Lava sammelte sich in meinem Magen. Hossa! Was für ein Zeug!

Ich wollte mich gerade wieder umdrehen, um mir noch einen zu gönnen, vielleicht einen Doppelten diesmal, da sah ich den Stern.

Auf der Brust.

Von Mandoney.

Der dalag.

In einer sich rasch ausbreitenden Lache von Blut.

»Aber ich habe ihm nur den Hut vom Kopf geschossen«, meinte der Fremde entgeistert. »Als kleine Revanche.«

Niemand mochte das so recht kommentieren. Derlei Ausflüchte gab es häufiger in Buttercup. Und Revanchismus war die vorherrschende Geisteshaltung in der gesamten Gegend.

Mann, Mann, Mann, dachte Bro Ho.

Von der Bar konnte man erst das *Pfüpp* und dann, in direktem Anschluss, das *Blip, blip, blip* einer frisch entkorkten Flasche vernehmen, deren dünnflüssiger, hochprozentiger Inhalt via einen bauchigen Flaschenhals in ein ungeduldig wartendes Glas gefüllt wird. Der Fremde nahm sich noch ebenso rasch wie ordentlich einen zur Brust.

»Hier«, sagte Shits, »halt mal. Mit der Null an die Innenseite der rechten Stiefelsohle, zwischen Absatz und –«

»Ja, ja«, unterbrach ihn Bro Ho, der das schon tausendmal gemacht hatte.

»Und ich könnte schwören«, fuhr der Fremde nach kurzem Keuchen nachdenklich fort, »dass ich noch so was wie einen zweiten Schuss gehört hätte. Draußen, vor der Tür. Gleichzeitig mit meinem.«

Niemand mochte dazu etwas sagen. Schwüre auf mysteriöse zweite Schützen hörte man öfters in Buttercup. Vor allem, vorgetragen mit wahrer *Inbrunst*, von der luftigen Höhe des Galgengerüstes herunter.

Mann, Mann, Mann, dachte Bro Ho. Mann, Mann, Mann.

Es lohnt sich vielleicht, hier eben kurz einzuflechten, dass Bro Hos Gedankengänge selten wirklich explizit wurden. Dafür braucht es eine gewisse Geschwindigkeit. Und Hos Denkmuskulatur war eher für das unerschütterliche Ziehen tiefer Furchen ausgelegt als für das rasche Durchmessen großer Distanzen.

Mann, Mann, Mann, dachte er. Wenn das der Sheriff …

»Sechs Fuß, zehn Inches«, las Shits ab und richtete sich auf. Dabei spürte er ein Ziehen in der Brust. Die kleine Narbe dort erinnerte ihn, zusammen mit dem frisch Vermessenen, unangenehm an die Zeit, als er die vom geschäftlichen Standpunkt aus brillante Idee gehabt hatte, jeden zehnten Inch aus seinem Maßband zu schneiden und es dann neu zusammenzukleben. Machte die Särge sofort um einen zweistelligen Prozentsatz teurer, während es, Beibehaltung der Messmethode vorausgesetzt, die Materialkosten um ziemlich genau die gleiche Marge senkte.

Brillant, wirklich.

Bis Mandoney dahinter gekommen war.

»Wenn ich du wäre«, wandte sich Pancho an den Fremden, nun, da der Pulverdampf verzogen und die Waffen zurück ins Holster gewandert oder aber der Schusshand entglitten waren, wieder mit gewohnt fester Stimme, »und wenn ich hier in der Stadt noch etwas zu erledigen hätte«, fuhr er viel sagend fort, setzte den Nagel seines kleinen Fingers explorativ an einer winzigen, hervorstehenden Ecke des sternförmig zackigen Musters vor seiner Nase an und musste anschließend mit der Beendigung seines Satzes warten, bis ihm der komplette Spiegel klirrend und scheppernd vor die Füße gefallen war, »dann würde ich das *jetzt* machen«, riet er. »Bevor der Sheriff kommt.«

Da war ein Loch gewesen, in der Tür zum Saloon. Klein und rund.

Okay, rings um das Loch waren noch rund ein Dutzend anderer gewesen, alle ungefähr so klein und ziemlich genauso rund. Doch das eine sah frisch aus, nagelneu. Und seine Splitter lagen überall verstreut. *Im* Saloon. Das ging mir nicht so recht aus dem Hirn, während ich die Schalterhalle der Buttercup Savings and Loans durchmaß.

Kürzlich renoviert, so sah es hier aus, und nicht gespart dabei. Aber warum auch? Mit kaum etwas lässt sich so herrlich aasen wie mit Steuern oder dem Geld der Sparer. Nur fürs Personal war nach Verlegung des Marmors und Vergoldung der Säulen und der Anschaffung eines ... meine Fresse, eines Burlitz & Freytag Nebukadnezar, des größten und härtesten Safes der Welt ... nichts mehr übrig geblieben, wie es schien.

Wofür brauchen die hier so einen dicken Safe?, fragte ich mich. Und mich allein. Denn das war ich.

Eine kleine, flache Bimmel oben auf dem vergitterten Schalter war alles, was mich erwartete. Ich gab ihr ein, zwei, drei Klapse, öffnete gerade meinen Mund, um lautstark publik werden zu lassen, in was für einer gottverdammten Eile ich war, dies hier hinter mich zu bringen, da erstarrte mir die Muskulatur mitten in der Bewegung. Will sagen, Klapshand auf halber Höhe, Unterkiefer auf halber Tiefe.

Sie hatte sich nur gebückt gehabt, um ein paar lose Aktenblätter aufzulesen, deshalb hatte ich sie nicht gesehen. Was ich nun nachholte, in aller Ausführlichkeit. Und scheiß auf die Eile. Meine Füße mochten rennen wollen, doch meine Augen wollten, wie man so sagt, verweilen.

Sie sah mich an, lächelte, ich sah zurück, und alle Uhren dieser Welt versagten den Dienst. Ihr Haar glänzte im Ton weichen Honigs, ihre Haut besaß die milchige Blässe und cremige Textur feinsten Vanilleeises, ihre Augen leuchteten in dem dunklen, geheimnisvollen Blau der Früchte des Ucaranda-Strauchs, und ihre Lippen schimmerten zartrosa wie frisch gepflückte Himbeeren, feucht vom Tau in den ersten Strahlen der Morgensonne …

Kurz, sie sah aus wie eine Süßspeise. Etwas, in das man seine Zunge stecken möchte …

Ich trat nah an den Schalter und presste mein Becken dagegen in vergeblicher Hoffnung, das Blut wieder hoch in meine Denkregion zu zwingen. Gepackt von leichtem Schwindel schloss ich für einen Moment die Augen …

»So, sind wir wach?«, fragte die Schwester und beugte sich über mich, um mir das Kissen zu richten. Es war die Tagschwester, die Blonde, die mit den hübschen Grübchen, wenn sie lächelte. *Wenn* sie mal lächelte. Sie trug eine steif gebügelte Tracht mit einer rosa Nelke im Knopfloch. Netter Touch das, doch ich persönlich hätte es vorgezogen, wenn sie etwas weniger … zugeknöpft dahergekommen wäre.

Der Nachbar hinter der Stellwand schnarchte röchelnd. Wir waren also praktisch allein …

»Schwester«, schnurrte ich, in dieser bestimmten Tonlage, »ich würd ja gern mal an Ihrer Blume schnupp…«

»Sie könnten nun ein Bad nehmen«, unterbrach sie mich. »Sie hätten's bitter nötig.«

Mein Unterkiefer schloss mit einem scharfen *klack*. Was hatte sie da gesagt?

»Würden Sie das bitte wiederholen?«, bat ich.

»Sie könnten den Hut abnehmen«, wiederholte sie, und *zupp* stand ich barhäuptig da. »Das wäre doch nur höflich.«

Aus dem Handgelenk schleuderte ich meinen frisch gelochten Kopfputz lässig Richtung Hutständer, den ich leider knapp verfehlte. Dafür hätte ich aber um ein Haar den Spucknapf getroffen.

»Womit kann ich dienen?«, fragte die Süßspeise und packte noch zwei Pfirsichhälften auf den Teller, als sie sich zu mir vorbeugte. Ich schluckte hart. Acht Wochen in einer Chain-Gang gefolgt von sechs Tagen Einöde machen es einem Mann nicht immer leicht, sich wieder in Gesellschaft zurechtzufinden. Doch ich riss mich zusammen. Die Erinnerung an Eile war zurückgekehrt.

»Ich möchte gerne ein paar Papiere einsehen«, sagte ich in geschäftsmäßigem Tonfall. »Was mich interessiert, sind die Besitzverhältnisse eines bestimmten Anwesens.« Und dann nichts wie raus aus der Stadt. »Der Name lautet ...«

»Starski«, bellte eine Stimme hinter mir und eine Türe schlug zu. »Ivan Starski, um genau zu sein.« Worte, gesprochen in einer Art geknurrtem Bariton, gesprochen wie mit einem zugekniffenen Auge. Über den Lauf eines Repetiergewehres hinweg. »Schon mal von mir gehört?«

Hatte ich. Eine lebende Legende. Soll mehr Menschen gehenkt haben als irgendein anderer Sheriff im gesamten Westen. Und mehr erschossen als sonst einer auf dem Planeten. Ein Ruf, der, unter Umständen wie diesen, Widerstand als die zweitbeste Lösung erscheinen ließ.

»Du bist verhaftet, Fremder. Hände hochgehalten und ab mit uns!«

»Für den durchschnittlichen Fremden«, meinte Shits mit einem kalkulierenden Blick hoch zur

Wanduhr, »hat er sich noch nicht mal schlecht gehalten.«

Pancho unterbrach das Zusammenfegen der Spiegelscherben, um Shits einen ernsten Blick zu schenken.

»Du weißt, dass er kein Fremder ist«, raunte er unnötig leise, wo doch, abgesehen von Mandoney, der bestenfalls physisch präsent war, sich nur noch Shits und Bro Ho im Saloon befanden, und die wussten es beide. »Zumindest nicht für *uns*. Und wenn er das erledigen will, was er vorhat, und noch dazu das, was wir uns von ihm erwarten, dann wird er sich noch eine gottverdammte Weile länger halten müssen.«

»Na, damit«, meinte Bro Ho, der immer noch neben Mandoneys lang hingestreckter Gestalt kniete, düster, »damit sieht's aber schlecht aus.« Düster auch deshalb, weil der Deputy die Weitsicht besessen hatte, sämtliche Wertgegenstände aus seinen Taschen zu entfernen, bevor er losgegangen war und sich niederschießen ließ. »Wer'n Deputy kaltmacht, hängt«, fügte er düster hinzu. »Da kennt der Sheriff nix.«

Wie von alleine fand eine kleine Zange ihren Weg in Bro Hos wurstige Finger, von denen er zwei weitere zur Anwendung brachte, um dem Hingestreckten die Zahnreihen zu entblößen, da verhielt er mitten in der Bewegung.

»Ey, ihr zwei!«, rief er, überrascht. »Kommt ma eben her!«

»Darf ich«, begann ich, während ich vor der Mündung eines Gewehrlaufs her mit erhobenen Händen die Hauptstraße hinunterlief, »fragen«, fuhr ich fort, während ich die Szenerie betrachtete wie jemand, der auf Besuch ist in der Stadt, »was man mir vorwirft? Der Deputy hat von hinten das Feuer auf mich eröffnet, das haben alle im Saloon ges…«

»Erst mal siehst du dem Steckbrief verdächtig ähnlich.«

»*Jeder* sieht dem Steckbrief ähnlich«, warf ich ein.

»Dann eben Waffenbesitz.«

»Ah«, sagte ich und verfiel in nachdenkliches Schweigen. Pancho, dachte ich nach einem Weilchen, Pancho war der einzige Mann, dem ich bisher in Buttercup begegnet war, der *keine* Waffe trug. Selbst die Neger hatten Sechsschüsser im Gürtel. Nachdenklich sah ich mich um. Jeder, jeder Einzelne, auf den mein Auge fiel, war bewaffnet. Ich sah mich weniger nachdenklich, dafür aber etwas demonstrativer um. Sheriff Starski verstand meinen Wink.

»Fremden in Buttercup ist das Tragen von Waffen verboten«, klärte er mich auf.

Na, da hatte er mein vollstes Verständnis. Wenn es nach mir ginge, dürfte es überhaupt keine bewaffneten Fremden geben, und auch einem Großteil meiner Bekannten, alten wie neuen, würde ich die Dinger am liebsten abnehmen. Ich wollte ihm gerade begreiflich machen, dass in meinem Fall *er* und seine Mitbürger die Fremden seien, zumindest für mich, als mich laute Hammerschläge ablenkten.

»Hey«, sagte ich, »das sieht nach ordentlicher Arbeit aus.« Auf dem kleinen Platz vor der Kirche entstand eine hohe Bühne.

»Ja, wurd mal Zeit für 'nen Neuen«, meinte der Sheriff hinter mir.

Aus der Bühne ragte ein solider Pfosten, von dem eine schräge Strebe in den Himmel zeigte. Von der Strebe wiederum baumelte ein Strick mit einer Schlaufe am unteren Ende.

»Der Alte war durch das dauernde Geschaukel etwas wackelig geworden und nicht mehr wirklich geeignet für größere Anlässe.«

»Und wer liefert den nächsten Anlass?«

»Aisha Adango.«

»Eine Frau? Jesus, was hat sie angestellt?«

»Sie hat einen Deputy erschossen.«

»Tss. Sie haben aber nicht viel Glück mit Ihren Hilfskräften, was?«, meinte ich, dann erst fiel der Dime bei mir. »Aisha – wer?«

»Adango.« Ich konnte ihn nicht sehen, aber Sheriff Starski klang nicht glücklich, als er den Namen wiederholte.

»Die Schwester von –«

»Alban Adango, ganz recht.«

Fast hätte ich gelacht. Alban Adango, auch genannt El Lobo, der vierarmige Bandit, Schrecken der Grenzregion – und die guten Leute von Buttercup wollten seine Schwester hängen? Ha, da war ich im Gefängnis wahrscheinlich besser aufgehoben als irgendwo draußen. Dachte ich. Bis mir aufging, wo sie sie wohl bis zur Vollstreckung untergebracht hatten. Das verlangsamte irgendwie mein Schritttempo.

»Scheiße, er lebt«, stellte Shits mit entschiedener Unentschiedenheit zwischen Ernüchterung und Erleichterung fest.

»Los, wir müssen ihn verbinden«, rief Pancho und riss hastig ein Tischtuch in Streifen. »Wenn das Blut noch länger so aus ihm herausläuft, ist er schneller leer als 'ne Pulle Fusel in den Pfoten eines Indianers.«

»Apropos Indianer«, meinte Toller Hund, und Shits, Pancho und Bro Ho zuckten erschrocken zusammen und blickten hoch zur baumlangen und brettschmalen Gestalt des Indianers mit den großen, immer leicht erstaunt blickenden Augen eines nachtaktiven Waldvogels inmitten seiner wie aus, tja, Holz geschnitzten Gesichtszüge. Keiner hatte ihn hereinkommen gehört. »Ich wüsst da einen, der könnte 'ne Pulle Fusel brauchen.« Toller Hund beugte sich mühsam zur liegenden Gestalt herab und hielt sich den Kopf dabei. Fühlte sich an, sein Kopf, als ob ihm jemand mit einer Schaufel draufgehauen hätte. »Und ich kenne auch einen Medizinmann, der könnte euren Freund hier heilen.« Die Lautlosigkeit seiner Bewegungen war einer der Gründe, warum der Sheriff und seine Leute Toller Hund immer wieder als Scout verpflichteten. »Kleines Glas hat eine spezielle Methode: Für 'ne Flasche Tequila saugt er das Problem ganz einfach raus aus dem Körper.« Wobei man hinzufügen muss, dass sich die Lautlosigkeit des Indianers auf seine nüchternen Zeiten beschränkte. »Und spuckt es aus.« Was wiederum Flüchtigen auf der Fahndungsliste des Sheriffs oft genug einen mehrstündigen Vorsprung mitgab. »So.« Toller Hund saugte an seinem Handrücken und spuckte demonstrativ und schickte noch eine abschließende, das Problem verabschiedende Geste hinterher.

Bro Ho war dabei, Mandoneys Arm hochzuhalten, und Shits wickelte eilig den Verband darum, während Pancho versuchte, den Bewusstlosen mit etwas aus einer seiner etikettlosen Flaschen zu revitalisieren. Alle drei unterbrachen ihre Tätigkeit, um kurz zu Toller Hund hochzublicken. Shits sprach ihre Gedanken aus.

»Ich meine, ich seh es schon«, knurrte er, »wie Sisley Mandoney wach wird und irgend so eine nach Tequila stinkende Rothaut nuckelt an ihm herum.« Und für einen Moment bebte der Bretterboden des Saloons unter ihrem gemeinsamen Gelächter. Selbst Toller Hund konnte nicht anders, als mit einzustimmen.

Dann, mit einem Schlag, kehrte die angespannte Ruhe zurück.

Mandoney hatte die Augen geöffnet.

»Was?« Ich traute meinen Ohren nicht. »Sagen Sie das noch mal, Sheriff.«

Sheriff Starski brachte seinen roten Zinken mitsamt dem darunter abhängenden, mächtigen, weißen Schnäuzer ganz nah an die Gitterstäbe.

»Wenn Mandoney den Arsch zukneift, wirst du baumeln, Fremder.«

Gerade erst hatte uns die frohe Kunde von Mandoneys Überleben aus dem Saloon erreicht und mich mein Verlangen nach sofortiger Freilassung formulieren lassen.

»Aber er lebt! Und ich habe die ganze Zeit gesagt, dass ich nur auf seinen Hut geschossen habe.«

»Die Beine«, korrigierte mich der Sheriff. »Der Spruch heißt: ›Aber ich hab doch nur auf seine Beine gezielt‹.«

»Und überhaupt hat er zuerst gefeuert!«

»Dat sarense all.«

»Hier, sehen Sie sich meinen Hut an!«

»'n Hut ist'n Hut!«

»Ich meine ja die Löcher darin!«

»'n Loch ist'n Loch und noch lange kein Beweis!«

»Da waren Zeugen!«

»Die Zeugen in dieser Stadt sagen das aus, was *ich* ihnen sage.«

»Und was *werden* Sie ihnen sagen?«

»Wenn Mandoney den Löffel abgibt? Dass ein Fremder meinen Deputy umgebracht hat, und wer einen meiner Deputies umbringt, hängt, und basta!«

»Ganz egal, wer es ist!«, bellte er in Richtung der anderen Zelle. »Wenn's ums Hängen geht, kennen wir hier in Buttercup keinerlei Diskriminierung!«

Es gab nur zwei Zellen in diesem als Sheriff-Büro fungierenden Anbau an den Bahnhof, deshalb konnte ich ahnen, wen er da anblaffte. Sehen konnte ich sie allerdings nicht, da die Gitterstäbe zwischen unseren beiden Käfigen von der anderen Seite mit Wolldecken verhängt waren.

»Aber warum sollte er sterben?«, fuhr ich fort. »Wessen Kugel es auch immer war, sie hat ihn nur oben am Arm erwischt.«

»Die Kugel ist noch drin. Doc Tatters wird sie ihm gleich rausschneiden.«

»Und? Daran stirbt man doch nicht.«

In der Zelle nebenan schnaubte jemand wie mein Schecke, wenn ihn eine Fliege ärgert.

Der Sheriff trat noch mal nahe ans Gitter und

sah mir in die Augen. »Du scheinst Doc Tatters noch nicht zu kennen, Fremder.«

Damit verließ er uns.

Und ich sank nachdenklich auf meine Pritsche.

»Was soll das heißen«, bellte die heisere Stimme rechts von mir hinter der Stellwand, riss mich aus dem Dämmer, »er ist nicht ansprechbar?!«

Da legten die mich in meinem Zustand mit einem Choleriker zusammen.

»Räumen Sie die verdammte Wand weg, ich will ihm in die Augen sehen!«

Das kann ja heiter werden, dachte ich. Choleriker mit Dachschaden und möglicherweise schwul. Wofür sonst wollte er mit mir Blicke tauschen? Doch woher kannte ich die Stimme?

»Er hat eine Kommotio«, antwortete eine helle, wenn auch ziemlich strenge Stimme. Das war die Tagschwester, die Blonde mit den straffen Haaren und den knappen Sätzen, wie hieß sie noch? »Und er ist wegen seiner vielen Frakturen stark sediert. Wenn Sie deshalb etwas leiser sprechen könnten?«

»Gehirnerschütterung hab ich selber«, knurrte er, vielleicht 2 Phon leiser. »Und Frakturen auch. Kein Grund, den ganzen Tag zu pennen.«

Woher nur kannte ich diese Stimme? So sehr ich meinen matten, pochenden Kopf auch bemühte, er wollte mir kein Gesicht dazu liefern.

»Ich hatte Gesichte letzte Nacht ...«, erzählte Toller Hund und hielt sich den pochenden Kopf. »Visionen. Ich habe Dinge gesehen ...«

»Das glaub ich gerne«, meinte Shits.

»*Du* hast sie gesehen, *wir* haben sie gehört«, meinte Bro Ho.

Sie hatten Mandoneys Blutung vorerst gestoppt und ihn halb aufgerichtet.

»Nach 'nem ganzen Liter hiervon ...«, Pancho hob die klare Flasche kurz ins Licht, bevor er sie wieder an Mandoneys blasse Lippen hielt, »... hätte wohl jeder Visionen bekommen.«

»... Ich tanzte den Kriegstanz mit meinen roten Brüdern ...«

Mitten auf seinem Hinterkopf ertastete Toller Hund eine rätselhafte Schwellung, groß wie eine mittelprächtige Grapefruit.

»Also, ich weiß nichts von roten Brüdern«, unterbrach ihn Bro Ho. »Mal abgesehen von dieser dicken, dunkelbraunen Schwester warst du da draußen alleine am Rumhopsen.«

»... Ich träumte, wir sangen die Kriegsgesänge unserer Vorväter ...«

»Oh, das! Na, das war nicht geträumt«, meinte Shits und half, zusammen mit den anderen, Mandoney auf noch ziemlich wackelige Beine. »Ha, das war real! Bro Ho musste dir eins mit der Schaufel überbraten, sonst hätte die gesamte Stadt bis zum Morgen kein Auge zugetan.«

Toller Hund stoppte das exploratorische Abtasten seines Hinterkopfes und stellte auch das Rätseln ein.

»... Und dann ritten wir alle gemeinsam und halfen dem Fremden dabei, den Kreis aus Eisen zu brechen.«

Aus dem Nichts heraus hatte Bro Ho seine Schaufel in der Hand, Shits sein Maßband. Panchos Faust umklammerte den Flaschenhals, dass man ihn in der plötzlichen, eisigen Stille knirschen hören konnte. Alle drei starrten den Indianer mit einer Mischung aus Schrecken und Drohung nieder.

»Das Einzige«, meldete sich Mandoney mühsam zu Wort, »das Einzige«, ächzte er, »das Einzige, das der Fremde in dieser Stadt brechen wird«, und er richtete sich unter Schmerzen auf, »das ist sein Genick.«

Dickie Thysson, erinnerte ich mich mit einem Ruck, war nicht wieder hereingekommen in den Saloon ...

Der Bahnhof samt Sheriffbüro samt Zellentrakt lag nicht allzu weit vom Kirchplatz entfernt und man hörte die Hammerschläge recht deutlich. Gute, handwerkliche Wertarbeit in der Entstehung.

Irgendetwas an Sheriff Starskis abschließender Bemerkung hatte mir das rechte Vertrauen in die chirurgischen Fähigkeiten des ortsansässigen Mediziners geraubt. Mandoney mochte sein Leben zuversichtlich in die Hände des guten Docs legen, mir selbst war weniger danach. Einmal vom Zweifel infiziert, suchte mein Geist fieberhaft nach Alternativen.

Gitter. Alle vier Wände der Zelle waren solide Eisengitter. Eins ging nach vorne, ins Büro mit Schreibtisch, Stuhl, Ofen, Waffenschrank, Kalender und Schlüsselbund inklusive zwei Schlüsseln an einem Haken. Mühsam löste ich meinen Blick davon, von den Schlüsseln, und drehte mich einmal um die Achse. Zwei Gitter schmiegten sich in eine Ecke der Blockhauswände, aus denen der

Bahnhof bestand, eines war, wie schon erwähnt, mit Wolldecken verhängt. Fußboden wie Decke bildeten dicke Holzbohlen.

Ich rüttelte ein bisschen an den Gittern, wie man das so macht, stampfte auf dem Boden herum, sandte einen weiteren, sehnsüchtigen Blick hinüber zu den Schlüsseln an ihrem Haken.

Wenn ich es schaffte, die Pritsche der Länge nach aufzusplittern, und die Splitter aneinander bände und damit dann wie mit einer Angel durch die Gitter hindurch … Eiche. Massive Eiche, fest mit dem Gitterkäfig verbolzt. Es bräuchte eine lange Spaltaxt, um diese Pritsche aufzusplittern. Hatte ich nicht zur Hand so was, zurzeit. Selbst mein Messer hatte mir der Sheriff abgenommen.

Hm. Ich legte mich ein bisschen hin, nachdenklich.

Nebenan rührte sich aber auch gar nichts.

Draußen hämmerten sie und hämmerten und hämmerten …

»Können die denn nicht mal für fünf Minuten aufhören mit dem Hämmern?«, wütete die Stimme nebenan. »Ich liege hier mit einer Scheiß-Gehirnerschütterung, das fühlt sich an, als ob die mir ihre ganzen beschissenen Nägel direkt in den Scheiß-Schädel kloppten!«

Außer, wenn man schläft, dachte ich genervt. So wie ich bis gerade noch. Ah, Schlaf … Sobald er wich, überkam mich ein Gefühl, als ob man mich kürzlich erst durch einen Astschredder gejagt hätte. Schlaf …

»Nun beruhigen Sie sich«, mahnte eine dunkle, samtige Frauenstimme, »die Arbeiter wollen noch heute fertig werden, habe ich gehört.« Das war die Nachtschwester. War es wirklich schon so spät? Die Nachtschwester, die mit dem unmerklichen Schwung in den Hüften, der verhaltenen Glut in den Augen und diesen schönen Händen mit den langen, schlanken Fingern.

»Was um alles in der Welt gibt es da überhaupt zu zimmern, direkt vor dem Krankenhaus?«

»Ich glaube, das wird das Baustellenschild für die Renaturierung der –«

»O bitte, erinnern Sie mich nicht an das Renaturierungsprojekt, Schwester, ja? Bitte nicht. Damit hat diese ganze Scheiße doch erst angefangen, mit dem Projekt und mit *ihm* da drüben.«

Ich kannte seine Stimme und er kannte mich. Hm. Musste an den Medikamenten liegen, dass ich keinen wirklich klaren Gedanken fassen konnte und außer dem nach Schlaf eigentlich nur *ein* wirkliches Bedürfnis verspürte …

»Und wie kann *er* da drüben bei dem Radau pennen, Schwester, können Sie mir das mal verraten?«

Ah, Schlaf … Doch vorher vielleicht noch ein Blick auf die Schwester … Frauen in Uniformen … Wie lange wollte sie eigentlich noch bei dem da drüben abhängen? … Ob sie diesen Kittel auch nach Feierabend trug? Vielleicht, wenn man vorsichtig darum bat? Genau, fragen kostet nichts … Wo blieb sie denn nur? Verdammt, der Schlaf wollte nicht zurückkehren. Die Schmerzen dagegen schon. Hey, da lag ja eine kleine blaue Pille auf dem Nachttisch und daneben stand ein Glas Wasser. Herrlich. Bloß, ich kam nicht dran …

»Äh, Schwester?«, krächzte ich. Ein Blick nur …

Ein Griff nur, ein Griff dieser schönen, langen, schlanken Finger …

»Da! Er ist wach!«, schnappte es nebenan. »Sagen Sie ihm, dass ich ihn sprechen muss!«

»Ja?«, fragte die tiefe, samtige Stimme, und die Nachtschwester umrundete die Stellwand, eine Bettpfanne in der Hand balancierend.

»Schauen Sie mal«, bat ich, »mir ist die … Bettdecke … verrutscht. Wenn Sie mir mal kurz ein bisschen zur Hand gehen kön…«

Ein heftiges, metallisches Scheppern riss mich hoch. Ein Geräusch wie ein zu Boden gegangener Blechnapf.

»Du schnarchst«, fauchte es von nebenan.

Alban Adangos Schwester. Kein Wunder, dass die Angst über der Stadt lag. Er würde nichts unversucht lassen, sie vor dem Strick zu bewahren. Gar nichts. Desperados, das waren er und seine Männer. Mordbrennende Reiter ohne Furcht und Gewissen. Schlimmer als Iren und Indianer zusammen. Nein, sie würden kommen, Aisha zu befreien, darauf mochte ich wetten. Fraglich blieb, was sie bei der Gelegenheit mit *mir* machen würden.

Vielleicht, wenn ich mich mit Aisha anfreundete … In aller Formvollendung, versteht sich.

Der Vorhang aus Decken wies bei näherer Betrachtung zwei Löcher auf, wahrscheinlich Brandlöcher von nachlässig gehandhabten Zigarren. Eins in Hüft-, eins in Augenhöhe. Leise trat ich ans Gitter und riskierte einen Blick durch das obere. Und ein Finger mit scharfem Nagel stach mir heftig ins Auge.

»Aaaahuuu!«, jaulte ich, »aaah, mein Auge, o Gott! Mein Auge! Es läuft aus!« Zählte bis drei und piekste dann meinerseits mit steifem Finger durch das Loch.

»Bist du verrückt geworden?«, raunte Shits und knuffte Toller Hund in die Seite. »Ausgerechnet in Anwesenheit von einem von denen –«, Shits deutete mit dem Kinn auf Mandoneys schwankende, schwer auf Bro Hos breite Schultern gestützte Gestalt, »– davon anzufangen, vom Fremden und dem Kreis aus Eisen zu fantasieren? Willst du, dass wir alle auf dem Stiefelhügel enden?«

Sie querten die Hauptstraße vom Saloon in Richtung Büro des Sheriffs, wo der Doc die Operation durchführen sollte.

Toller Hund half beim Tragen eines wichtigen Teils der Ausrüstung und murmelte eine Entschuldigung.

Die Sonne versank in rotem Glühen, und die Tiere der Nacht wetzten ihre Klauen und ölten ihre Sechsschüsser. Ein paar hoben die Stimme, und wer immer sie vernahm, wünschte, sie hätten es sein lassen.

»Da, hör dir das an«, meinte Shits. »So ähnlich hast du auch geklungen, letzte Nacht. Nur … schauerlicher.«

»Still«, hauchte Toller Hund und stoppte, lauschend.

Irgendwo in der rasch fallenden Dunkelheit, die direkt vor den letzten Bretterwänden der Stadt begann, irgendwo da draußen, nur so eben, nur einen Schritt außerhalb der Reichweite auch des besten Gewehres, machte ein Tier der Nacht seinem Herzen Luft, und sein Ruf klang hohl wie die Trauer und die Einsamkeit und gleichzeitig schrill wie der Schrei nach Vergeltung.

»So heult nur einer«, flüsterte Toller Hund. »El Lobo!«

»Ahuuiii!«, heulte ich, als sich zwei kräftige Zahnreihen blitzartig in meinen ausgestreckten Finger gruben. Ich musste mich mit einem Fuß gegen das Gitter stemmen, um ihn zurückzubekommen, meinen Finger, und hatte noch Glück, dass er an einem Stück geblieben war.

Dies, sagte ich mir, eine Hand unter die Achsel geklemmt, Ballen der anderen auf mein schmerzendes Auge gepresst, fühlt sich nicht an wie der Beginn einer formvollendeten Freundschaft. Und nach dem Loch in Hüfthöhe mochte ich nicht mal mehr aus der Entfernung schielen. War eh nur so ein Gedanke gewesen. Vergiss es, sagte ich mir und hockte mich auf meine Pritsche. Vergiss es ganz schnell, sagte ich mir, als die Türe mit dem üblichen Krachen aufflog und eine kleine Prozession hereinschneite.

Zuallererst kam Mandoney, blass, den rechten Arm in einem dicken Verband und einen Ausdruck in den grauen Augen, der mich zweifeln ließ, ob ich wirklich seine Genesung wünschte, gefolgt vom Sheriff, der einen Mann mit grünlicher, von Bändern gehaltener Pickelhaube hereinführte. Ihm folgte Bro Ho mit einem Arztköfferchen in der einen und einer großen Flasche ohne Etikett und einem Trichter in der anderen Hand. Schließlich betrat noch Shits den Raum und machte die Türe hinter sich zu. Seinen Kopf zierte ein schwarzer

Zylinder, seine weiß behandschuhten Finger kneteten ein Maßband. Taxierend sah er mich an.

Ich wartete auf ein Zeichen von ihm, irgendeinen Hinweis, dass er und die Jungs etwas zu meiner Befreiung geplant hatten, doch er schien an mir nur als angehender Kundschaft interessiert, also wandte ich den Blick von ihm ab. Mein ganzes Augenmerk galt nun, und von nun an nur noch, dem Mann mit der Pickelhaube.

»Doc Tatters«, stellte ihn der Sheriff vor. »Unsere medizinsche Kapazität. Und das hier ist Shits, der gerne ein paar Angaben zu Größe und Gewicht von dir hätte.«

Shits trat näher. Ich konnte meinen Blick einfach nicht mehr von dem Doc lösen.

»Sechs Fuß groß, hundertsechzig Pfund schwer«, sagte ich, ungefragt. Denn mein Leben war verwirkt.

»Ist schon zweimal vom Blitz getroffen worden, der Doc«, vertraute Shits mir an, ungefragt.

»Ah«, sagte ich. Das erklärte einiges. Zum Beispiel dieses wilde Zucken, das in Abständen durch sämtliche Gliedmaßen des Doktors fuhr.

»Trägt den komischen Hut zum Schutz vor weiteren Blitzen.«

»So«, sagte ich. Das erklärte das andere.

»Leg dich schon mal auf den Schreibtisch, Mandoney«, meinte der Sheriff aufgeräumt. »Wir bereiten inzwischen den Doc vor. Hierhin, Tatters.« Und er klopfte einladend auf den einzigen Stuhl im Raum. Zögernd, zuckend nahm der Arzt Platz.

»A-hahaha-haber ni-ninini-nicht wi-wiwiwi-wieder dieses –«

»Aber nein«, meinte der Sheriff beruhigend,

»nur keine Sorge, Doc«, warf dann urplötzlich von hinten seinen Arm um den Hals des Mediziners, riss ihn mitsamt Stuhl in eine Rücklage, zwang ihm die Kiefer auseinander, und Bro Ho setzte den Trichter an und füllte dem Wehrlosen kommentarlos eine halbe Flasche klarer Flüssigkeit ein.

»Panchos ›White Lightning‹«, raunte Shits. »Hochprozentig. Mag er nicht so gern, der Doktor.«

»Blödsinn, uns hier zum Spähen rauszuschicken«, befand Toller Hund, dem jetzt zusätzlich zu seinem Kopf auch noch die Finger schmerzten, wo Bro Ho ihm den Hochprozentigen aus der Hand gewunden hatte. »Und wenn schon, dann hätten sie uns die Flasche dalassen können.«

»Wir hätten machen sollen, dass wir hier wegkommen«, bemerkte Pancho. El Lobo heulte immer noch. Aber nicht länger allein. Rings um die Stadt antworteten ihm seine Artgenossen, und bei allen Unterschieden in Klangfarbe, Lautstärke und Modulation fand sich nicht einer darunter, der auch nur ansatzweise in der Lage schien, vom menschlichen Ohr anders als mit äußerstem Vorbehalt aufgenommen zu werden.

»Solange noch Zeit dafür war«, fügte Pancho hinzu und spähte angestrengt hinaus in die sich in nächtlicher Schwärze erstreckende Einöde, so leer für das Auge und so voll für das Ohr.

»Hört sich an, als ob sie um die ganze Stadt herum wären«, beobachtete Toller Hund. »Wer jetzt noch zu flüchten versucht, fällt unter die Wölfe.«

Oberarm, dachte ich. Wer immer das war, hat ihn außen am Oberarm erwischt, und die gehen hin und weiden ihn aus wie ein Stück Wild.

Sekundenlang hatte ich Hoffnung geschöpft. Kaum dass der Trichter aus seinem Mund entfernt war, hatte sich der Doktor aufgerichtet zu seiner ganzen, kugelförmigen Höhe von gut und gerne fünf Fuß, hatte sich mit ruhiger, sicherer Hand seine Weste glatt gestrichen, die Pickelhaube gerichtet und begonnen, seine Ärmel aufzukrempeln.

»Also wirklich, Starski«, sagte er in vorwurfsvollem Ton, ohne auch nur den Ansatz eines Stotterns, »ich weiß nicht, wie oft ich noch darauf verweisen muss, wie sehr mir Ihre rüden Methoden gegen den Strich gehen.« Er schnippte herrisch mit den Fingern. »Bro Ho, das Chloroform und einen Lappen, bitte.« Mit ärgerlich gekräuselten Brauen wandte sich der Arzt wieder an den Sheriff. »Ich habe mein kleines ... Problem ...«, Doc Tatters schraubte energisch den Verschluss von der Chloroform-Flasche, »... einen *sauberen* Lappen, Bro Ho, nicht den aus dem Putzeimer! ... sehr wohl unter Kontrolle!« Der Doc tränkte den Lappen großzügig und presste ihn dann seinem auf dem Schreibtisch zu liegen gekommenen Patienten entschlossen aufs Gesicht. »Auch ohne«, wandte er sich erneut und vorwurfsvoll an den Sheriff, »dass Sie mimisch mitten diesn Schawawawarfgbranndn Fususelll vergiffdn duhn ...«

»Hoho«, bemerkte Bro Ho, wie er es gerne tat, kritisch, als dem guten Doc die Knie nachgaben. »Ist wohl ein bisschen stark ausgefallen, Panchos neue Lieferung.«

Und ab da ging es den Bach runter.

Ich hätte gelacht, wäre es nicht gleichzeitig um meinen Hals gegangen.

Mandoney war einmal chloroformiert, und da der Doktor sich als vorerst nicht wiederbelebbar erwies, wurden Streichhölzer hochgehalten, und niemand schien auch nur ansatzweise besorgt, als Bro Ho das kürzeste zog. Niemand außer mir, sollte ich vielleicht sagen.

Ich möchte es so ausdrücken: Es gibt Gründe dafür, warum manche Menschen Kalligraphen werden und andere Anstreicher. Warum manche Uhrmacher sind und andere Schiffsmechaniker. Bildhauer und Sprengmeister. Wir alle müssen unsere Neigungen ein wenig um unsere Eignungen schmiegen oder es droht ein Fiasko.

Von der Eignung her wäre Bro Ho absolut am richtigen Platz, wenn es um das Zerteilen eines toten Wales gegangen wäre. Ihn mit einem scharfen Messer auf einen lebenden menschlichen Organismus loszulassen erfüllte dagegen den Tatbestand der Anstiftung zum Mord.

Ich denke mal, es war die morbide Faszination des Todgeweihten, die mich als Einzigen im Raum dazu befähigte, bei dem Gemetzel zuzusehen. Mit jedem neuen, klaffenden Schnitt fühlte ich die Schlinge um meinen Hals enger werden.

Mandoney überlebte trotzdem. Ich weiß nicht, wie. Musste wohl mit der sprichwörtlichen Robustheit und legendären Zähigkeit seiner beiden animalischen Paten zusammenhängen.

»So, da isse«, sagte Bro Ho und hielt sie mit blutigen Fingern ins trübe Licht der unter der Decke schwankenden Petroleumfunzel, die Revolverkugel. »Jetzt brauchen wir'n nur noch wieder zuzunähen.«

Ein Schweigen folgte. Unterbrochen von Hüsteln.

»Na, dann mach mal«, sagte Shits. »Ich pack ihn erst an, wenn er steif ist.«

Bro Ho blickte auf seine Hände. Schaufel und Kohlen kamen einem bei ihrem Anblick in den Sinn, Spaltaxt und Holzscheit, Hammer und Zaunpfahl, Führstrick und Bulle. Nicht Nadel und Faden.

»Gut, dann muss ich das eben machen.« Sheriff Starski griff sich die Garnrolle aus des Doktors Tasche und die größte Nadel aus dem Kissen, fingerte ein Monokel aus der Weste, klemmte es ins Auge und die Zungenspitze zwischen die Zähne und begann mit dem Einfädeln.

Der erste Versuch ging um eine satte Handbreit daneben.

Blut tropfte. Zeit verging. Mein letztes bisschen Hoffnung schwand.

Mandoney stöhnte.

»Kleinen Moment noch«, meinte der Sheriff und stach ins Leere und Weite.

Mit einem Grunzen richtete sich der Doktor mühsam auf. Hielt seinen Kopf.

»Vielleicht ...«, begann Shits.

»Augenblick. Hab's gleich«, sagte der Sheriff.

»Stop! Stopopop! Das ist ein- eineinein- eindeutig mein- meineinein- meine Aufgabe. Gott- Gottottott- Gottseidank bin ich wieder nü- nünününüchtern. Also he- hehehe- her mit der Nadel und de- dedede- dem Fa- Fafafa- Faden!«

»Vielleicht ...«, begann Shits.

»Hab's gleich«, sagte der Sheriff.

In der Zelle nebenan zerkaute jemand eine Abfolge von mexikanischen Flüchen zwischen langsam mahlenden Zähnen. Bis auf den stöhnenden Mandoney blickten alle in ihre Richtung. Bis auf Mandoney und mich. Wegen der erwähnten Wolldecken gab es für mich nichts zu sehen. Meine Augen waren stattdessen auf die beiden Zellenschlüssel fixiert, die irgendwie vom Haken gefallen waren und über die jetzt nur noch einer dieser Tölpel nur noch einmal zu stolpern brauchte und sie wären in meiner Reichweite, und von da bis zum Waffenschrank war es nicht mehr als ein Hechtsprung ...

»Vielleicht sollten wir Aisha bitten, die Näherei zu übernehmen?«

»Ha!«, kam es stolz und ablehnend aus der Zelle neben meiner.

»Hab's gleich«, sagte der Sheriff.

»Da- dadada- das ist mein Jo- Jojojo- Job!«

»Ich kann das machen«, bot ich an. »Wenn sie sich zu schick dafür ist.«

»Na gut«, kam es stolz und gnädig aus der Zelle neben meiner.

Und Bro Ho bückte sich nach den Schlüsseln. Verdammich.

Andererseits konnte ich jetzt endlich mal einen Blick riskieren auf meine Nachbarin. Seltsam, wofür ein Mann nach sechs Tagen im Sattel und einem halben in Haft nicht alles dankbar ist.

Und dann weigerte sie sich, ihre Zelle zu verlassen, und sie wuchteten ihr Mandoney auf die Pritsche! Verdammich.

Blieb die Flasche mit dem Fusel. War noch

hübsch was drin. Wie von selbst konzentrierten sich meine Gedanken darauf.

»›Auf dem Rücken eines wilden Schecken, schneller als der Wind, wird der Fremde in den Kreis aus Eisen kommen. Er wird treue Verbündete finden, sieben Squaws beglücken, das papierene Gold des Weißen Mannes mit Verachtung strafen. Dann wird er seine Feinde besiegen und zum Schluss wird er den Weg über das Wasser nehmen und den Kreis aus Eisen brechen.‹ So, genau so hat es mein Freund Kleines Glas, der Medizinmann, aus den Steinen im Feuer herausgelesen«, raunte Toller Hund und sah sich suchend um. Er war dabei, ihren Zweimann-Spähtrupp beinahe lautlos durch die undurchdringliche Schwärze der Nacht zu leiten. »Und dann noch bisschen was über einen sprudelnden Bergquell von reinstem Tequila. Aber das liest er aus praktisch jedem Stein, dafür braucht er noch nicht mal ein Feuer.« Als einzige Orientierungshilfe dienten ihm die für das menschliche Auge kaum wahrnehmbaren, im Licht von höchstens zehn oder zwölf Petroleumlampen nur schwach gegen die Sterne anleuchtenden Buchstaben BOOTHILL SALOON auf dem Dach des gleichnamigen Gebäudes. Mit dem untrüglichen Instinkt des geborenen Fährtenlesers führte er Pancho zielsicher darauf zu. »Wieso also wollt ihr noch nicht zu den treuen Verbündeten des Fremden gehören?«

Pancho seufzte.

»Erinnerst du dich, wie Kleines Glas fast das gleiche über den dicken Fremden mit den roten Haaren prophezeit hat?«, fragte er zurück und strich sich die schwarze Locke aus den Augen, um den Indianer prüfend anzublicken. »Und warst du es nicht selber, der den Suchtrupp angeführt hat, nachdem er sich die Schießerei mit Dickie Thysson geliefert hatte?«

»Nu«, machte Toller Hund. »Es war entweder das oder aber von Starski einen Zaunpfahl ins Spundloch gehämmert zu kriegen.«

»Dann erinnerst du dich wahrscheinlich auch, wie *dünn* der rothaarige Fremde geworden war, nachdem der Sheriff ihn drei Tage lang hat hinter einem Pferd herschleifen lassen.«

Sie gingen ein paar Schritte in nachdenklichem Schweigen.

»Also, nichts gegen deinen Freund den Medizinmann, aber wir sind ein bisschen vorsichtig geworden, was seine Orakel angeht. Du weißt, wie es ist, hier, innerhalb des verfluchten Kreises.«

Und mit einem Quietschen öffnete sich die Türe und schlug mit einem Krachen hinter ihnen zu.

»Draußen ist's schon dunkel«, beobachtete Shits von der offenen Türe her.

Nervosität machte sich breit.

»'s wird Zeit, Posten zu beziehen«, meinte Bro Ho.

»Sobald Mandoney vernäht ist«, sagte der Sheriff. »Die verdammten Tortillafresser greifen erst an, wenn sie glauben, wir liegen alle in der Butze.«

Zehn Minuten später wuchteten sie ihn, Arm verbunden und in einer Schlinge gelagert, zurück auf den Schreibtisch.

»Ich gehe jetzt in den Saloon«, bestimmte

Starski. »Und vereidige da ein paar Freiwillige.« Entschlossen griff er nach seinem Gewehr. »Bro Ho und Shits, ihr lauft Patrouille. Auf und ab, hier vor dem Büro. Haltet Augen und Ohren offen. Alles Ungewöhnliche wird mir augenblicklich mitgeteilt. Und damit ihr auch wisst, wo ich bin, bleibe ich, sagen wir … Ja. Ich bin im *Saloon*, wenn mich jemand sucht. Wird das Beste sein. Sicherlich. Mandoney kann euch helfen, hier die Stellung zu halten.«

Mandoney begann vernehmlich zu schnarchen. Ein großes, zögerndes ›Hm‹ stand im Raum.

»… sobald er wieder auf den Beinen ist, heißt das. Und bis dahin …«

»Bis da- dadada- dahin pa- papapa- passe ich hier auf.« Der Doc krabbelte auf die Füße, machte einen zuckenden Schritt auf den Waffenschrank zu, und drei Mann warfen sich ihm in den Weg.

»Sachte«, meinte der Sheriff zu ihm und tauschte einen Blick mit Bro Ho. »Setz dich erst mal, Tatters.« Shits stellte den Stuhl wieder auf die wackligen Beine. Gemeinsam drückten sie den Doktor darauf nieder. Ein Griff und ein Nicken und Bro Ho kippte meine letzte Hoffnung auf einen dezenten Schluck gurgelnd den Trichter hinab.

»Das wäre nun wirklich nicht nötig gewesen«, beschwerte sich der Mediziner keuchend. »Selbst mit einem gelegentlichen, kaum wahrnehmbaren Tremor zähle ich mich immer noch zu den sichersten Schützen der Stadt.«

Starski besah ihn sich kurz und kritisch und drückte ihm dann ein Schrotgewehr in die Hände.

»Du kennst die Regeln«, sagte er auf dem Weg

zur Türe. »Wer auf ›Wer da?‹ nicht antwortet, wird erschossen.« Und darauf verschwand er in der nordcarolinischen Nacht.

»Allullalls gargeinnnn Brobbeleeemmm«, lallte ihm der Doktor hinterher, legte die Füße neben Mandoneys Kopf auf den Schreibtisch und war schon bewusstlos, als der Stuhl unter ihm zusammenbrach.

»Is' wirklich 'n bisschen stärker ausgefallen als sonst, die neue Lieferung«, beobachtete Bro Ho.

»Besser so«, fand Shits. »Solange der Doc hinüber ist, kann man wenigstens vor den Fenstern des Sheriffbüros seine Runden drehen, ohne jedes Mal in einen Kugelhagel zu geraten.«

Und damit traten sie hinaus und ließen die Türe zufallen.

Gedankenschwer ließ ich mich auf der Pritsche nieder, streckte mich aus und verschränkte die Arme im Nacken.

Die Hammerschläge draußen, fiel mir auf, waren verstummt. Das hieß, der Galgen war vollendet. Er wartete. Und die Stadt wartete mit ihm.

»My very first pistol was a cap and ball Colt
Shoot as fast as lightnin' but it loads a mite slow
Loads a mite slow and I soon found out
It can get you into trouble but it can't get you out.«

Steve Earle
›The Devil's Right Hand‹

II

»Abwarten«, meinte Scuzzi, strich sich das dunkle Haar aus der Stirn und leckte seinen Dreiblatt längs. »Werd erst mal wieder fit, alles Weitere muss man dann sehen.« Er brannte den Deckel runter, Augenblicke später verdunkelte Qualm die Zimmerdecke. »Bis jetzt bist du ja noch nicht mal vernehmungsfähig.«

Mein Blick blieb wieder mal, wie alle paar wachen Minuten, an den Sprühdüsen der Sprinkleranlage hängen. Voll im Blickwinkel, die Dinger. Ich betrachtete sie nicht ohne Sorge. Die Schwester würde wegen des Rauchs alleine schon durchdrehen, da war es nicht nötig, dass wir auch noch die halbe Station unter Wasser setzten. Mich eingeschlossen.

Scuzzi folgte meinem Blick, ging zum Fenster, riss beide Flügel auf und kam zurück an mein Bett.

Interessiert blieb er bei dem Tropf stehen, an dem ich hing.

»So'n Ding neben dem Fernsehsessel und man muss nur noch zum Kacken aufstehen«, fand er.

Ich deutete mit dem Kopf zum Nachttisch, auf

dem die Pfanne wartete, und Scuzzi pfiff beifällig durch die Zähne.

Es hat etwas Tröstendes, Leute zu kennen, die einen selbst in solch einem Zustand noch zu beneiden verstehen.

»Soll ich dir 'n bisschen was da rein tun?«, fragte Scuzzi und klopfte mit der einen Hand gegen die hängende gläserne Flasche und mit der anderen seine zahlreichen Jackentaschen ab. »Irgendwas, das deinen Aufenthalt hier 'n bisschen ... *interessanter* ... macht?«

Ich schüttelte den Kopf. Unter bestimmten Umständen ist es sicherlich von Vorteil, einen Dealer zum besten Freund zu haben, doch mein allmählich Schritt für knirschenden Schritt zurückkehrendes Erinnerungsvermögen ließ im Moment keine wirkliche Langeweile und somit auch kein Bedürfnis nach intravenösen Additiven aufkommen.

»Mal ziehen?«, fragte er und hielt mir den Joint an die Lippen.

Ah, rauchen!

»Schade, dass wir nicht schwul sind«, bemerkte ich gepresst und blies mir einen Teppich aus Rauch auf den Bauch. »Dann könntest du mir jetzt wundervoll einen lutschen.«

»Ja, Pech«, fand Scuzzi mit Bedauern. »Andererseits erspart es uns beiden die Qualen der Eifersucht, sollten sie dich die nächsten fünfzehn Jahre wegsperren.«

Ich grunzte ihn an. Er sollte eigentlich wissen, was ich von dieser Art von Scherzen halte. Pflichtschuldig klopfte er sich dreimal gegen den Holzkopf.

»Was ist denn mit der Nachtschwester?«

»Stolz. Und strenggläubig, fürchte ich fast. Trägt ein Kopftuch, in Zivil.«

»Und die am Tag?«

»Blond. Und ein bisschen verkniffen, meine ich manchmal. Wäscht sich mit Kernseife oder so was.«

»Und ausgerechnet jetzt hat Mamma ihre Mädels alle in Urlaub geschickt«, bestätigte Scuzzi meine schlimmsten Befürchtungen. »Du weißt schon, bis sich die Behörden der Stadt wieder eingekriegt haben.«

Das konnte Monate dauern und brachte mich gedanklich zur Anreicherung meines Blutes mit schweren Zusätzen zurück.

»Irgendwas *außer* einer Fellatio, das ich noch für dich tun könnte?«

Mein Zimmernachbar stöhnte im Schlaf auf.

»Lins mal rüber und sag mir, wer das ist da nebenan.«

Scuzzi linste um die Stellwand herum und hustete röchelnd. Als er mich wieder ansah, war er eine Schattierung blasser um die Nase als gewöhnlich. Irritiert sah er von mir zu dem Joint in seinen Fingern und schnickte ihn kurz entschlossen aus dem Fenster.

»Und?«, fragte ich.

»Du wirst es nicht glauben«, stieß er hervor.

»Was glaubst du«, fragte ich in den Raum hinein: »Werden sie uns einen letzten Wunsch gewähren?« Keine Reaktion.

Mandoney stöhnte, Tatters schnarchte, die Schlüssel hingen.

Ich fragte: »Was würdest du wählen?«

Nichts.

Ich versuchte es mit: »Stimmt es, was die Leute sich über dich erzählen?« (Alter Trick. Zieht immer.)

Schweigen.

Irgendwo krachte ein Schuss.

Tatters unterbrach sein Schnarchen, Mandoney sein Stöhnen, und in der entstandenen, wie ein Gong durch die Nacht hallenden Stille konnte man einen Wolf heulen hören.

Nichts, worauf ich in meiner Lage großen Einfluss hatte, all das, also fuhr ich fort: »Dass du einen Arsch hast wie 'ne Vierzig-Dollar-Kuh und einen Schnurrbart, auf den selbst der Sheriff neidisch ist?«

Mit einem Ruck verschwand eine der Wolldecken, und alles, was sich ein Mann nach zwei Monaten Zwangsarbeit, sechs Tagen Einöde und einem drei viertel Tag Haft erträumen kann, blitzte mich aus schwarzen Augen an. Die Knöpfe ihrer weißen Bluse ächzten mit jedem ihrer tiefen Atemzüge. Langsam strich sie sich mit beiden Händen durch das Haar, das glänzte wie nasse, schwarze Kiesel, und trat nahe heran an das Gitter.

Auch bei mir ächzten jetzt Knöpfe, und das, obwohl ich vergessen hatte, wie man Atem zieht.

Seufzend teilte sie ihre Lippen, die rot waren wie die Glut, wenn der Wind ins Feuer fährt, und schmiegte ihre Wange an den kalten Stahl, der uns trennte. Nicht *ein* Flaum auf ihrer Oberlippe. Sanft und stark zugleich rieben ihre Finger Wärme in die runden Eisenstangen, auf und ab und wieder auf … Bis sie sich mit einer plötzlichen Drehung von dem stählernen Vorhang löste. Den Kopf auf die Schulter gelegt, das Profil mir zugewandt, Lid gesenkt, Wimpern lang und geschwungen, dicht und schwarz wie Schmetterlingsraupen während der Kaktusblüte, machte sie ein paar träge, graziöse Schritte in Richtung ihrer Pritsche, und ich musste mich innerlich am Zügel reißen, um ihr nicht einfach wie in Trance hinterherzustolpern und mir am Gitter den Schädel einzurennen. In den Wäldern Montanas gibt es eine Wildkatzenart, die mit genau solchen Bewegungen über die höchsten Äste balanciert. Nur die Reithosen und -stiefel müsste man sich wegdenken …

Ich war mitten dabei, mitten beim Wegdenken, da fuhr sie erneut herum und keine Sekunde später hing die verfluchte Wolldecke wieder an ihrem Platz.

Manchmal entstehen Ideen, Gedanken und Wörter in ein und demselben Moment.

Mühsam räusperte ich mir den trockenen Hals frei.

»Aisha«, sagte ich und packte den Stahl, wo sie ihn gerieben hatte, »wenn wir uns zusammen-, äh, -täten, wüsste ich einen Weg, uns beide hier herauszuholen.« Waren noch warm, die Stäbe. Heiß, beinahe.

Sie schnaubte.

»Komm zu mir ans Gitter und ich flüstere dir meinen Plan ins Ohr.«

Sie lachte. Es klang, wie wenn Golddollars kühl in einen Leinenbeutel rieseln.

Ich war drauf und dran, zu versuchen, mich

quer durch die Gitterstäbe zu zwängen, doch dann sah ich an mir herunter. Vergiss es, dachte ich. Vielleicht später.

»Verrat mir eins, Fremder«, sagte sie unvermittelt in mein hitziges Grübeln hinein, ob mich ein mit Schluchzern durchsetztes Betteln wohl bei ihr weiterbrächte, »was um alles in der Welt hat dich ausgerechnet nach Buttercup verschlagen?«

Gute Frage das. Wirklich gute Frage.

»Ermittlungen«, antwortete ich ausweichend. »Ermittlungen in eigener Sache.«

»Wollt ihr etwa warten«, fragte der Sheriff brüllend, »bis sie euer letztes Stück Vieh geraubt haben? Bis sie eure Frauen, eure Kinder, eure Hunde geschändet haben?«

Doch, definitiv etwas stärker als sonst ausgefallen, die neue Lieferung, befand Pancho, der die ›Hunde‹ dem ungewohnt hohen Alkoholgehalt zuschrieb.

»Oder wollt ihr kämpfen wie Männer, in offener Schlacht, unbeugsam bis zum letzten Tropfen Blut?«

Deutete man das verlegene Murmeln, das Hängen der Köpfe und generelle Scharren der Füße richtig, schienen sich die meisten der Anwesenden fürs Warten entschieden zu haben. Bis auch der letzte Hund geschändet worden war.

»Männer!«, brüllte der Sheriff, feuerte einen Schuss in die Decke und nahm einen wilden Schluck aus der Pulle, »hört mir zu!«

Oh, ich wünschte, er würde das nicht immer machen, dachte Pancho, meinte das Geballer in die Saloondecke und erinnerte sich daran, wie schwierig es war, einen Handwerker aufs Dach zu kriegen, solange der Sheriff in der Stadt war.

»Die südländischen Horden stehen vor den Toren der Stadt und ich als euer Sheriff werde jetzt eine Bürgerwehr rekrutieren, mit der wir uns diesen bis an die Zähne bewaffneten Desperados todesmutig entgegenwerfen werden!«

Den ›bis an die Zähne bewaffneten‹-Part hätte er besser weggelassen, fand Pancho, der den ohnehin nicht besonders hohen Begeisterungslevel des Publikums weiter abflauen fühlte.

»Deshalb: Freiwillige vor!«

Zumindest mental konnte man die Majorität der Anwesenden einen Schritt nach hinten machen spüren.

»Ich habe gesagt: Freiwillige vor!«, brüllte der Sheriff und feuerte einen weiteren Schuss durchs Dach, sehr zu Panchos Verdruss.

Etwas wie eine allgemeine Bockigkeit machte sich breit.

»Ja, wollt ihr etwa dabei zusehen, wie die dreckigen Ganoven mit Gewalt verhindern, dass Recht und Gesetz in unserem Gemeinwesen Folge geleistet wird?«

Alle wussten, worauf der Sheriff anspielte, und aus dem zwar leisen, aber doch deutlich vernehmbaren zustimmenden Brummen ließ sich ableiten, dass dem genau so war: Wenn die dreckigen, bis an die Zähne bewaffneten Ganoven unbedingt und mit Gewalt verhindern wollten, dass Aisha Adango gehängt wurde, dann wäre es aller Wahrscheinlichkeit nach lustiger, ihnen dabei zuzusehen, als bei dem Versuch, sie aufzuhalten, über den Haufen geschossen zu werden.

»Na gut«, befand der Sheriff, der die Zeichen der Zeit erkannte, stellte die Flasche beiseite und griff hinter sich. »Ihr seid somit *alle* Freiwillige!«, dröhnte er, lud eine abgesägte Schrotflinte durch und feuerte ein Loch ins Dach, durch das man den Mond sehen konnte, »und ihr werdet alle hier und jetzt sofort vereidigt! Sprecht mir nach: Ich schwöre …«

Starski wartete.

»Hm-hmhm«, kam es leise zurück. Sehr leise. Gefolgt von Stille. In die hinein der Sheriff mit entschlossenem Ratschen noch mal das Schrotgewehr durchlud und einhändig gehalten auf Hüfthöhe senkte, während er mit der freien Hand erneut die Flasche ansetzte, um seinen Bariton zu ölen.

»ICH SCHWÖRE!«, dröhnte er dann, dass der neue Spiegel hinter der Bar in schepperndes Klirren geriet.

Falls überhaupt möglich, fiel das antwortende ›Hm-hmhm‹ noch bescheidener aus als vorher, und das, obwohl der Doppellauf des Schrotgewehres sein Bestes tat, jeden Einzelnen im Raum zum Ablegen des Eides zu ermutigen.

Und dann folgte das, was Pancho die ganze Zeit schon mit wachsender Entnervung erwartet hatte. Der Sheriff zog die Konsequenz.

»Okay, Leute«, sagte er mit erstaunlicher Ruhe, »ihr wollt es wohl nicht anders.« Damit fuhr er herum und der Doppellauf fuhr mit ihm und der Barkeeper fuhr zusammen. »Freund Pancho Escuzito«, dröhnte Sheriff Starski, dass man es bis auf die Straße hören konnte, »hat sich soeben bereit erklärt, jeden, und ich wiederhole *jeden*, der den

Blechstern trägt, bis morgen früh mit freiem Alkohol zu versorgen!«

Von irgendwo in der Stadt war ein aufbrausendes Johlen zu hören, gefolgt von einer Kakophonie von Schüssen.

»Ich bin hergekommen«, erzählte ich zögernd, »um ein paar Ermittlungen zu führen und verschiedene ... *Dinge* ... zu erledigen. Das geht nur schlecht, solange ich im Gefängnis sitze.«

Ferner Jubel brandete durch die Nacht.

»Kann ich dir trauen?«, fragte sie und ihre Schritte kamen näher.

Ich musste mich räuspern, es ging nicht anders. »Kommt drauf an, in welcher Hinsicht«, gab ich zu.

Ah, *verdammt*! Ich bin Frauen gegenüber ein lausiger Lügner, immer schon gewesen. Furchtbar.

Das Geräusch ihrer Schritte verstummte, und ich meinte, selbst durch die Wolldecken, sehen zu können, wie sie den Kopf in den Nacken warf.

»Mein Bruder wird mich befreien«, sagte sie abrupt. »Ich brauche dich nicht.«

»Dann sollte er sich besser beeilen, dein Bruder. Ich habe das Gefühl, der Sheriff beschleunigt gerade die Vollstreckung.«

Krach, flog die Türe auf und der Sheriff stürmte herein, Gewehr in der einen, Flasche in der anderen Hand.

»Scheiße«, schimpfte er und sah sich um. »Wo hab ich denn die Kiste mit den Blechsternen?« Ungeduldig begann er, sein Büro zu durchforsten.

Mit einem Stöhnen erwachte Mandoney und richtete sich auf. Zuckend gab der Doktor erneute Lebenszeichen von sich, öffnete die Augen und tastete nach dem Schrotgewehr. Fluchte, als der Sheriff hastig seinen Fuß darauf stellte.

»Lass liegen, Tatters. Lass schön liegen. Bis ich wieder draußen bin. Dann zählst du langsam bis hundert, und dann darfst du das Gewehr wieder aufnehmen, okay?«

Der Doktor brummelte etwas Missmutiges, ließ aber von der Waffe ab.

Sheriff Starskis Augen fielen auf mich. Auf die Nachbarzelle. Er nahm einen wilden Schluck. Reichte die Flasche hinter sich an Mandoney weiter. Der Deputy warf einen kritischen Blick drauf.

»Wo ist denn das Etikett?«, wollte er wissen.

»Abgefallen«, antwortete der Sheriff mit der ganzen Nachlässigkeit von jemandem, der Wichtigeres um die Ohren und einen erheblichen Alkoholpegel dazwischen hat.

»Und wo die Steuerbanderole?«, wunderte sich Mandoney hartnäckig weiter.

»Auch abgefallen«, bellte Starski mit wachsender Ungeduld.

Dann zog er eine Holzkiste aus einem Wandschrank, öffnete den Deckel und frohlockte.

»Was im Moment viel wichtiger ist, ist Folgendes«, schrie er, schwankend. »Die Bürgerwehr steht! Die verdammten marodierenden Mexe können kommen! Wir lassen sie in die Stadt und dann lassen wir die Falle zuschnappen! Unser Köder hat funktioniert.«

Nebenan in der Zelle wurde es totenstill.

Der Doktor verzog bei diesem Gebrüll das Gesicht, griff sich an den Kopf, dann nach seinem Köfferchen. Holte eine Pillendose heraus, schraubte sie auf und Pillen stoben durch den ganzen Raum.

»Mandoney, bist du wieder fit?«

»Fit genug, Sheriff.«

»Dann lass den Gefangenen raus und gib ihm seinen Revolver wieder. Er ist für die Dauer der Nacht auf Bewährung entlassen und wird Freiwilliger der Bürgerwehr.«

Ach, dachte ich.

Immer noch auf dem Boden hockend, klaubte der Doc eine der Pillen auf und wollte sie sich in den Mund werfen. Sie zischte knapp an meinem Ohr vorbei.

»Tja«, sagte ich nicht ohne eine gewisse Selbstgefälligkeit, trat aus der Zelle, nahm meinen Sechsschüsser entgegen und schnackte die Trommel auf. Wedelte mit den Fingern nach Munition. »Wollen wir doch mal sehen«, sprach ich zum Raum im Allgemeinen und der nach wie vor verschlossenen Zellentrakthälfte im Besonderen, »wer hier wen nicht braucht. Was?«

Ein vernichtendes Schnauben drang an mein Ohr, und als ich den Kopf wandte, drang auch noch ein ebenfalls zersetzend gemeinter Blick an meine Augen.

Ich fasste mir an die Krempe und verabschiedete mich mit einem freundlichen Nicken.

»Sprich mir nach«, forderte der Sheriff und meinte mich, »ich schwöre ...«

»Ich schwöre ...«

»Okay, das reicht«, fand er, griff in die Holzkiste, förderte einen Blechstern zutage und heftete ihn mir an die Brust.

In meiner Eigenschaft als Milizionär werde ich den Mietstall bewachen, beschloss ich spontan.

»Doc, du bleibst hier und hältst die Stellung. Nein, lass liegen, lass schön liegen. Denk dran, erst bis hundert zählen. Sobald ich den Haufen endlich vereidigt habe, schicke ich dir noch ein paar Freiwillige. Mandoney, du tust dich mit dem Fremden zusammen. Bleib immer dicht hinter ihm und pass auf, dass ihm nichts passiert.«

»Worauf du dich verlassen kannst, Sheriff.«

Gemeinsam traten wir hinaus in die Schwüle und die Finsternis.

Bleib immer dicht hinter ihm, hatte der Sheriff gesagt. Worte wie ein kalter Hauch meinen verschwitzten Rücken hinunter. Der mir plötzlich unnötig groß und breit vorkam.

Der Wolf in den Bergen heulte wieder. Er klang viel näher als noch vor einer halben Stunde.

»Du machst einen Fehler«, sagte Samuel, der Verwalter des Mietstalls, und zog den Sattelgurt stramm. »Der Fremde wird sich das nicht bieten lassen.«

»Der Fremde sitzt im Knast.«

»Nicht mehr lange, glaub's mir. Und wenn der dann das hier mitkriegt ...«

»Genau darum geht's ja«, freute sich Dickie Thysson, nahm seinen Revolver aus Sams Genick und zerrte den widerstrebenden Falco am Zügel hinter sich her ins Freie. Schwang sich in den Sattel. Zog probeweise die breiten Zügel hin und her. »Und genau das ist auch der einzige Grund, warum ich dich am Leben lasse. Damit du's ihm erzählen kannst.«

Er ritt an, überlegte es sich anders und zwang den Schecken in eine scharfe Wende, stoppte noch mal vor dem Verwalter.

»Sag dem Fremden«, befahl er mit dünnem Grinsen, »dass meine Familie und ich es nicht erwarten können, ihn zu beerben.«

»Ich bin unschuldig wie ein Lamm«, sprach ich, von der Richtung her, vage hinter mich.

»Erzähl das Bro Ho«, kam die Antwort aus der gleichen Richtung. »Sobald er dir die Beichte abnimmt, und was du sonst noch in den Taschen hast.«

Hell schien das Licht durch die Fenster und Löcher im Dach des Saloons. Johlen, Pfeifen, Trampeln, Klimpern und Klirren schallten hinaus in die Finsternis, die Leere und die Stille der Hauptstraße.

»Seid ihr so weit?«, konnte man den Sheriff brüllen hören. Wildes Johlen antwortete ihm. »Dann sprecht mir nach: Ich schwöre ...«

»Ich schwöre ...«, grölte es aus fünfzig Kehlen, gefolgt von Salven aus fünfzig Rohren.

Ich beschleunigte meinen Schritt ein wenig, denn nicht alle Waffen schienen in die Höhe gerichtet zu sein, wie das Klirren der Frontscheibe verriet.

Vielleicht zwölf Dutzend beschleunigte Schritte weiter und der dunkle Umriss des Mietstalls wuchs aus der Nacht zu unserer Rechten.

»Was dagegen, wenn ich mal kurz nach meinem Pferd schaue?«

Mein Herz schlug ein bisschen spürbarer, als es die Harmlosigkeit des Tonfalls meiner Frage ahnen ließ.

Keine Antwort, also bog ich wie selbstverständlich ab in den warmen Mief und die beinahe vollständige Dunkelheit. Sofort und ohne zu zögern duckte ich mich geräuschlos nach rechts, ertastete den Sattelständer, meinen Sattel, löste mit flinken Fingern die Schnalle, die die große, blecherne Kaffeekanne hielt, packte sie am Griff, trat zurück und wuchtete die Kanne in einem einzigen, mächtigen, horizontal ausgeführten Halbkreisschwung mitten hinein in ... *ins* ... Leere.

»Mandoney?«, fragte ich nach einem Moment der Verblüffung unschuldig und ließ die Kanne blitzartig hinter meinem Rücken verschwinden. Keine Antwort. Leise stellte ich die Kanne zu Boden, schob sie mit dem Stiefel ein bisschen beiseite, riss ein Zündholz an und sah mich um. Ich war allein, der Mietstall leer. Und das Leerste von allem in dem ganzen verfluchten Schuppen war Box Nummer drei.

»Samuel?!«, brüllte ich. »Samuel!!«

»Ja«, kam die Antwort mit einiger Verzögerung resigniert irgendwo aus dem tiefen Dunkel im hinteren Teil des Stalls.

»Ich bin auf'm Klo, Fremder. Und abgeschlossen hab ich auch.«

»Komm nach vorn!«, forderte ich.

»Nä«, kam es zurück. »Bin doch nicht bekloppt.«

»Wo ist mein Pferd, Samuel?!«

»Sagen wir's so: Du hast es knapp verpasst.«

»Das war knapp«, meinte der Fremde anerkennend, nahm seinen Stiefel von den Tasten, gab die brennende Fackel zurück und ließ auch seinen Revolver wieder ins Holster gleiten.

Über dem ganzen Getöse, dem Geklimper, den fortlaufenden Schüssen ins Dach, dem lautstarken Verteilen von Fackeln und Repetiergewehren und den unaufhörlichen Runden, die jeder Blechsternträger unablässig bestellen zu müssen meinte, hatte Pancho Escuzito das Zuknallen der Saloontür eher vage und nur mit halbem Ohr mitbekommen, dann aber doch gewohnheitsmäßig einen kurzen Blick riskiert.

Im nächsten Augenblick war er über die Theke geflankt, hatte sich mit Gewalt durch ein Grüppchen Schwerbewaffneter geboxt, war im Stil eines Hürdenläufers quer über eine Abfolge von Tischen gehetzt und hatte die letzten Meter in einem einzigen riesigen Hechtsprung zurückgelegt, an dessen Ende er den Hebel des Mechanischen Klaviers mit beiden Händen von GO auf STOP herumgerissen und damit das stakkato-ähnliche Klimpern abrupt hatte verstummen lassen.

Ich muss das Ding weiter weg von der Türe postieren, mahnte er sich atemlos.

»Sportlich«, fand der Fremde, half dem schwer atmenden Pancho auf die Füße und bahnte ihnen ohne Schwierigkeiten einen Weg zur Theke. »Was du brauchst«, meinte er dann, dort angekommen, »ist eine *Band*. Richtige Musik. Vielleicht was Tex/Mex-mäßiges, mit Gitarren und Trompeten. Dieser verdammte Klimperkasten fördert nur die Zerstörungswut in ansonsten eher zurückhaltenden Menschen wie mir.«

Vielleicht hat er Recht, sagte sich Pancho, entkorkte eine Flasche und goss zwei Doppelte ein. Von den Reparaturkosten nach dem letzten Besuch des Fremden hätte man die Gage einer dreiköpfigen Mariachi-Band für ein ganzes Jahr bestreiten können.

Sie stießen an, kippten die Drinks und keuchten kurz, wie es unausweichlich war nach Einnahme einer beliebigen Menge von Panchos Destillat.

»Mein Pferd ist weg«, sagte der Fremde.

... Und wenn dann irgendjemandem die Musik nicht gefiel, folgte Pancho dem einmal eingeschlagenen Pfad seiner Gedanken, brauchte man nur Shits mit seinem Maßband zu rufen, und anschließend könnte er, Pancho, ja selber auftreten. Nur er, seine Gitarre, seine Mundharmonika und ein paar wirklich aufrüttelnde Songs ... Hm. Oder vielleicht doch besser eine neue Combo engagieren ... Zumindest, solange der Fremde in der Stadt war.

»Was?!«, schrak er dann zusammen. »Sag das noch mal!«

Doch der Fremde war schon wieder auf dem Weg, hinaus in die Nacht, und die Türe schlug hinter ihm zu. Mit einem Knall.

»Einer der Gründe, warum ich mich habe versetzen lassen, waren *Sie*, Kryszinski!«

Ich stellte mich schlafend, doch mein Zimmernachbar schlug von der anderen Seite gegen unsere Trennwand, dass es nur so knallte.

»Eines der Motive, von Mülheim nach Bolterop zu ziehen, war der Gedanke, dass sich dann jemand anders mit *Ihnen* herumärgern müsste!«

Normalerweise, wenn man längere Zeit bewusstlos und mit einer Magensonde zugebracht hat, brauchen die Stimmbänder anschließend eine Weile, bis sie sich wieder erholt haben.

»Und was machen *Sie*?!«

Doch die von ihm da nebenan schienen in Rekordzeit zu alter Form aufzulaufen. Bis in feine Nuancen hinein, wie den gewohnt anklagenden Tonfall.

»Sie kommen mir *nach*!«

Ich kenne niemanden, wirklich niemanden, der, was immer ich auch tue oder lasse, so persönlich nimmt. So *gegen sich persönlich* gerichtet.

»Meine ganze Karriere hindurch schon verfolgen Sie mich, Kryszinski!«

Es ist wie ein Wahn.

»Kein Monat ist vergangen, ohne dass in irgendeinem durch und durch ominösen Zusammenhang Ihr Name gefallen wäre! Kryszinski, Kristof Kryszinski!«

Kristof Enrico Kryszinski, der Vollständigkeit halber, doch schien mir das jetzt nicht der geeignete Augenblick, meinen Nachbarn zu korrigieren. Er hatte wieder angefangen, gegen die Trennwand zu schlagen. Nicht auszudenken, wozu er noch fähig wäre.

»Kein Monat, in dem mich meine Vorgesetzten nicht mit der Frage gequält hätten: ›Wieso sitzt dieser bis auf die Knochen asoziale Privatschnüffler nicht schon längst wieder hinter Gittern?‹«

Dabei wäre die Antwort so einfach gewesen.

»Doch diesmal …« Er senkte die Stimme, so wie ein Raubtier den Kopf senkt. »Diesmal, Kryszinski …« Und die Ohren anlegt. »Dieses Mal, dieses eine Mal ...« Bevor es sich auf seine wehrlose Beute stürzt. Wehrlos und unschuldig. Wie ein Lamm. »Diesmal kriege ich Sie dran!«, brüllte er, dass die Leuchtstoffröhren an der Decke zu flackern begannen. »Und ich werde nicht eher ruhen, bis wir Ihnen alle kleinen und großen Schweinereien in diesem Fall nachgewiesen haben und der Richter Ihnen in meinem Beisein lebenslänglich verpasst hat! Hören Sie? Lebenslänglich! Und wenn es das Letzte ist, was ich tue!«

Die Nachtschwester sah zur Tür herein. Wie ich diese Hauben liebe. Weiß auf schwarzem Haar ... Scharf.

»Was ist das für ein Radau?«, fragte sie streng.

»Die Schlaftropfen scheinen nicht recht anzuschlagen beim Hauptkommissar«, sagte ich.

Denn das war sie, die nur schwer zu fassende Wahrheit: Ich lag Seite an Seite, nur durch einen dünnen Paravent getrennt, im selben Zimmer wie Menden, wie Hauptkommissar Menden, mein Schatten an der Wand, mein Schwert des Damokles, mein Antipod, meine Nemesis. »Am besten, Sie verdoppeln die Dosis. Und«, fügte ich nach kurzer Überlegung hinzu, »meine gleich auch.«

Starski stand stark schwankend auf einem Tisch und Pancho Escuzito betete, er möge herunterstürzen und sich den Hals brechen, noch bevor der Sheriff, getrieben vom Wunsch nach ungeteilter Aufmerksamkeit, zwei weitere Salven gen Himmel geschickt hatte.

»Männer!«, schrie er. »Seid ihr alle versorgt?«

Das antwortende Gebrüll legte Zeugnis ab von

der gewaltigen Scharte, die die Bürgerwehr in Panchos Vorräte gerissen hatte.

»Dann raus mit euch in die Schlacht, Männer!«

Totenstille. Abrupt und, in gewisser Weise, lastend.

»Äh«, meldete sich schließlich jemand mit dünner Stimme zu Wort. »Wieso *›mit euch‹*? Was ist denn mit *Ihnen*, Sheriff?«

In der anhaltenden Stille konnte man Sheriff Starski genervt und schnalzend an einem Zahn saugen hören.

»Na gut«, entschied er schließlich, »dann eben: Raus mit *uns*! Und wer zurückbleibt, wird erschossen!«

Damit sprang er vom Tisch und tobte durch die Tür und die gesamte Bürgerwehr tobte mit ihm.

Lieblich schienen die Sterne auf all die umgestürzten Tische und Stühle, silbrig glänzten in ihrem Licht die vielen Scherben, goldig die unzähligen Patronenhülsen. Lieblich schienen sie hinein, die Sterne, lieblich und praktisch ungehindert.

Unter leisem Quietschen öffnete sich die Tür einen Spaltbreit und Bro Ho linste herein.

»Sind sie weg?«, fragte er in rauem Flüstern. Pancho deutete mit großzügiger Geste um sich. Er war allein. Okay, allein bis auf die lang hingegossene Gestalt von Toller Hund, den die Bürgerwehr praktisch hingerichtet hatte. Mit ihren zahllosen Runden.

»Gut.« Bro Ho stieß die Tür zur Gänze auf und wuchtete, unterstützt von Shits, einen Verletzten in den Saloon.

»Hamwer draußen gefunden«, erklärte er Pancho. Gemeinsam hoben sie Mandoney auf einen Tisch. Er war bei Bewusstein, aber ein leises Ächzen war alles, was er von sich gab.

»Jemand hat ihn umgenietet«, meinte Shits. »Es hat ihn am Bein erwischt.«

Bro Ho zog mit entschlossenem Griff ein Messer aus seinem Gürtel und verwandelte in einen meterlangen, klaffenden Schnitt, was bis dahin nur ein kleines Loch gewesen war.

Mandoney stöhnte auf.

»Na, *die* Hose ist hin«, stellte Pancho fest.

Shits teilte den Stoff und die Einschusswunde im Oberschenkel wurde sichtbar.

»Die Kugel ist noch drin«, urteilte er fachmännisch. »Am besten holt mal einer den Doc.«

Und Mandoney sank in Ohnmacht.

Ich schlug die Augen auf. Es war kein Unterschied feststellbar. Optisch. Langsam registrierte ich, dass ich mich für ein paar Minütchen in die leere dritte Box zurückgezogen hatte. Zum Nachdenken.

Wenn ich meinen Ohren trauen durfte, tobte in den Straßen der Stadt eine Schlacht.

Mit größtmöglicher Geschwindigkeit zwischen mich und die Straßen dieser Stadt gebrachte räumliche Distanz bot sich mir augenblicklich als das Naheliegendste an.

Doch ohne Pferd bist du da draußen verloren.

Das zwang mir gegen meinen Willen Buttercups Probleme auf.

Ich erhob mich. Ging die paar Schritte bis zum Eingang. Schüsse, Schreie, trappelnde Hufe, flackernde, qualmende Fackeln begrüßten mich.

Ich nahm mein Halstuch hoch vor den Mund

als Schutz vor dem beißenden Rauch, atmete einmal tief durch und trat hinaus ins Getümmel.

Sieh dir diese Idioten an, dachte ich. Jede Fackel eine Leiche. Einfacher kann man es einem Heckenschützen in der Nacht kaum machen.

»Wir werden uns«, hörte ich den Sheriff brüllen, »von einem Haufen Hühnerdiebe nicht daran hindern lassen, dem Gesetz Folge zu leisten! Das Sheriffbüro setzt einen Preis von zehn Dollar aus für jeden mexikanischen Skalp!«

Mehr Schüsse, mehr Johlen.

»Macht sie fertig, die Tortilla fressenden Hunde!«

Noch mehr von beidem. Der ganze Ort schien sich Mut angesoffen zu haben.

Ich stieg über die im Staub ruhende Statur eines niedergestreckten Fackelträgers und drückte mich ins Dunkel einer Seitengasse. Schlich mich zwischen den Häusern hindurch, bis ich das Steppengras unter meinen Stiefeln spürte. Wie immer wirkte die Nacht in der offenen Prärie weniger dunkel als in den Straßen der Stadt. Im Westen zeichneten sich die Schwarzen Berge gegen den Nachthimmel ab. Im Osten erstreckte sich blass das trostlose Flachland.

Ein Wolf heulte. Kurz nur, dafür aber ganz in der Nähe.

Instinktiv duckte ich mich hinter einen aufgebockten Wagen und spähte in die Richtung, aus der das Heulen gekommen war. Auf einem kleinen Hügel nur einen Gewehrschuss weit entfernt thronte die Gestalt eines Reiters reglos im Sattel eines Maultieres mit ellenlangen Ohren. Ein Sombrero verschattete sein Gesicht, doch die

Läufe zweier gekreuzter Gewehre überragten seine Schultern und verrieten ihn. Es war der vierarmige Bandit. Immer mit zwei Revolvern und zwei Gewehren gleichzeitig bewaffnet, daher der Spitzname. Alban Adango. El Lobo, so nannten ihn seine Gefolgsleute. Und El Lobo ritt niemals allein.

Mit eingezogenem Kopf hastete ich weiter, umrundete die Stadt an ihrer Rückseite entlang. Jedes Mal, wenn ich aufsah, erblickte ich einen weiteren Reiter. Fast geräuschlos rückten sie auf die Stadt vor.

Johlen und Schüsse ertönten vom Kirchplatz und trieben mich weiter voran. Möglich, dass der Sheriff und sein Lynchmob Tatsachen schaffen wollten, und das würde uns unweigerlich in ein Blutbad steuern.

›Uns‹? Hatte ich ›uns‹ gedacht? Irgendein Scheiß-Pferdedieb hatte mir diese Scheiße hier eingebrockt, und ich schwor mir, dass ich ihn dafür zahlen lassen würde.

Ich stolperte. Sah hinab. Silbrig glänzten die Bahngleise. Wie von alleine lenkten sich meine Schritte an ihnen entlang und mich an mein Ziel.

Das Pferd des Sheriffs wartete, fertig gesattelt, angebunden an einen Pfosten vor seinem Büro.

Wieder heulte der Wolf. Und rings um Buttercup erhob sein Rudel die Stimmen und antwortete ihm. Sie hatten die Stadt tatsächlich umzingelt.

Ich klopfte kurz an der Türe zum Sheriffbüro und warf mich zur Seite. Des Sheriffs Pferd bäumte sich auf und wieherte, als die Schrotladung durch die Tür geblasen kam.

»Teufel«, hörte ich den Doc fluchen, gefolgt von einem zögerlichen »Äh, we- wewewe- wer da?«.

»Ich bin's«, rief ich und kroch wieder näher heran. Licht fiel durch ein tellergroßes Loch im Kopfteil der Türe.

»Da- dadada- das kann jeder sagen.«

»Der Fremde!«

»Da- dadada- das auch.«

Vom Kirchplatz her näherte sich ein kompletter Fackelzug unter Grölen und Luftschüssen. Jemand schwang einen kunstvoll geknoteten Strick. Es blieb überhaupt keine Zeit mehr.

»Ich komme jetzt rein!«

»Oh« – Geräusch eines Schrotschusses, Klirren von Fensterglas, Wiehern vom Sheriffpferd – »Teufel, auch. O nein, wollt ich sa- sasasa- sagen. Nur über meine Lei...«

Doch da war ich schon drin. Zwei Läufe hat so ein Schrotgewehr, mehr nicht. Gut und gern fünfzig Patronen lagen kreuz und quer über und um den Schreibtisch herum verstreut, während Doc Tatters mit fliegenden Fingern nachzuladen versuchte.

Hufgetrappel ließ die Nacht erzittern. Schüsse peitschten, Wölfe heulten. Zu spät.

Ich griff mir ebenfalls ein Schrotgewehr aus dem Schrank, lud hastig und ging hinter dem Doc in Deckung, der am zerschossenen Fenster Position bezogen hatte und über einen wild zuckenden Doppellauf hinweg zu zielen versuchte. Reiter kamen die Hauptstraße hinuntergestürmt, im vollen Galopp, aus allen Rohren feuernd.

»Ha!«, ertönte es hinter uns. »Jetzt werdet ihr alle sterben!«

Doc Tatters zuckte, sein Gewehr paffpaffte und zwei Mexikaner flogen aus ihren Sätteln und bissen in den Staub. Ich war etwas sprachlos. Entsprechend wortlos reichte ich dem Doc mein Gewehr, während ich seins nachlud. Zwei weitere Banditen hielten jetzt direkt auf uns zu, Sombreros wie Schirme im Wind, Armeerevolver im Anschlag, Schuss auf krachenden Schuss in alle Richtungen jagend. Ich warf mich zu Boden und der Doktor zuckte. Paffpaff. Zwei reiterlose Pferde stoben davon. Rasch lud ich nach, doch die erste Angriffswelle schien schon vorbei. Wölfe heulten wie vor Schmerz und Wut.

»Teufel«, fluchte der Doc, spähte geduckt und misstrauisch über die Fensterbank nach draußen, und ich nahm ihm die Pickelhaube ab und zog ihm eins mit dem Revolverknauf über. Dann setzte ich ihm die Haube wieder auf und er sackte zusammen.

»Alleine die, die draußen auf der Hauptstraße herumliegen, sind genug, dass ich das Schild ›Schlussverkauf‹ übers Sarglager nageln kann«, meinte Shits vom Fenster her.

»Und ich kann mir'n Wolf schaufeln«, knurrte Bro Ho. »Idioten.«

»Sobald Pancho mit dem Doktor zurück ist, sollten wir unsere Pferde satteln. Und auch eins für den Fremden.«

»Wo soll'n wir das hernehmen?«

»Wir leihen uns eins aus dem Fundus des Sheriffs«, antwortete Shits. »Vielleicht Mandoneys hier. Der wird in absehbarer Zeit keins mehr brauchen.«

»Das Pferd des Sheriffs steht gesattelt draußen«, sagte ich und schloss auf. »Falls es der Doktor nicht erlegt hat«, schickte ich einen Nachgedanken hinterher. »Oder einer von deinen Landsleuten.«

Sie trat aus der Zelle wie ein Panther aus dem Transportkäfig. Ungläubig, misstrauisch, lauernd. Dunkel und glänzend, muskulös und geschmeidig.

Dem Kater in mir richtete sich der, äh, Pelz auf. Ich folgte ihr zur Tür und musste mir auf die Zunge beißen, um nicht zu maunzen.

Das Pferd war noch da. Etwas glubschäugig und nicht unbedingt die Gelassenheit in Person, aber äußerlich intakt. Fackeln brannten am Boden weiter, wo ihre Träger sie hatten fallen lassen, und ihr Rauch biss in den Augen und machte das Atmen schwierig. Von überall her wurden Ochsenkarren und leere Fässer herangerollt und umgestürzt und alles schrie wild durcheinander, während sich Buttercup auf den zweiten Sturmangriff vorbereitete.

Zwei Mexikaner und zwei Bürgerwehr-Milizionäre mit großen, runden Hüten, auf deren Krempen man ›Welcom to Tijuana‹ lesen konnte, lagen am Boden und hatten den Doc um zwanzig Dollar Kopfprämie weniger als die erwarteten vierzig reicher gemacht.

Aisha löste den Strick und das Pferd tänzelte.

»Machs gut«, murmelte ich in erzwungener, leicht gepresster Zweisilbigkeit, und sie nahm den Fuß noch einmal aus dem Steigbügel, drehte sich zu mir, fasste meinen Kopf und verbrannte mir Lippen und Zunge in einem Kuss voll animalischer Glut.

Pock! machte einer meiner Knöpfe und schwirrrrrrrrrrrrrrrrrrrrrrrrrrrte davon wie ein Querschläger.

»Bis bald«, sagte sie dann, schwang sich in den Sattel, riss das Pferd auf der Hinterhand herum und verschwand im Galopp in die Nacht. Dorthin, wo die Wölfe am lautesten heulten.

»Lasst uns verschwinden«, keuchte Pancho. Sein Kopf war ein oben offener, rauchender Krater mit einem an die Zahnung von Briefmarken erinnernden Rand, wie man ihn davonträgt, wenn man damit zwischen die Schrotflinte des Docs und zwei wie auch immer geartete Opponenten gerät.

»Mir reichts«, keuchte er.

Und dabei einen hohen Hut trägt, sollte an dieser Stelle vielleicht Erwähnung finden.

»Wo hast du den Doc gelassen?«, wollte Bro Ho wissen.

»Im Sheriffbüro. Bewusstlos. Mit 'ner Beule auf 'm Kopf.« Geistesabwesend nahm Pancho seinen Hut ab, blickte durch die große, kraterähnliche Öffnung. Selbstvergessen probierte er den von Mandoney auf. Passte. Mandoney würde eh so bald keinen Hut mehr brauchen. Wenn überhaupt je wieder.

»Ich werd Flat vor den kleinen Einachser spannen«, riss er sich selbst aus seinen Gedanken.

›Flat‹ war der Name seines Pferdes. Das von Bro Ho hieß ›Shovel‹ und das von Shits ›Knuckle‹. Nicht ganz alltägliche Pferdenamen, die sich jedoch durch die eigentümliche Kopfform der jeweiligen Tiere erklären ließen.

»Damit schaffen wir schnell Toller Hund in den

Mietstall und dann Mandoney rüber zum Doc. Hier können wir sie nicht lassen.« Pancho blickte viel sagend hoch zum Dach, das in einigen Belangen dem seines Hutes nicht unähnlich war. Nur dass sich hier am Rand schon die ersten Geier eingefunden hatten.

Mandoney brüllte vor Schmerz, als ihn der Sheriff und drei seiner Blechsternträger vom Einspänner holten, durch die Türe, quer durchs Büro und schließlich in die Zelle neben meiner wuchteten.

Ja, ganz recht. Meine Zelle. Der Galgen war fertig, für teuer Geld, der kunstvoll geknotete Strick ebenfalls, also musste auch jemand baumeln. Und Aisha stand nicht mehr zur Verfügung, also musste jemand an ihrer statt baumeln.

Die Morgensonne schoss den Himmel empor zu einem weiteren, heißen Tag, und all die toten Mexikaner, die all die furchtlosen Schützen erledigt haben wollten, waren nirgends zu finden, sondern nur die fliegenumsummten Kadaver von Nachbarn, Freunden, Verwandten und Bekannten, ganz so, als wären die Mexe nie da gewesen, und auch für diesen empörenden Umstand sollte jemand baumeln. Es machte keinen Sinn, aber die Leute empfanden so, und deshalb hatte der Sheriff, wie immer ein Ohr am Puls der Zeit, mir zusammen mit Blechstern und Bewaffnung den Status eines freiwilligen Milizionärs wieder aberkannt und mich, unterstützt von seiner übellaunigen, schwer verkaterten Schar, zurück ins Loch geworfen.

»Wir finden nur noch eben schnell raus, wer Mandoney umgebracht hat«, grollte er drohend, packte die Gitterstäbe und schob seinen roten Riecher dazwischen, um mich aus größtmöglicher Nähe finsterst anstarren zu können.

Mandoney stöhnte ein Stöhnen, das auf eine sublime Art mitschwingen ließ, dass er sein Ableben noch keineswegs als ein *fait accompli* betrachtete.

»Dann«, fuhr der Sheriff ungerührt im gleichen Tonfall fort, »fragen wir noch eben den Doc, wer es wohl war, der ihn niedergeschlagen und die verurteilte Mörderin freigelassen hat, anschließend halte ich eine kurze, flammende Rede, und kaum dass der Applaus verhallt ist, knüpfen wir dich auf.«

»Der Schuss auf Mandoney muss aus dem Saloon gekommen sein«, sagte ich. »Während der Vereidigung der Miliz. Ich frage mich, ob Dickie Thysson daran teilgenommen hat?«

»Was?«, schnappte der Sheriff irritiert. »Aus dem Saloon? Unmöglich. Ich habe mich den größten Teil der Nacht persönlich dort aufgehalten und in der ganzen Zeit ist nicht ein einziger Schuss gefallen. Und Dickie Thysson ist als Mitglied der angesehensten Familie der ganzen –«

Das Knallen der Tür, oder was davon übrig war, unterbrach ihn. Doc Tatters kam hereingewankt, eine frische Flasche Chloroform in der einen, seinen klappernden Arztkoffer in der anderen Hand. Mandoney auf seiner Pritsche stöhnte vernehmlich bei seinem Anblick.

»Na, Doc«, begrüßte ihn der Sheriff aufgeräumt, was den Doc wenig zu begeistern schien, der sich schnurstracks auf seinen Patienten zubewegte. »Was«, meinte der Sheriff und nahm dem Doc im Vorbeilaufen die Pickelhaube ab, »würdest du sagen, wer dir diese schändliche Beule verpasst hat?«

»Kei- keikeikei- kein-«

»Kein anderer als der Fremde«, führte der Sheriff Doc Tatters' Satz in freier Interpretation und wohl geöltem Bariton zu Ende. »Ganz wie wir vermutet haben.«

»Kei- keine Ahnung«, korrigierte ihn der Doc zu meiner Überraschung.

»Und genau diese Aussagen und anderen Ergebnisse meiner Ermittlungen«, ignorierte ihn der Sheriff, »werde ich gleich den treuen Bürgern dieser Gemeinde verkünden, dann das Urteil fällen und unverzüglich vollstrecken.«

Mit einem entschiedenen Ruck nahm der Doc dem Sheriff die grüne Pickelhaube aus der Hand und setzte sie sich wieder auf.

»Ma- mamama- machen Sie sich schon mal frei«, sagte er zu Mandoney, öffnete seinen Koffer, und eine bunte Auswahl an chirurgischem Besteck flog scheppernd durch den Raum, »das ha- hahaha- haben wir gleich.«

Ein kalter Schauder packte mich. Denn seien wir mal ehrlich: Doc Tatters' chirurgische Künste waren die eines pathologischen Pathologen. Es mochte als Operation beginnen, was er unters Messer nahm, doch schon vor den abschließenden Näharbeiten war in den meisten Fällen längst wieder eine Obduktion daraus geworden.

Mandoney war kein bisschen weniger todgeweiht als ich.

Wenn einen nur noch ein paar hohle Worte und ein bisschen lascher Applaus vom Strick trennen und man momentan ohne Plan ist, wie sich dieses Schicksal noch mal abwenden ließe, wird die Versuchung groß, es mit dem schlichten Schinden von Zeit zu versuchen.

»Ich würde gerne noch beichten«, log ich, ohne rot zu werden. Ich hatte in Buttercup noch nicht *einen* Priester gesehen.

»Ich schick dir Bro Ho«, meinte der Sheriff, auf dem Weg zur Türe. »Der hat mal ... Der war mal ... Egal. Der kann dann auch gleich Mandoney die Letzte Ölung verpassen oder was auch immer.« Sheriff Starski griff den Griff von dem, was von seiner Türe noch übrig war.

»Hat ein Mann in meiner Lage nicht noch einen letzten Wunsch frei?«, fragte ich mit rechtschaffener Entrüstung.

»Ich schick dir Mama Escuzito«, meinte der Sheriff und wollte hinaustreten auf die Straße. »Letzte Wünsche fallen normalerweise in ihr Ressort.«

»Ich hatte eigentlich eher an einen letzten, ehrlichen Schluck gedacht«, rief ich hastig.

Der Sheriff hielt eine Sekunde lang inne und nickte dann.

»Also schick ich dir Pancho«, meinte er aufgeräumt. »Kann der auch gleich dem Doc zur Hand gehen.«

»Und ich will in einem Sarg begraben werden«, forderte ich lautstark über das Zuknallen der Türe hinweg.

»Shits kommt sowieso«, kam die Antwort von draußen.

Erschöpft warf ich mich auf meine Pritsche. Schloss kurz die Augen. Verdammt, dachte ich, schwitzend. Jetzt bloß nicht einpennen.

Der Doktor schwitzte wie ein Verdammter.

»Der Ausfall der Klimaanlage ist selbstverständlich höchst bedauerlich«, sagte er. »Doch bitte bedenken Sie, meine lieben Patienten …« Der Doktor zwinkerte, eine seiner Angewohnheiten, »… wir müssen bei dieser Hitze auch noch arbeiten. Während Sie liegen bleiben dürfen.« Wieder zwinkerte er. Zwinkerte und zwinkerte.

»Trotzdem werden wir natürlich alles unternehmen, Ihnen den Aufenthalt so angenehm wie nur möglich zu machen.«

Die Tagschwester hatte die Arme gehoben, um meinen Tropf neu zu justieren, und ich schenkte ihr bei diesen Worten des Docs einen Blick, wie man ihn suggestiver nicht gestalten kann.

»Wenn Sie also noch Wünsche oder Anregungen hätten –«

»Ich will in ein anderes Zimmer!«, forderten Menden und ich gleichzeitig.

»Nun …« Der Doktor wand sich sichtlich und zwinkerte immer wilder, »… das ist bei unserem augenblicklichen Zustand der Überbelegung äußerst schwierig. Ich hoffe, Sie glauben mir, dass dies das einzige Zimmer im ganzen Haus ist, in dem nur zwei Patienten untergebracht sind. Trotzdem werden wir sehen, was wir tun können. Wenn Sie also sonst noch Wünsche haben, lassen Sie sie uns doch einfach wissen.« Damit schob er seine rundliche Gestalt durch die Tür.

»Was hat denn der für 'nen nervösen Tick am Auge?«, fragte ich die Schwester leise.

Sie wiegte bedauernd ihr blondes Haupt.

»Dr. Tatlarek steht momentan schwer unter Druck«, meinte sie sachlich.

»Da wüsste ich noch einen«, knurrte ich, die Stimme bis an den Sättigungsgrat durchtränkt mit Suggestion und Testosteron.

Die Türe schloss mit einem Knall.

Wir hatten Besuch, fiel mir auf.

Shits lehnte am Gitter, reinigte sich die Nägel. Bro Ho, verdeckt durch die Wolldecken, murmelte etwas von »In nomine patri et filii et –«, er nahm einen geräuschvollen Schluck, »– spiritus sancti«, unterbrochen von Mandoney, der brüllte, Bro Ho solle ihm mit dem verdammten Spiritus vom Leib bleiben.

Besuch, das hatten wir.

Pancho nahm dem reglos zusammengesackten Doktor den Trichter aus dem Hals und beobachtete mit klinischem Interesse die Reaktion des Arztes, der sich ruhig erhob, ruhig die Ärmel aufkrempelte, Bro Ho ruhig anwies, die Anästhesie vorzubereiten, und den Patienten in ruhigem Tonfall über die Risiken des anstehenden Eingriffs aufklärte.

Ungewöhnlichen Besuch.

Ein fetter Kerl mit Anzug und einem aufgedonnerten, äußerst pneumatischen Luder am Arm stand mitten im Raum und brüllte nach Sheriff Starski, der auf eine unübersehbare Art und Weise nicht anwesend war. Direkt hinter den beiden, den Raum, die Tür, das Fenster im Blick, stand ein hohlwangiger, breitschultriger Galgenvogel mit zwei Revolvern am Gürtel, einem Messer im Ärmel und höchstwahrscheinlich einer eigenen, nach ihm benannten und von ihm persönlich bestückten Reihe auf dem Stiefelhügel.

Doch all das, all diese schillernden Persönlichkeiten und vielfältigen Eindrücke interessierten mich einen Furz.

Alles verblasste angesichts des Besuches, den wir hatten.

Ich sprang auf die Füße, schritt rüber zu Shits, ans Gitter, und raunte ihm ins Ohr.

»Wer ist –«

»Richard Thysson, der Bürgermeister von Buttercup. Außerdem Vorstand der örtlichen Savings and Loans, kontrolliert sämtliche Geschäfte hier in der Stadt und Umgebung.«

Ich schüttelte unwillig den Kopf. Ich *kannte* Richard Thysson. Wusste zumindest, wer er war. O ja.

»Doch wer –«

Shits sah nicht auf von seiner Maniküre.

»Geneviève, seine zweite Gattin. Eine ehemalige Miss. Auch wenn keiner so recht weiß, *wovon*. Doch 'ne Ehemalige ist sie, glaub's mir.«

»Starski!«, brüllte der vierschrötige, semmelblonde Bürgermeister aus der Tür. »Wieso baumelt der Fremde nicht schon längst?!«

Das Zentrum meines Interesses stand derweil herum und vermied es, in meine Richtung zu blicken.

»Nein, was ich wissen will, ist, wer –«

»Foreman Jones, Chef der Gebrüder Jones und Thyssons rechte Hand. Sein Mann für alles, was selbst dem Sheriff zu grob ist.«

Die Tür ging auf und der Sheriff kam hereingehechelt.

»Wir sind schon praktisch dabei, Bürgermeister«, versicherte er. »Wir warten nur noch eben Doc Tatters' fatalen Eingriff ab.«

»Nein«, murmelte ich, »wer –«

»Mit diesen dreien willst du keinen Ärger haben, glaub's mir.«

»Nein, wer –«

»Richard ist auch der Vater von Dickie«, raunte Shits.

»Nein, wer –«

»Der, mit dem du gestern –«

»Nein, wer –«

»Und der dir auch dein Pferd –«

»Ja, *Himmelarsch*!«, brüllte ich, dass die Gitterstäbe in meiner Hand vibrierten. »Was ich wissen will, ist: *Wer zum Henker noch mal ist der blonde Engel neben dem fetten Sackgesicht?!*«

Wow, was für ein Publikum. Alle Anwesenden, der Sheriff, das fette Sackgesicht, seine Gattin, der Galgenvogel, und auch der blonde Engel selbst, der Doc, Pancho, Shits, selbst Bro Ho und Mandoney, hinter den Wolldecken, alle starrten mich an.

Shits räusperte sich in das perplexe Schweigen hinein.

»Eva«, versuchte er sich in der Kunst des geraunten Bauchredens. »Eva Thysson. Die Tochter. Arbeitet bei der väterlichen Sparkasse.«

Und dann traf es mich.

»Sag das noch mal!«

»Arbeitet bei der –«

»Nein, das davor!«

Mietstallbesitzer Samuel hatte sich keine Informationen entlocken lassen. Hatte sich in sein Scheißhaus eingeschlossen und blöd gestellt, geradezu bockig, selbst nach Androhung von Gewalt. Hatte gemeint, es wäre nur zu meinem Besten. Ominös.

»Die Tochter –«

»Das mit meinem *Pferd*, verflucht noch mal!«

Shits lehnte sich nervös so dicht es ging ans Gitter und sprach zwischen strichdünnen Lippen und fest zusammengebissenen Zähnen hindurch in einem gepressten, kaum wahrnehmbaren Flüstern.

»Das ist jetzt, glaube ich, nicht der geeignete Zeitpunkt, um –«

»O doch«, unterbrach ich ihn und zog ihm geschmeidig den Revolver aus dem Holster.

»Waffen weg? Aber warum sollten wir?«, fragte der Sheriff den Fremden.

Pancho nahm einen Schluck, keuchte und schüttelte sachte den Kopf. Die Stimmung im Sheriffbüro war gespannt wie der Bogen eines im Hinterhalt lauernden Schwarzfußindianers. »Wenn du unbedingt Shits in den Kopf schießen willst, dann nur zu!« Und er und Bürgermeister Thysson tauschten einen Blick und brachen in nervöses Gelächter aus. Nacheinander steckten sie auch den Foreman an und nacheinander zogen alle drei ihre Revolver, lachend.

Wenn das wieder der falsche Fremde ist, dann kann Kleines Glas aber was erleben, dachte Pancho und verfluchte innerlich alle Indianer-Orakel.

Ein Schuss peitschte, und der Bürgermeister stand plötzlich barhäuptig da und unvermittelt blass, sehr blass.

Der Fremde hatte seine Taktik geändert.

»Waffen weg«, forderte er erneut, nur diesmal mit dem Zusatz: »Oder ich puste den Dicken um.«

»Oh, bitte, tun Sie mir nichts!«, flehte die Bürgermeistergattin, hob die Hände in die Höhe und atmete schwer und wogend. »Ich bin nur eine wehrlose Frau!«

»Wird's bald?«, schnarrte der Fremde.

Richard Thysson ließ seinen Revolver zu Boden fallen, und knurrend, drohend, zögernd folgten erst der Sheriff und schließlich auch Foreman Jones seinem Beispiel.

Pancho nahm einen Schluck aus seiner Pulle. Niemand sonst wagte es, sich zu rühren.

»Du.« Der Fremde zeigte auf Eva, die ihre blauen Augen weit, weit aufgerissen hielt. »Komm her«, befahl er. »Und bring die Schlüssel mit.« Eva sah ängstlich zu ihrem Vater, der finster nickte. Im nächsten Augenblick hatte sie dem Fremden die Zellenschlüssel ausgehändigt, der sich selbst befreit, sie gepackt und mit festem Griff an sich gerissen.

»O nein! Nehmen Sie mich«, forderte Geneviève mit geblähtem Pathos, »ich ... ich wüsste mich nicht zu widersetzen!«

Der Fremde ignorierte sie. »Rein mit euch«, forderte er, und Thysson und Starski und Foreman Jones und schließlich auch Thyssons Gattin gingen zögernd, finster, Schritt für unwilligen Schritt in die Richtung, die der Fremde ihnen vorgab, bis die Zellentür hinter ihnen ins Schloss gefallen war. Mit einem vom Scheppern der Gitterstäbe gefolgten Knall.

Sollte Kleines Glas diesmal doch Recht gehabt haben? Pancho verfolgte jede Bewegung des Fremden mit enormer Anspannung. Sollte der Fremde es schaffen, hier aus eigener Kraft herauszukommen, dann waren die Würfel gefallen, wie man so sagt. Die Seiten bezogen. Dann waren sie seine treuen Verbündeten. Wenn nicht ...

Der Fremde nahm die Schlüssel an sich und schob Eva Thysson, weiterhin dicht an sich gepresst, vor sich her zur Tür. Evas Augen waren immer noch weit aufgerissen, ihre Wangen fiebrig gerötet. Ihr Atem ging stoßweise und sie schien den starken Arm um ihre Taille zu brauchen, um sich überhaupt auf den Beinen halten zu können.

Breit füllte das stabile Kreuz des Fremden das helle Geviert der offenen Tür, nur noch zwei Schritte und er wäre in Freiheit, als ...

»Halt! Waffe fallen lassen und Hände hoch, oder du bist tot!« Mandoneys Stimme federte nach wie die Klinge eines Wurfmessers, das gerade sein Ziel erreicht hat, und seine Hand hielt den großkalibrigen Revolver mit erstaunlicher Kraft und Ruhe genau auf den Rücken des Fremden gerichtet. Unerschütterlich und trotz Schussverletzungen und Blutverlust von eiserner Kraft und Entschlossenheit.

Zumindest, bis Bro Ho ihm den mit Chloroform durchtränkten Lappen aufs Gesicht presste.

»Dad«, sagte ich etwas gepresst, »wir haben nie viel geredet, du und ich. Und auch jetzt hab ich kaum Zeit. Die Dinge hier gestalten sich noch schwieriger, als ich gedacht hatte. Ich werde mich in Sicherheit bringen und einen neuen Plan fassen müssen. Und beides schnell. Doch verlass dich drauf: Irgendwie hole ich die Ranch zurück. Und wenn es das Letzte ist, was ich tue.«

Dad antwortete nicht, was nicht weiter überraschte. Ich hängte den Ring mit den Zellenschlüsseln an den rechten Arm seines Holzkreuzes, stellte seine Stiefel ordentlich nebeneinander und ging dann, so zügig ich nur konnte, durch die Grabreihen davon. Dad war der eine Besuch, den ich noch machen wollte, bevor ich die Stadt verließ. Der andere war Mama. Panchos Mama. Mama Escuzito.

»Das werdet ihr noch bereuen!«, schrie Bürgermeister Thysson.

»Ihr werdet mit ihm zusammen hängen!«, schrie der Sheriff.

»Lasst uns hier raus«, schrie Foreman Jones, »oder ihr wandert schnurstracks auf den Stiefelhügel!«

»Doch vorher werden wir euch alle kastrieren«, schrie Geneviève den entschwindenden Gestalten von Pancho, Bro Ho und Shits hinterher, »kastrieren, kastrieren, kastrieren!«

»Bisschen mehr Ru- Rururu- Ruhe hier«, konnte man den Doc noch hören. »Ich versuche hier eine Opera- rarara…« Dann fiel die Tür ins Schloss.

»Un' wohin jetzt?«, fragte Bro Ho und nickte Eva Thysson freundlich zu, die vor dem Drugstore in einem Schaukelstuhl wippte und ihre erhitzte Konstitution mit einer Limonade kühlte.

»Kastrieren, kastrieren, kastrieren«, schallte es weiterhin schrill aus der Zelle im Sheriffbüro.

»Schnell zum Stall«, entschied Pancho, »und dann raus aus der Stadt. Wir sind ab sofort die treuen Verbündeten.«

»Die aus 'm Orakel«, fügte Bro Ho noch hinzu.

»Mama«, sagte ich und löste mich aus der mütterlichen Umarmung ihrer großmütterlichen Arme, »ich habe acht Wochen in Ketten hinter mir, sechs Tage im Sattel, eineinhalb rein und raus aus der örtlichen Gefängniszelle, gleich schon werde ich wieder in eben die Einöde reiten müssen, die ich so kürzlich erst gekreuzt habe, also bitte glaub mir, mir steht der –«

»Ach, du armer Junge«, meinte sie voll mütterlichen Mitgefühls. Bewusstlose Fliegen fielen aus der sie umgebenden Parfümwolke, und ich musste mich kurz an die Wand lehnen und die Augen schließen …

»Haben Sie Kinder?«

»Wa- was hat das damit zu tun?« Menden klang irritiert, um es behutsam auszudrücken.

»Antworten Sie mir: Haben Sie Kinder?!«

Ich versuchte, mit einem leisen ›Pst‹ Mamma Scuzzi zu bremsen und zumindest bis auf Flüsterweite rüber an mein Bett zu holen. Ich hatte da eine Bitte an sie.

»Nein, hab ich nicht. Aber –«

»Wusst ich's!«, triumphierte sie. »Wenn Sie selber Kinder hätten, dann wären Sie nicht so verbiestert und hätten ein bisschen mehr Verständnis für den armen Kristof hier und auch für meinen kleinen Pierfrancesco!«

»Pst«, machte ich. Vergeblich.

Eines ihrer Mädchen, dachte ich. Sie bräuchte nur eines ihrer Mädchen in eine Schwesternuniform zu stecken und zu späterer Stunde … Ich brach den Gedanken ab. Schluckte hart. »Pst«, machte ich ungehört. Denn wenn Mamma Scuzzi einmal in Fahrt ist ... Hinzu kam, dass sie sich in Hauptkommissar Menden einen zähen Gegner ausgesucht hatte.

»Der ›arme Kristof‹ und der ›kleine Pierfrancesco‹?«, echote er ungläubig. »Die beiden sind seit über zwanzig Jahren erwachsen und seit *mindestens* dreißig Jahren kriminell und –«

»Aber«, warf Scuzzis Mamma ein und überhörte erneut mein dringliches ›Pst‹, doch Menden war noch nicht fertig und fiel ihr seinerseits ins Wort.

»Und ich bin *in* und *vor* dem von Ihrem Söhnchen betriebenen Rockerlokal gleich zweimal angeschossen worden und sämtliche Indizien –«

»Papperlapapp, Indizien. Sie wissen doch so gut wie ich, dass die guten Jungs keiner Fliege –«

»Ha! *Was* weiß ich?! Soll ich Ihnen mal erzählen, wie viele Akten ich im Laufe der Jahre alleine über den ›guten Jungen‹ Kristof Kryszinski angelegt habe?«

Ajeh, dachte ich und seufzte müde, das wird dauern.

»Das tut mir ja so Leid«, meinte Panchos Mama und wischte mir mit einem spuckefeuchten Taschentuch einen wahrscheinlich nur für sie wahrnehmbaren Fleck von der Wange.

Für die Mütter deiner lebenslangen Freunde wirst du, genau wie ihre Söhne, lebenslang eine kleine Rotznase bleiben, auch wenn du ihnen mit einem Siebentagebart entgegentrittst, sie um drei Köpfe überragst und sie in ihrer Funktion als Puffmutter aufsuchst. »Doch das wird jetzt leider etwas dauern.«

Ich schluckte hart.

»Du wirst dich ein bisschen gedulden müssen«, teilte sie mir mit und zwischen meinen Ohren begann ein Wasserkessel zu pfeifen. »Um diese frühe Stunde hab ich nur ein Mädchen da, Rosalita, und die ist gerade mit Dickie, dem jungen Thysson, nach hinten –«

»Hey, guckt mal«, rief Bro Ho, »dahinten parkt ja Falco, das Pferd vom Fremden!«

Er und Shits und Pancho näherten sich Mama Escuzitos Kitten Club in vorsichtigem Abstand von der Rückseite her und die Hufe ihrer vier Pferde ließen den Staub in großen Wolken aufsteigen.

»Da hätten wir Mandoneys Zossen ja gar nicht –«, fuhr Bro Ho fort, als sie das Schloss einer Zimmertür unter Krachen bersten, eine Mädchenstimme aufkreischen und Schüsse in regem Wechsel fallen hörten, was, in der Summe der akustischen Eindrücke, ihnen allen noch mal kurz in Erinnerung rief, dass die Besitzverhältnisse, was den Schecken anging, im Moment noch nicht bis zum Letzten geklärt waren.

Glas splitterte, ein Fenster fiel aus dem Rahmen und Dickie Thysson kam heraus auf den vorgelagerten Balkon gesprungen, feuerte aus zwei Revolvern gleichzeitig zurück ins Zimmer, in dem man das Mädchen immer noch angstvoll kreischen hören konnte, dann schwang er sich über die Brüstung, landete wie eine Katze, hechtete augenblicklich in Falcos Sattel und gab dem Schecken erbarmungslos die Sporen.

Wir jagten die Hauptstraße hinunter und nahmen sämtliche Ampeln bei Rot, in gestrecktem Galopp.

Dickie schrie dabei und feuerte wiederholt in die Luft, wohl um die Aufmerksamkeit des Sheriffs zu erregen, oder die seines Vaters, doch waren die beiden bestimmt noch damit beschäftigt, einem bedauernwerten, schwitzenden Schlosser auf die nervösen Finger zu starren.

Erst das Pferd und dann der Reiter, ist eine meiner kleinen Regeln, doch hier griff sie nicht. Ich mochte den Schecken, ich hing an ihm, und die Art, wie dieser Scheißer meinem treuen Pferd die Sporen in die Flanken hieb, besiegelte ein für alle Mal sein Schicksal. Doch ich würde es einfach nicht über mich bringen, ihm Falco unterm Hintern wegzuschießen, also musste ich mir etwas anderes einfallen lassen.

Am Ortsausgang verlor ich den Bürgermeisterspross kurz aus dem Blick, als er vor den Bahngleisen einen wild schleudernden Haken schlug. Richtung Westen, wie es aussah. Keine zwanzig Pferdelängen hinter ihm bog ich ein und machte mich an die Verfolgung, hinaus in die offene Landschaft. Keine zwanzig Pferdelängen und doch zu weit, um halbwegs vernünftig zielen zu können, zumindest im Galopp, also nahm ich einfach nur den Kopf herunter und ermutigte Beemer, ein Pferd aus dem Bestand des Sheriffs, zu mehr Tempo. Mandoneys Pferd, um genau zu sein. Ein Schimmel mit grünem Zaumzeug. Er brauchte es im Moment nicht, wenn er überhaupt noch mal eins brauchen sollte.

Als ich wieder aufsah, lagen fünfundzwanzig

Längen zwischen uns, also ermutigte ich Beemer ein bisschen stärker. Nichts kam. Ich warf einen Blick über die Schulter zurück. Nichts kam. Nichts und niemand, um genau zu sein. Flat, Shovel und Knuckle waren, wie es aussah, sogar noch lahmere Zossen als der, in dessen Mähne ich meine Nase steckte. »Lauf«, schrie ich ihm ins Ohr, »lauf, du Mühle!« Doch nichts kam.

Ich habe nie verstanden, warum der Staat diese Sorte Gäule bevorzugt. Da ist nichts hinter. Wenn man anreitet, schlagen sie krachend die Zähne zusammen und heben den Hintern in die Luft wie Schwuchteln, die einer gezwackt hat. Hört man nur für einen Moment auf, ihnen die Sporen zu geben, sacken sie sofort apathisch in sich zusammen, und in Kurven schlackern sie wie besoffen mit den Hufen. Der bleibende Eindruck ist, eine aufblasbare Kuh zu reiten.

Als ich das nächste Mal aufsah, lagen dreißig Pferdelängen zwischen mir und dem verfluchten Milchgesicht. Ich hing nicht umsonst so an meinem Falco. Schön, schnell, handlich und ausdauernd, das macht ein gutes Pferd für mich aus. Mandoneys Gaul dagegen war nicht gebaut für Geschwindigkeit. Schäumte schon. Schwitzte. Keuchte. Zitterte. Furzte blaue Wolken. Noch ein paar Meilen Galopp und ich wäre wieder zu Fuß unterwegs. Resigniert hörte ich auf, den Zügel zu wringen, verzögerte bis in einen leichten Trab hinunter. Versuchte, die Staubfahne meines Schecken und gleichzeitig seine Hufspuren im Auge zu behalten, was echt schwer ist mit einer Augenanordnung, wie wir sie haben.

Ich krieg dich, dachte ich, an Dickies Adresse

gerichtet, ich krieg dich und dann kannst du beten, wenn ich dir die Zeit lasse, du miese kleine Ratte, ich krieg dich, dich und deine ganze verdammte Sippe, bis vielleicht auf …

Hatte ich mich getäuscht, oder war da ein Zittern durch Evas ranken Körper gefahren, als ich sie an mich riss, Revolver gezückt, und ›Hab keine Angst‹ in ihr Ohr flüsterte, bevor ich ihren Vater, seine Frau, seinen Vorarbeiter und auch seinen verdammten Sheriff vor ihren Augen demütigte. Hatte ich mich getäuscht oder hatte sie, leicht zitternd, hinter sich gegriffen, tastend, auf der Suche nach … Halt …?

Ich ließ den Gaul auslaufen. Selbst Trab war im Moment zu viel des Gehoppels.

Bro Ho und Pancho zogen auf gleiche Höhe mit Shits. Sie nahmen etwas Geschwindigkeit raus und das Gehoppel ihrer Pferde nahm einen sonoren, gleichmäßig klopfenden Klang an.

Pancho zog eine flache Flasche aus seinem linken Stiefel und entkorkte sie mit den Zähnen, ohne die Rechte vom Zügel zu nehmen. Er gönnte sich einen Schluck, keuchte kurz und reichte die Flasche an Shits weiter.

Shits saugte sich seinen Anteil raus, keuchte und gab die Flasche an Bro Ho weiter, der sie leerte und hinter sich warf. Bevor er keuchte.

Etwas wie ein anstehendes Gespräch lag in der flimmernden Luft.

»Seid ihr eigentlich wirklich sicher«, schnitt Shits das Thema an und die drei Pferde verfielen wie von alleine in Schritt, »dass das wirklich der richtige ›Fremde‹ ist? Ich meine, der aus dem Orakel? Ich will ja keine Haarspaltereien betreiben, aber es fängt damit an, dass er eigentlich gar kein Fremder ist, oder?«

»Aber er heißt so«, brummelte Bro Ho. »›Der Fremde‹. Das gleicht's wieder aus.«

»Dann«, fuhr Shits fort, »hat er ja nicht mal mehr seinen Schecken, ›Schneller als der Wind‹.«

»Du hast nicht zugehört«, schnappte Pancho. »Kleines Glas hat nur vorausgesagt, dass er damit *in den Kreis aus Eisen* geritten kommen wird, und das hat er ja wohl getan. Und basta«, schickte er noch hinterher, in abschließendem Tonfall. Es war, verdammt noch mal, zu spät für diese Diskussion.

Doch Shits war noch nicht fertig.

»Und was ist mit den ganzen Squaws, die er beglücken soll? Die Frau vom Bürgermeister hätte sich ja am liebsten gleich auf dem Sheriffschreibtisch von ihm nehmen lassen und das Törtchen von Töchterchen schien mir auch nicht abgeneigt ... Und jetzt ist er, wie's aussieht, noch nicht mal im Kitten Club zum Stich gekommen.«

»Bisher haben wir auch noch nicht besonders viel getan, um ihn zu unterstützen«, meinte Pancho mit leisem Vorwurf.

Das zog ein kurzes Schweigen nach sich.

»Also, was soll'n wir denn machen? Ihn hart reiben für ihn? Wenn er selbst im Kitten Club unsere Unterstützung braucht ...«, fing Bro Ho an, doch Shits schnitt ihm das Wort ab.

»Immerhin habe *ich* ihm den Revolver zukommen lassen«, verteidigte er sich.

»Und *ich* hab Mandoney choro-, chorofo-, chololorofo-, *betäubt*«, erinnerte sich Bro Ho. Er und

Shits sahen Pancho nicht an, aber die Art, in der sie das nicht taten, hatte etwas unausgesprochen Starrendes an sich.

»Wir werden noch *alle* jede Menge Gelegenheit kriegen, uns zu beweisen«, prophezeite Pancho düster. »Denn von jetzt an gibt es kein Zurück mehr für die treuen Verbündeten.« Und damit trieb er Flat wieder an.

Kein Wunder, dachte ich, dass Beemer nicht rennen will, selbst wenn ich ihn noch so antreibe. Irgendjemand hatte ihm die Packtaschen voll geladen, und zwar bis obenhin. Ich war noch nicht dazu gekommen, mal einen Blick auf den Inhalt zu werfen, doch vom Klang her ließ sich schon ahnen, worum es sich handelte. Müsste ich ihn beschreiben, den Klang, ich würde ihn ein ›volltönendes Klunkern‹ nennen. Ein beruhigendes Geräusch.

Die drei holten auf, zogen neben mich. Ernst, schweigsam.

Ich sah nur die Gitarre quer über Panchos Rücken und wurde mir meiner Verantwortung bewusst.

»Jungs«, sagte ich, senkte die Hand in eine der Packtaschen und brachte sie eng um einen Flaschenhals geschmiegt wieder hoch, »so nett ich das finde«, sagte ich, zupfte den Korken runter und flößte mir einen ein, der mir das Blut zum Brodeln brachte wie Ofenglut einen Teller Bohnensuppe, »aber warum macht ihr das?« Ich keuchte und dachte daran, die Flasche weiterzureichen. Nahm vorher schnell noch einen. Keuchte noch mal. »Ich meine, warum schlagt ihr euch auf meine Seite? Es kann nicht lange dauern, und wir haben halb Buttercup auf unseren Fersen.«

»Das wollten wir dir schon lange erklären«, antwortete Pancho, als das gemeine, die Luft zerreißende Pfeifen einer Gewehrkugel mit einem *Ffffnuck!* im Leib meines Reittieres verstummte und dann erst vom Knall des Schusses eingeholt wurde. Augenblicklich gingen Ross und Reiter zu Boden.

Mit sonorem Ballern näherte sich das Geräusch eines großen, unangestrengten V-Zweizylinders und verstummte mit dem Knall einer satten Fehlzündung irgendwo vor dem Haus. Zwei Minuten später drückte sich Besuch durch die Zimmertüre. Besuch für mich.

Hoho trug einen Strauß Blumen, was immer ein bisschen seltsam aussieht in der Hand eines riesigen, schmierigen Bikers, und Schisser einen Kranz.

So taktvoll ich konnte, machte ich ihn darauf aufmerksam, dass er mit seiner Gabe unter Umständen ein ganz klein wenig zu früh dran sei.

»Hoho hat die letzten erwischt«, verteidigte er sich, »und was anderes gab's nicht mehr. Auf dem Friedhof. Aber Schnittblumen halten sich nicht, bei dem Wetter. Weiß doch jeder«, fügte er hinzu, mit einem Seitenblick zu Hoho, der nicht reagierte. Da ist Hoho einmalig drin, im Nicht-Reagieren. Da macht ihm keiner was vor. Ohne eine Miene zu verziehen, kippte er den Inhalt meiner Pissflasche aus dem Fenster, ließ sie am Waschbecken voll Wasser laufen, stopfte die Blumen hinein und hängte alles zusammen zurück an den Haken neben meinem Bett.

Dann stellte er sich wieder zu Schisser, und gemeinsam nahmen sie mich und die Lage, in der ich mich befand, in Augenschein. Beide hatten sichtliche Mühe, sich das Feixen zu verbeißen. Die Mitleidsgrenze bei Bikern hängt hoch, sehr hoch.

»Was macht ihr eigentlich hier?«, fragte ich mit dem säuerlichen Unterton von jemandem, der Schadenfreude bis dato meist nur von der anderen, der aktiven Seite her gekannt hat, »ich dachte, ihr sitzt in U-Haft?«

»Urlaub auf Ehrenwort«, freute sich Hoho. »Einzige Auflage: Wir dürfen uns nicht mit *dir* treffen.«

Vom Nachbarbett konnte man das tiefe Seufzen hören, das Hauptkommissar Menden für allzu idiotische Äußerungen reserviert hat.

Ich winkte Hoho zu mir herunter und offenbarte ihm flüsternd die Identität meines Zimmernachbarn.

Das sollte mich die Blumen kosten.

»Hoho, sieh mal einer an«, freute sich Hoho und verschwand mit dem tropfenden Strauß um die Trennwand herum, »der Menden!« Nur Sekunden später sprühte der Inhalt einer weiteren Urinflasche aus dem offenen Fenster, und Menden sah sich von einem Augenblick auf den anderen in eines von Hohos durch und durch freundlichen Gesprächen verwickelt, für deren Führung der schlichte Riese nur wenig Ermutigung oder gar Teilnahme braucht.

Wobei man wissen muss, dass Hoho den Hauptkommissar wirklich *mag*. ›Mit dem kann man reden‹, behauptet er immer und na, das machte er dann jetzt auch.

»Wir kommen bald ganz raus«, vertraute Schisser mir an und zog sich einen Stuhl neben mein Kopfende. »Polizeichef Stankowski hat zu wenig gegen uns in der Hand.«

Wir nickten beide zufrieden. Das waren gute Nachrichten.

»Dafür«, fügte Schisser nach einer Weile hinzu, »versucht er jetzt, alles *dir* anzuhängen.«

»Was ist?«, fragte ich verwirrt und keuchte, weil Pancho mich gerade mit dem Rest aus der Flasche wieder belebt hatte.

»Du bist zu Boden gegangen«, knurrte Bro Ho. »Mit 'm Kopf zuerst.« Er kauerte, wie Shits, wie Pancho, wie wir alle, so dicht es ging auf einer Seite des toten Deputy-Pferdes.

Ich schüttelte meinen Kopf und setzte mich auf.

Ein Schuss peitschte und schon lag ich wieder. Und begriff plötzlich die allgemeine Sitzordnung. Gerade eben dem Erhängen entgangen, aus einer Ohnmacht erwacht, konnte ich schon wieder Deckung suchen vor den Kugeln eines Heckenschützen. Voller Sensationen, das Leben hier im Westen.

»Wer schießt da?«, fragte ich, noch leicht verwirrt, und musste feststellen, dass die Flasche tatsächlich leer war.

»Dreimal darfste raten«, knurrte Bro Ho. »Und wenn das wirklich Dickie ist, dann gnade uns Gott. Schießen kann er, der kleine Thysson.«

»Er hat sich hinter den Felsen auf dem Hügel dahinten verschanzt«, erklärte mir Shits. »Von da aus kann er die ganze Gegend hier bestreichen. Völlig egal, in welche Richtung wir uns bewegen, er hat uns voll im Visier.«

Na, in dem Fall gab es nur eine Richtung, in der ich es versuchen würde.

»Sie sind Richtung Westen«, blubberte Toller Hund. »Richtung *Westen*!« Er triefte. Er triefte wie nur je ein Indianer, der von einem wütenden Sheriff, umgeben von einer biestig dreinblickenden Meute von Blechsternträgern, in eine Pferdetränke getunkt worden war. »Dafür braucht ihr keinen Scout«, blubberte Toller Hund hastig weiter, immer noch die Sheriff-Faust im Nacken, immer noch unter den bohrenden, blutunterlaufenen Blicken der Bürgerwehr.

Die Temperatur stieg und stieg und die Sonne brannte und brannte und die Stimmung in Buttercup sank und sank und etwas wie Hass loderte und loderte.

Vor allem, muss man sagen, seitdem entdeckt worden war, dass zusammen mit dem Fremden der örtliche Sargtischler das Weite gesucht hatte, der örtliche Totengräber und, zu allem Überfluss, auch noch der örtliche *Barkeeper*.

Und die Sonne brannte umso härter auf all die grausam verkaterten Schädel und der Hass loderte umso höher, seitdem klar geworden war, dass der örtliche Barkeeper es irgendwie geschafft hatte, seine gesamten Vorräte mitzunehmen.

»Nach Westen«, blubberte der Indianer. »Einfach nur den Gleisen … aus Eisen … folgen.« Der

Sheriff ließ ihn los und Toller Hund fluchte und sackte mit einem enormen Schluckauf zusammen. Zu viel Wasser bekam ihm einfach nicht.

»Also hier ist mein Plan«, sagte der Fremde. »Wir hechten nacheinander über die Gleise und dann brauchen wir nur noch Richtung Süden zu robben, bis wir aus der Reichweite des Gewehres sind.«

Bro Ho führte sich einen Zahnstocher zwischen die Zähne.

Shits schnalzte mit der Zunge.

Pancho blickte hinab auf seine Hände.

Keiner rührte sich. Sie wussten, dass der Plan einen schweren Haken hatte. Und der Fremde würde es auch gleich wissen.

»Alle mir nach«, forderte er, zählte bis drei und hechtete. Er hechtete gut, geradezu athletisch. Er kam genau bis zur äußeren Schiene.

Es war, wussten alle drei aus eigener Erfahrung, wie gegen eine unsichtbare Gummiwand anzulaufen. Oder, in diesem Fall, zu hechten. Man konnte machen, was man wollte, man kam nicht dagegen an.

Er hechtete also gut und athletisch, der Fremde, und wäre vom Schwung und der Flugbahn her sicher und sauber auf der anderen Seite gelandet, stoppte aber trotzdem mitten im Flug und fiel platt auf die Schwellen. Gleichzeitig peitschte ein Schuss, also hechtete der Fremde zurück in Deckung.

»Wa-was war das?«, stotterte er.

»Der ›Kreis aus Eisen‹«, erklärte ihm Pancho.

»Indianerfluch«, erklärte ihm Shits.

»Verdammte Heiden«, erklärte Bro Ho.

»Das müsst ihr mir schon ein bisschen näher erklären«, sagte der Fremde.

Es hatte warnende Stimmen gegeben, erfuhr ich, den Bahnhof von Buttercup ausgerechnet auf dem alten Indianerfriedhof zu errichten, doch Bürgermeister Thysson hatte sie einfach in den Wind geschlagen. Der dem Eisenbahnprojekt von da an stetig ins Gesicht blies. Eigentlich war die Bahnstrecke als Anschlussverbindung an die Southern Pacific Railway geplant gewesen. Entsprechend groß das Erstaunen, als man nach vier Jahren Bauzeit wieder exakt an dem Punkt ankam, an dem man losgelegt hatte: Buttercup Hauptbahnhof.

»Und erst als die letzten Meter Gleis gelegt, als Anfang und Ende der Strecke miteinander verbunden worden sind, hat man begriffen, was Kleines Glas da dauernd vom ›Kreis aus Eisen‹ gefaselt hatte. Seither ist niemand mehr aus diesem teuflischen Kreis herausgekommen«, murmelte Pancho düster. »Seither ist jeder Versuch, die Gleise von innen nach außen zu queren, zum Scheitern verurteilt.«

»Kommt«, sagte ich, »ihr wollt mich doch vergackeiern. Warum schrauben wir die Scheiß-Schiene nicht einfach ab und gut ist?«

»Jeder, der es bisher versucht hat, ist dabei ums Leben gekommen«, flüsterte Pancho. »Und zwar unter mysteriösen Umständen. Vom eigenen Schraubenschlüssel erschlagen, von der eigenen Seilwinde erwürgt … Der alte Whippley hat es sogar mit Dynamit versucht …«

»Sein Hut war alles, was wir noch von ihm gefunden haben«, raunte Shits.

»Doch keiner wollt'n kaufen«, fügte Bro Ho hinzu. »Hängt jetzt oben auf Whippleys Holzkreuz, das Ding. Kannste dir ja mal angucken gehen.«

»Und solche indianischen Totenflüche halten sich lange. Wenn wir Pech haben, kommen wir niemals mehr hier raus«, meinte Pancho düster und sah mich prüfend an.

»Zumindest nich, solange wir am Leben sind«, knurrte Bro Ho, ebenfalls düster.

»Schön und gut«, fand ich, einigermaßen heiter. Mal im Ernst: Konfrontiert mit einem parapsychologischen und einem physischen Problem neige ich dazu, erst mal das Greifbarere anzugehen. »Wenn wir uns also nicht über die Gleise vom Acker machen können, müssen wir einen Weg finden, den Heckenschützen dahinten zu erledigen. Und zwar, bevor der Sheriff kommt und *uns* erledigt.« Ich sah von einem zum anderen, um zu prüfen, wie meine Worte aufgenommen wurden. Mit zögerlichem Nicken, würde ich sagen. »Ich schlage vor, dass ein Mann sich an die Felsgruppe heranrobbt, ihn aus der Deckung und direkt vor unsere Gewehre treibt.« War da Skepsis auszumachen in den Mienen meiner Mitstreiter? Nicht, wenn man kurz genug hinsah. Schnell sprach ich weiter. »Und um uns die Auswahl, wer von uns es als Erster versuchen darf, etwas zu erleichtern, habe ich schon mal vier Streichhölzer vorbereitet.« Ich hielt sie frohgemut in die Höhe. Im Streichholzziehen habe ich ein sagenhaftes Glück. Im Münzewerfen auch, doch das nur nebenbei.

»Ohne mich«, lehnte Pancho sofort und kategorisch ab. Das hat man davon, wenn man sich seit Kindesbeinen kennt.

Ich holte tief Luft.

»Als ich vor acht Wochen und siebeneinhalb Tagen unten im Süden mein Pferd von der Mississippi-Fähre führte«, ließ ich die Luft, leise und versonnen, wieder ab, »warteten da schon sechs Zollbeamte auf mich.«

Pancho schluckte.

»Ich kann mich irren«, erzählte ich im gleichen, leisen und versonnenen Tonfall weiter, »aber im Nachhinein werde ich das Gefühl nicht los, dass sie irgendwie über mein Kommen informiert gewesen sein müssen.«

Pancho wischte sich den Schweiß von der Stirn und suchte ein lohnendes Ziel für seinen irrenden Blick. Erfolglos.

»Vier der Beamten haben mich umstellt und entwaffnet, die beiden anderen sind schnurstracks zu meinem Pferd, aufs Geratewohl zur linken Packtasche, haben deren Boden aufgeschlitzt und zu meiner andauernden Überraschung eine kleine Flasche mit einer Substanz ans Licht gezogen, deren Besitz in ihrem strenggläubigen Staat unter drakonischen Strafen verboten ist.« Pancho besah sich seine Stiefelspitzen, als ob sie ihm gerade erst gewachsen wären. »Einer Substanz, wie sie nur einer herstellt, den ich kenne.«

Ich hielt die Hand mit den Streichhölzern wieder hoch.

Pancho sah auf und mir direkt in die Augen.

»Okay«, stieß er hervor und schnappte sich ein Streichholz, stöhnte auf, als es das kurze war. »Der Sheriff«, gestand er dann, »hat irgendwoher Wind bekommen von deiner Reise. Kaum warst du unterwegs, hat er gedroht, mich wegen Schwarzbrennerei auspeitschen zu lassen, wenn ich ihm nicht eine kleine Flasche Chrystal Lightning bringe. Ich hab keine Ahnung, wer sie dir wann und wo in die Packtasche genäht hat. Nachher hat er mich noch ein paar Tage im Knast festgehalten, so dass ich keine Möglichkeit mehr hatte, dich zu warnen. Thysson steckte hinter der ganzen Aktion. Er wollte sicherstellen, dass du hier nicht zur Versteigerung auftauchst. Aber es war *mein* Chrystal Lightning, ja. Und ich schäme mich dafür. So, jetzt wisst ihr's.« Und damit griff er sich ein Gewehr und robbte los.

»Sie sind aus der Haft ausgebrochen!«

»Stimmt gar nicht. Ich wurde amnestiert. Und gerade noch rechtzeitig.«

Menden schnaubte. »Ich rede hier nicht von Marokko!«

»Obendrein bin ich da unschuldig reingeraten. Unschuldig wie ein –«

»Ich rede von Ihrer U-Haft hier in Bolterop!«

Der Doktor hatte dem Hauptkommissar ausdrücklich viel Ruhe verordnet, doch hielt der sich dran?

»Ach, was heißt hier ›ausgebrochen‹? Nachdem die Demonstranten die Wache gestürmt hatten, bin ich nur ein bisschen Luft schnappen gegangen.«

»Ein gemeinschaftlich begangener Haftausbruch erfüllt den Tatbestand der Gefangenenrevolte. Dafür alleine kriegen Sie schon mal fünf Jahre!«

»Ich war von dem vielen Tränengas wie blind,

und als ich wieder klar sehen konnte, hatte ich mich verirrt. Und dann hab ich einfach nicht mehr zurückgefunden.«

Ein Geräusch wie das Knirschen von Zähnen drang durch die Trennwand.

»Und die Rädelsführerschaft an diesem Aufstand«, sagte Menden langsam und mühsam beherrscht, »die weisen wir Ihnen auch noch nach!«

»Schwingt eine miese Peitsche, der Sheriff«, meinte Bro Ho.

»Weiß genau, wo er die Daumenschrauben ansetzen muss«, meinte Shits.

Ich seufzte und warf mit einem Anflug von Reue die verbliebenen drei Streichhölzer fort.

»He, das sind ja *alles* kurze!«, fiel es Bro Ho auf.

Ich seufzte noch mal. Kam es mir nur so vor oder konnte man aus der Richtung von Buttercup Schüsse hören?

»Kannst du Pancho sehen?«, fragte ich Shits, dicht an den Hals unseres Deckungskadavers geschmiegt.

»Er müsste jeden Augenblick bei der Eiche sein«, murmelte Shits, vom entgegengesetzten Ende der Tierleiche.

Ein Schuss peitschte. Shits sog zischend Luft durch die Zähne.

»Fast hätte es ihn erwischt«, berichtete er.

Ich überlegte, ob dies, wo der Schütze doch durch Pancho abgelenkt war, nicht unter Umständen der perfekte Moment wäre, um ...

Moment mal, dachte ich, was macht Pancho bei der Eiche? Wollte er den Heckenschützen erledigen, hätte er in die andere Richtung robben müssen. Die Pferde, dachte ich. Flat, Knuckle und Shovel hatten sich in den Schatten des einsamen Baumes geflüchtet. Das Verb dieser Beobachtung blieb irgendwie hängen.

»Jetzt ist er da«, keuchte Shits, gepackt von den Vorgängen. Wie, davon konnte man mal ausgehen, der Schütze auch. Ein perfekter Moment somit, um …

Ein Schuss peitschte.

… um mal ganz schnell nach der oben auf dem Maultier zu liegen gekommenen Packtasche zu schauen. Zur Vorsicht hielt ich erst mal kurz meinen Hut hoch.

Ein Schuss peitschte, und die Krempe meines Kopfputzes verfügte jetzt über eine Art natürlichen Ablauf, sollten wir die nächsten Tage mal in den Regen kommen.

»Jetzt hat er Flat am Zügel«, keuchte Shits, »jetzt schwingt er sich drauf, jetzt reitet er los …«

Schuss auf Schuss auf Schuss peitschte.

Zack, war ich bei der Packtasche, und zack, war ich wieder unten.

»Aber, aber, aber … er … er reitet in die falsche Richtung!« Shits klang genauso entrüstet wie überrascht.

Kniep, pfümm!, machte der Korken. Ich selbst war nicht so erstaunt. *Glulk, glulk, glulk*, machte die klare Flüssigkeit auf ihrem Weg aus der Flasche heraus und hinein in meinen Hals. Jeder Versuch, den Schützen da drüben vor Einbruch der Nacht auszuräuchern, war glatter Selbstmord. Ich keuchte.

Andererseits war es auch suizidaler Wahnsinn,

hier bis Anbruch der Nacht herumzuhocken. Wenn man den fernen Geräuschen trauen konnte, waren der Sheriff und sein Lynchmob schon dabei, unsere Spur aufzunehmen. Klassisches Dilemma, dachte ich und nickte der Flasche zu, da peitschten Schüsse, noch und noch. Und Shits sprang auf die Füße, riss sein Gewehr hoch und begann wie besessen zu feuern. Jetzt war auch Bro Ho auf den Beinen, Revolver in beiden Fäusten, schrie und schoss in einem fort. Ich zählte bis zehn, und als keiner der beiden ›*Uff!*‹ machte, aus den Latschen kippte und röchelnd verstarb, zählte ich noch mal bis zehn und erhob mich dann ebenfalls. Zog und schoss, lud nach, und schoss noch mehr.

Pancho ritt seitwärts gegen den Hügel an. Kopf runter, Gewehre in beiden Händen, aus allen Rohren feuernd, und nur Augenblicke, nachdem ich mich an all dem Getöse beteiligt hatte, löste sich oben auf der Kuppe eine Silhouette aus dem Schatten eines Felsens und flüchtete. Ross und Reiter, die Silhouette. Und was das Ross angeht, so war es mein Falco. Und im Sattel Dickie Thysson, wie vermutet.

Ich krieg dich, dachte ich, und wenn es das Letzte ist, was ich tue. Dich und die Ranch ...

Bro Ho und Shits jubelten, schossen noch ein bisschen und verstummten dann wie ihre Waffen. Mit beginnender Entgeisterung sahen sie dem Flüchtenden hinterher.

»Aber«, meinte Bro Ho und legte seine Stirn in Falten, »aber ... der reitet ja in den Katanga-Canyon!«

Das war offensichtlich und auch mehr oder weniger der einzige Weg, der ihm blieb. Mit einem panikblind ballernden, praktisch unstoppbaren Pancho auf der einen Seite, *mir* und, nicht zu vergessen, zwei weiteren Heavies auf der anderen und den mit einem Indianerfluch belegten Eisenbahngleisen auf der dritten, blieb Dickie geographisch keine andere Wahl, als sich entweder senkrecht in die Lüfte zu erheben oder aber hinein in den die Schwarzen Berge trennenden Katanga-Canyon zu flüchten.

»Und?«, machte ich. »Hinterher!«

Und Bro Ho und Shits drehten sich zu mir und sahen mich an, als ob ich den Verstand verloren hätte.

Ich verstehe überhaupt nicht, dachte Pancho und feuerte mit rechts, wieso ich, dachte er weiter und feuerte mit links, wieso ich bisher, dachte er und lud nach, im vollen Galopp und immer hinter Dicksie Thysson her, wieso ich bisher immer so einen Bammel vor Schusswaffen gehabt habe. Teufel, sagte er sich, *zielte* diesmal sogar und drückte ab, das macht ja Laune. Das Einzige, das mich wundert, wunderte er sich, ist, dass ich bisher bei allem Schießen, bei allem *Zielen*, noch nichts getroffen habe ... Als buchstäblich aus heiterem Himmel ein Geier herabgesegelt kam, dabei eine tanzende Spur von Federn hinter sich herzog und hart auf dem trockenen Grund landete.

Na ja, fast nichts, tröstete sich Pancho.

»Du willst tatsächlich in den Katanga-Canyon?!« Shits schauderte. Nur wenige Leute ritten heutzutage noch in diese finstere, von Tausenden von lange erloschenen Feuern geschwärzte Schlucht hinein, aus deren steilen Wänden zahllose Höhlen und Mineneingänge auf einen herabblickten wie tote, vorwurfsvolle Augen.

Und noch weniger, dachte er und half dem Fremden dabei, die schweren Packtaschen von Beemer auf Knuckle umzuladen, noch viel weniger kamen je wieder herausgeritten.

»Nicht in den Katanga-Canyon!« Bro Ho schüttelte sich unwillkürlich. Kaum jemand wagte sich dieser Tage noch vor in die weit verstreuten, rußschwarzen Ruinen alter Mühlen, Schmelzen, aufgegebener Fördertürme, in die bizarre Landschaft aus Schutt und Schrott zu Füßen der dräuenden Wände.

»Er ist in den Katanga-Canyon geritten!«, stieß Pancho hervor und stieg mit fliehendem Atem und wilden Augen vom vehement verzögerten Pferd. »Wahnsinn!«

Etwas an der mangelnden Zustimmung zu dieser seiner letzten Bemerkung und dem irgendwie viel sagend wirkenden Schweigen um ihn herum riss Pancho aus seinen Zukunftsträumen von sich selbst als dem bekanntesten Revolverhelden des ganzen Westens, und des Ostens noch gleich mit dabei, Süden sowieso, nur über den Norden war er sich nicht sicher, da war es immer so schauderhaft kalt, und eine plötzliche Vorahnung jagte ihm einen kalten Schauer den Rücken hinunter.

»Ihr wollt doch nicht etwa hinterher?«

»Frag *ihn*«, brummte Bro Ho.

»*Er* will«, knurrte Shits. Und beide meinten den Fremden.

»Nicht in den Katanga-Canyon!« Panchos Stimme klang beinahe flehentlich.

Auswärtige Firmen hatten einstmals Unsummen an der Ausbeutung der in der riesigen Felsspalte verborgenen Bodenschätze verdient, und Tausende billige Arbeitskräfte hatten sich mit ausbeuten lassen und unter den miesen Arbeitsbedingungen und dem rigorosen Vorgehen gegen jegliche auch nur ansatzweise gewerkschaftliche Organisation ihr Leben gelassen.

Und heutzutage lauerte mehr denn je der Tod in jeder Höhle, jedem Minenschacht, spähte durch all die leeren Fensteröffnungen, wartete hinter jedem Felsvorsprung, jeder zerfallenden Mauer, folgte einem wie ein Schatten und heulte mit dem Wind zusammen durch die steinernen, eisernen und hölzernen Zeugen des Sterbens so vieler Männer, damals wie heute.

Und was das Furchtbarste war: Nicht alle diese toten Seelen, munkelte man, hatten den Weg hinausgefunden aus der unheimlichen Schlucht. Pancho bibberte wie ein Nackter in eisigem Wind.

»Und?«, fragte der Fremde, vielleicht ein kleines bisschen herausfordernd, und drückte Pancho die Flasche in die zitternden Hände. »Was soll uns da schon erwarten?«

»Mexikanische Raubmörderhorden«, raunte Shits.

»Indianische Skalpjägermeuten«, flüsterte Bro Ho.

»Und ... und ... und ... *Zombies*«, keuchte Pancho und setzte die Flasche zu einem gurgelnden Schluck an.

Das kann nicht sein, dachte er und keuchte,

dass ich an ein und demselben Tag lerne, meine größte Angst zu überwinden, und mich gleich im Anschluss meiner zweitgrößten stellen muss. Das kann nicht sein, dachte er wieder, setzte die Flasche erneut an, und ihr Hals schlug einen Kastagnettentakt gegen seine Jacketkronen.

Schüsse peitschten, Hufe trommelten, Staub stieg auf, jemand schrie: »Yee-hah!«

All das in einiger, wenn auch schrumpfender Distanz und aus der Richtung kommend, wo in der Ferne Buttercup in der Nachmittagssonne vor sich hin sielte wie etwas, das selbst ein Hund nicht mehr anrühren würde.

Der Jemand wiederholte sein »Yee-hah!«.

Möglich, dass es der Gleiche war, der den in einer dicken Schlaufe endenden Strick herumschwenkte. Ein paar Minuten Wartezeit, dann sollte man dies klar erkennen können.

»Haben wir eine Wahl?«, fragte der Fremde.

»Nein.«

»Nicht wirklich.«

»Doch! *Doch!* Wir könnten die Waffen fallen lassen, die Hände heben und uns stellen. Wir könnten unsere schweren Kindheiten in die Waagschale werfen und auf mildernde Umstände plädieren. Alles ist besser, als nach Katanga zu reiten und da möglicherweise Zo-Zo-Zom…«

»Also.«

»I went walkin' on boothill
Countin' tombstones of the men I killed
From the earth up jumped their bones
Their teeth blacked up, with sullen moans.«

Blood On The Saddle
›Abilene‹

III

»Stop!« Sheriff Starski hob den Arm und der ganze Trupp kam entlang der unsichtbaren Linie zum Stehen, die die Reichweite einer aus dem schattigen Eingang der finsteren Schlucht gefeuerten Gewehrkugel markierte. Es hatte sich in der Vergangenheit schon mehrfach als ungesund erwiesen, weiter vor zu reiten.

Langsam, unendlich langsam senkte sich der von den Hufen der Flüchtenden aufgewirbelte Staub in der heißen, trockenen Luft.

Nur das gelegentliche Schnauben eines Pferdes und der hartnäckige Schluckauf des Indianerscouts unterbrachen das für den Ausgang einer erfolglosen Jagd so typische Schweigen.

Schließlich war es Bürgermeister Richard Thysson, der das bittere Resümee zog. Bitter vor allem für einen.

»Also«, knurrte er und wischte sich den schwitzigen Specknacken, »Sheriff.« Er ließ eine Pause folgen, um dem Amtsinhaber Gelegenheit zu geben, wachsenden Zweifel an seiner in Kürze anstehenden Wiederwahl zu entwickeln.

Ein Pferd schnaubte. Toller Hund hickste.

»Ihre Aufgabe Nummer eins war es gewesen, den Fremden von der Stadt fern zu halten.«

»Ach du heilige Scheiße!« Mein Besuch drückte seine lange, hagere Gestalt um die Türe herum und seine Augen hinter den dicken Brillengläsern wurden groß wie die einer Eule. Er trat nahe ans Bett und betrachtete mich mit einer seltenen Mischung aus Mitleid und Enttäuschung.

»Scheiße«, wiederholte er mit Gefühl.

»Tag, Willy«, begrüßte ich ihn.

»Äh, ich hab mir extra 'n Auto geliehen, weil, ich hab gedacht, wir warten, bis er da drüben pennt ...«

Ich sah ihn mit gerunzelten Brauen an und schüttelte energisch den Kopf, doch er winkte einfach ab.

»... und dann pack ich dich in 'nen Rolli und schieb mit dir ab, aber ...« Er ließ den Satz auslaufen und betrachtete die verkrante und verdrahtete und eingerüstete und an Schläuchen und Kabeln hängende Baustelle, die ich war. »Aber so wird das nix«, brachte er den Satz dann doch noch zu Ende, mit einem Unterton von Resignation.

»Und sonst?«, fragte ich.

»Tja«, meinte er. »Die Behörden laufen 'n bisschen Amok im Moment, wie du dir vielleicht denken kannst. Hausdurchsuchungen noch und noch. Die Konzession für Scuzzis Kneipe haben sie kassiert. Doch ich hab sie 'ner Krefelder Produktionsfirma als Drehort vermittelt, das bringt zumindest 'n paar Öcken.«

Willys früh verstorbener Vater hatte es seinerzeit praktisch aus dem Nichts heraus bis zum mehrfachen Millionär gebracht und Willy, als sein Alleinerbe, trat dann energisch den Rückweg an. Back to the roots, wenn man so will. Zurzeit schlug er sich als Location-Scout für Fotografen und Filmteams durch, wobei ihm seine exzellenten Ortskenntnisse auch der schattigsten Seiten der Ruhr-City zugute kamen. Denn Willy, muss man wissen, ist wie ein streunender Köter ständig auf der Pirsch.

»Außerdem haben die Jungs gesammelt und Scuzzi wird die Knete …« Willy wandte den Kopf zur Trennwand und kratzte ihn sich, während er um die richtige Formulierung rang. »… *investieren*«, entschied er dann.

Mit den ›Jungs‹ meinte er die in alle Winde verstreuten Mitglieder unserer alten Rockergang ›Stormfuckers‹, und worin mein Kumpel Pierfrancesco Scuzzi das Geld zu investieren gedachte, konnte ich mir denken. Nennen wir es ›die Zollschranken umgehende Geschäfte der kurzfristigen und in bar abzuwickelnden Sorte‹.

»Sollte genug für 'nen vernünftigen Anwalt bei rausspringen.«

»Was ist mit Wagenrath?« Erste Wahl, wenn's um Rechtsbeistand geht.

»Weggezogen. Nach Amerika, wo er, wie ich gehört hab, gerade eine Sammelklage von tausend lebergeschädigten Säufern gegen die Alkoholindustrie führt. Bringt ihm wahrscheinlich 'ne Milliarde oder so ein.«

»Und Veronika?« Schuldete mir noch was, die Gute.

Willy schnaubte, zog dann ein Gesicht. »Fräulein van Laar lässt dich grüßen. Doch hat sie gerade erst einen Tauchkurs auf den Malediven angefangen und kann zu ihrem äußersten Bedauern erst in vier Wochen zurück sein.« Er schnaubte noch mal. »Vergiss das Schnäppchen«, knurrte er.

Die Tür ging auf und Imelda, die Putzfrau, kam herein mit einem Müllsack in der Hand, in den sie ächzend den Inhalt von Mendens Papierkorb leerte.

Willys Kinnlade sackte nach unten. Seine Augen quollen über. Fasziniert folgten sie jeder von Imeldas Bewegungen, und als sie sich auch nach meinem Papierkorb bückte, musste Willy sich mit der Faust gegen die Brust schlagen, um einen Schluckauf zu unterdrücken. Erst als sie wieder aus dem Zimmer war, hickste er anerkennend.

»Was'n Arsch«, meinte er mit Gefühl.

»Da solltest du erst mal die Nachtschwester sehen«, sagte ich.

»Ja?«, fragte er, voller Eifer. »Wann kommt die?«

Ich sah hoch zur Uhr.

»In ziemlich genau zwei Stunden und fünfzig Minuten.«

»Okay«, fand er und zog sich einen Stuhl heran.

»Aufgabe Nummer zwei war, wenn ich mich nicht täusche, den Fremden *unschädlich* zu machen.«

Sheriff Starski dachte über eine Entgegnung nach, doch ließ sich nichts finden, um den herrschenden Eindruck zu entkräften, dass in beiden Fällen die Dinge nicht ganz nach Plan verlaufen waren.

»Aufgabe drei: die mexikanischen Banditen aus ihrem Loch zu locken, sie einzukesseln und ihnen vernichtende Verluste beizubringen.«

Na, aus dem Loch gelockt haben wir sie, dachte der Sheriff. Das hat doch super geklappt. Beim Einkesseln haben sie dann, zugegebenermaßen, den Spieß ein bisschen umgedreht. Doch dafür gab es Verluste, reichlich sogar. Wenn auch, musste er sich eingestehen, nicht unbedingt auf der ursprünglich dafür vorgesehenen Seite.

»Und was machen *Sie*?«, fragte Thysson in einem Tonfall, der keinen Zweifel aufkommen ließ, dass er die Antwort selbst zu geben gedachte. »Obwohl die Bürgerschaft Ihnen für eine hübsche Summe einen funkelnagelneuen Galgen errichten ließ, schaffen Sie es weder, den Fremden daran der, äh, Gerechtigkeit zuzuführen noch die schon in Haft befindliche mexikanische Rädelsführerin!« Thyssons Stimme hob sich, bis sie auch für den letzten in der langen Linie von Berittenen klar und deutlich zu vernehmen war. »Nein, Sie und Ihre nicht unerheblich aus meiner Privatschatulle gesponserte Miliz bringen es fertig, gleich *beide* entkommen zu lassen! Und nicht nur das!«

Toller Hund hickste. Wasser, dachte er verdrießlich. Das hat man davon.

Thyssons Gesicht nahm eine gefährliche Röte an, sein Tonfall eine Besorgnis erregende Schärfe. »Sie lassen es auch noch zu, dass er unter Ihren Augen Verstärkung anheuert! Sheriff Starski!« Thysson brüllte jetzt, dass es von den Felsen der nahen Katanga-Schlucht widerhallte. »Wenn Sie und Ihre Bürgerwehr in Zukunft von mir auch nur noch *einen* Dollar sehen wollen und vor allem Sie, Ihren Posten noch ein bisschen länger innehaben möchten, dann schaffen Sie mir den Fremden aus der Welt! Verstanden! Ich will ihn tot sehen, *tot, tot, tot*! Und zwar schnell, noch bevor er sich möglicherweise mit diesen mexikanischen Banditen vereinigen kann!«

»Bis bald«, hatte sie gesagt. Und mir einen Kuss aufgebrannt, der, in Kombination mit den Worten, nichts anderes bedeuten konnte als das Versprechen unserer kurz bevorstehenden ... Vereinigung.

Ich rückte auf dem Arsch von Panchos Pferd noch ein Stückchen nach hinten. Ich brauchte den Platz. Und man will ja auch keine Missverständnisse aufkommen lassen.

Wir waren noch nicht ganz in die Schatten des tiefen Tales zwischen steilen Wänden hinabgetaucht, als der – machen wir uns nichts vor – irgendwie zu erwarten gewesene Schuss aus dem Hinterhalt fiel. Sofort sprangen wir aus den Sätteln und suchten Schutz hinter verstreut herumstehenden Felsen. Mittlerweile konnte ich das Gewehr des Milchgesichts am Klang erkennen.

Nun ist Showdown-Time, sagte ich mir. Mann gegen Mann, in einem Kampf, den nur einer von beiden überstehen wird. Einem Kampf um Leben und Tod. Und um ... ein Pferd.

Na ja, sagte ich mir und lud meine Waffen nach, stellen wir uns einfach vor, das Pferd wäre ein Symbol. Es stünde für etwas ... etwas Höheres. Etwas, für dass es sich zu kämpfen und zu sterben lohnt. Und es liefere nicht einfach nur den willkommenen Anlass für zwei hormongesteuerte Dickschädel, es einander mal so richtig zu besorgen.

Doch etwas machte mich stutzig. Anders als beim ersten Hinterhalt vorhin hatte von uns sieben, wenn man Zwei- und Vierbeiner mal in einen Topf warf, keiner auch nur einen Streifschuss abbekommen.

Entweder verließen Thysson jr. die Nerven oder … Oder der Schuss hatte möglicherweise gar nicht uns gegolten.

Ich raunte eine entsprechende Bemerkung und regte eine Erkundung der näheren Umgebung an, doch kein Fisch biss, wie man so sagt. Meine drei Mitstreiter kauerten hinter ihren Felsen, hielten ihre Waffen umklammert und ihre Blicke auf die im unnatürlichen Blau über unseren Köpfen kreisenden Geier gerichtet.

Keiner sprach es aus, aber ›Wir haben's dir ja gesagt‹ schwängerte die Luft wie der Inhalt dreier voller Hosen. Und alles wegen eines einzigen ins Leere gegangenen Schusses?

»Hört zu«, sagte ich, »das ist lächerlich. Die Unübersichtlichkeit und Dunkelheit dieses Tales kommt uns genauso zugute wie jedem –«

Ich brach ab, als ein zweiter Schuss meine Worte übertönte, auf dem Fuß gefolgt von einem grässlichen Schrei, der anschließend noch rund zwanzigmal von den zerklüfteten Wänden zurückgeworfen wurde, was dann ein bisschen so klang, wie wenn jemand vor Entsetzen kreischend verröchelt. Und dabei eine Abfolge immer kleiner werdender Kaliber abfeuert.

Pancho und Bro Ho wurden weiß wie frische

Laken, Shits … na, Shits war immer schon ein bisschen einer von der blassen Sorte gewesen, da war der Unterschied nicht ganz so gravierend.

Ein weiterer Schrei, nicht minder grausig als der erste, und eine Gestalt kam heulend das Geröll am Fuße des uns gegenüberliegenden Steilhanges heruntergestolpert, überschlug sich, rappelte sich auf und sprang, fiel und sprang erneut, bis sie die Talsohle erreicht hatte, und rannte dann mit fliegenden Armen und Beinen in offensichtlicher Panik weiter und immer weiter, in die Richtung, aus der wir just gekommen waren. Die ganze Zeit über, bis sie die Ebene erreichte, gellte uns ihr schauerliches Geheul in den Ohren, tausendmal reflektiert vom zackigen Fels um uns herum.

Man brauchte nicht Shits' Augen, um zu erkennen, um wessen Gestalt es sich handelte, trotzdem sprach er es als Erster aus.

»Da geht es hin«, sagte er. »Thyssons Nesthäkchen. Die verdammte kleine Natter. Hätte gar nicht erst herkommen sollen, wenn mich einer fragt. Genauso wenig wie wir.«

Ich stand auf und streckte mich. Dieses Kauern sperrt einem ja das Blut ab.

»Wir brauchen Feuerholz«, sagte ich mit einem den möglichen Brennwert kalkulierenden Blick auf Panchos Gitarre. »Und einen Platz, der weder von oben noch von unten einsehbar ist. Beispielsweise etwas auf halber Höhe unter einem Überhang. Oder eine Höhle, groß genug für uns und die Pferde. Schwärmt mal ein bisschen aus und seht euch um.«

Ausschwärmen? Umsehen? Die drei wechselten Blicke voller Zweifel und Unlust.

»Soll das etwa heißen, wir bleiben über Nacht hier?«, stammelte Pancho.

»Keiner muss«, antwortete ich. »Jeder, der gerne möchte, darf selbstverständlich aus dem Tal heraus und dem Sheriff in die väterlichen Arme reiten.«

Wieder Blicke, hin und her.

»Ich für meinen Teil nehme es lieber mit Schauermärchen als mit einem Lynchmob auf. Und«, fügte ich mit einer Geste auf die rasch wie gierige Finger über den Talgrund langenden, schwarzen Schatten hinzu, »wer bleibt, sollte sich mit den Vorbereitungen ranhalten. Keine Stunde mehr und es ist Nacht.«

»Ich sammle Holz«, bot sich Pancho eilig an. »Für ein schönes, großes Feuer. Oder zwei.«

»Ich kümmer mich um die Tiere«, brummte Bro Ho.

»Ich such uns einen sicheren Platz«, sagte Shits und ließ seine Augen über die Szenerie schnellen. »Und was tust du, Fremder?«

»Ich hole mir mein Pferd zurück«, antwortete ich und machte mich auf.

»Er ist wahnsinnig«, raunte Pancho, kaum dass der Fremde außer Hörweite war. Mit fliegenden Fingern klaubte er herumliegende Äste auf. »Fast so wahnsinnig wie dieser Scheiß-Medizinmann, doch beide zusammen sind nicht halb so wahnsinnig wie wir, uns auf diesen Wahnsinn hier einzulassen.«

»Ja was, willste etwa für immer im Kreis aus Eisen bleiben?«, fragte Bro Ho ungläubig.

»Neien ...« Pancho wand sich. »Was ich sagen

will, ist, dass es Wahnsinn ist, sich einem Wahnsinnigen anzuschließen, und das auch noch auf die Prophezeiung eines anderen Wahnsinnigen hin.«

»Wieso?«, fragte Bro Ho, dem vor lauter Wahnsinn ein ganz klein wenig der Kopf schwamm. »Macht doch Sinn.«

»Das da oben sieht mir wie ein netter Platz für die Nacht aus«, fand Shits.

Die Tag- und die Nachtschwester hatten mir gemeinsam ein frisches Laken unter den Balg gezogen und mich dann mit frischen Bildern von zu dritt zerrupftem Bettzeug allein gelassen, schwitzige Leiber, gereckte Nippel, stiebende Federn, alles. *Alles*. Spitze Schreie, dumpfes Stöhnen, Kratzer, Bisse, der Geschmack von *Lust* auf der Zunge …

Lange Märsche über frostige Höhen, eisige Winde und kalte, kalte Bäder, dachte ich, um nicht hier und heute noch dem Wahnsinn anheim zu fallen.

Menden nebenan telefonierte leise und klang richtig zufrieden, als er auflegte.

»Hatten Sie mir nicht erzählt, Sie seien *amnestiert* worden?«, fragte er dann. Aus der Hüfte, wenn man so will.

»Bin ich auch«, bestätigte ich hastig und nicht ohne eine leise Vorahnung. Wann immer Menden so zufrieden klingt, hat das noch nie etwas Gutes für mich bedeutet. »König Mohammed oder wer auch immer hatte Geburtstag oder was auch immer gehabt und feierte das, indem er den halben Abschaum der Nation wieder auf die Menschheit losließ. Und den einen oder anderen unschuldig

Eingekerkerten natürlich auch. Mich, zum Beispiel.«

»Und wieso erreicht uns dann erst ein Haftbefehl und nun auch ein Auslieferungsersuchen von den marokkanischen Behörden?«

»Das muss ein Übersetzungsfehler sein«, behauptete ich. Und brauchte keine eisigen Winde mehr.

»Sie sollen einen Justizbeamten schwer verletzt haben.«

Und auch keine kalten Bäder.

»Ach das«, sagte ich etwas sehr leichthin. Zwei Monate lang hatte das fette, haarige Schwein alles nur Denkbare unternommen, um mich gefügig zu machen. Und mir schließlich, nach der Verkündung der Amnestie, praktisch als letzten Versuch, meine beschlagnahmte Aprilia zum Kauf angeboten. Unter der Hand. Für einen hohen Preis. Die eine Hälfte in Euro und die andere in Libido. Das Geld hatte ich einfach nicht, doch den zweiten Teil der Vereinbarung habe ich, in gewisser Weise, eingehalten. Auch wenn ich mich dabei, technisch gesehen, habe vertreten lassen.

»Das«, sagte ich, »das geschah mehr oder weniger auf eigenes Verlangen.«

Von einem Gummiknüppel, falls das jemanden interessiert.

»Doch seien Sie unbesorgt«, meinte Menden. »Die da unten kriegen Sie erst in die Finger, wenn *wir* mit Ihnen fertig sind.«

Na, dachte ich, wenn das kein Grund zur Freude ist. Und so ganz, ganz allmählich begann sich in mir jetzt doch der innige Wunsch nach etwas Rechtsbeistand zu manifestieren.

Falco wieherte und furzte gleichzeitig, so freute er sich, mich zu sehen. Er stupste mir den Hut vom Kopf, doch ich fing ihn noch in der Luft, und dann benagten und betatschten und beschnupperten wir einander ein bisschen, wie das zwischen Ross und Reiter so üblich ist. Schließlich untersuchte ich ihn und das auf seinem Rücken festgebundene Gerät. Bis auf ein paar wunde Stellen von übermäßigem Sporeneinsatz schien mir mein Pferd ganz in Ordnung, auch der Sattel war nicht schlecht und die Ausrüstung die eines Cowboys vor einem mehrtägigen Ritt inmitten der Herden. Lasso, Wolldecke, Munition, Kochgeschirr, Zündhölzer, getrocknete Bohnen, eine halbe Speckseite, ein bisschen Hafer und zwei große Wasserflaschen.

Nicht weit vom Schecken entfernt fand ich Dickie Thyssons Gewehr, am Boden liegend. Was auffiel, war, dass sein Lauf nicht in Richtung des Weges zeigte, den unsere kleine Combo hergeritten gekommen war, sondern in eine tiefe Höhle in der Steilwand. Neugierig trat ich näher heran und entdeckte eine frisch abgesplitterte Ecke im Fels, auf Bauchhöhe ungefähr. Thysson jr. hatte auf etwas oder jemanden geschossen, der oder das aus dieser Höhle gekommen war.

Bär? Dann stünde der Schecke nicht mehr da. Indianer? Mexikaner? Dann wohl auch nicht.

Nachdenklich fasste ich mein Pferd am Zaumzeug und führte es die schwierige Geröllpassage hinab. Es wurde Zeit. Dunkelheit fiel ringsherum mit einem Tempo wie sonst nur nach einem Schlag auf den Schädel.

»Es war Wahnsinn von ihm«, ereiferte sich Pancho, Bündel von Brennholz unter beiden Armen, »überhaupt nach Buttercup zu kommen. Und was er vorhat, das ist doppelter Wahnsinn.«

»Wie«, wunderte sich Bro Ho, bis zur Schulter in einem Vorratssack verschwunden, »du meinst, er soll einfach so auf sein Erbe verzichten?«

»Er hat kein Erbe mehr!«, schimpfte Pancho. »Sein Vater hat die Hypothekenzinsen für die Ranch nicht mehr bezahlt –«

»Weil Thysson ihn in den Bankrott getrieben hat«, knurrte Shits dazwischen.

»– und deshalb wird sie übermorgen zwangsversteigert und fertig.«

»Damit Thysson sie sich für 'n Appel und 'n Ei untern Nagel reißen kann«, knurrte Shits. »So, wie er es schon seit Jahren vorhatte.«

»Ja, nun. Da kann man eben nichts machen.«

»Abwarten«, meinte Bro Ho gemütlich. »Bis übermorgen fließt noch viel Wasser den Amish River hinunter.«

»Was man so Wasser nennt«, knurrte Shits, warf eine brennende Zigarettenkippe auf die zu einem Kegel geschichteten Äste, nahm einen Schluck aus der Pulle, spie ihn auf die Kippe und das Lagerfeuer brannte lichterloh.

Shits saß mit dem Rücken zum Lagerfeuer, seinen Colt auf den Knien vor sich, und spähte ins Tal hinab. Bro Ho schälte Kartoffeln in einen Topf, während Pancho hin und her rannte und unermüdlich weitere Äste und Knüppel auf einen Everest von Vorratsholz stapelte. Über uns neigte sich eine Felswand talwärts, Schutz vor Regen, Blicken und herabgeworfenen Brocken bietend. Ich fand's richtig gemütlich.

Es gab Bohnen, Kartoffeln und Speck, anschließend kreiste die Flasche, und ab der dritten oder vierten Runde konnte sogar Pancho sie an den Mund führen, ohne dabei wie eine Flamencotänzerin zu klingen. Ich drehte Zigaretten für alle und dachte gerade, wie viel entspannter das Leben in der Natur doch ist, verglichen mit dem in der hektischen Stadt, als ein kalter Hauch über meinen Nacken strich und eine raue, trockene Stimme an mein Ohr drang. Sie sagte:

»Könnt ich vielleicht auma ne Fluppe ham?«

Shits stand, Augen wild, Colt gezogen, Pancho fiel mit einem erstickten Schrei nach hinten um, Bro Ho spuckte vor Überraschung Fusel ins Feuer, was eine Stichflamme zur Folge hatte. Im plötzlichen, grellen Licht kauerte etwas einer Ausgeburt der Hölle nicht Unähnliches an meiner rechten Seite. Wimpernlose Augen über einem Loch anstelle einer Nase, darunter ein Mund ohne Lippen, gerahmt von eingefallenen Wangen, alles behängt mit Fetzen von Haut und wirrem, dürrem, langem, staubigem Haar, gekrönt von einem zerflusten, in der Mitte geknickten Zylinder.

»Jesus, Maria und Joseph«, sagte Bro Ho, nachdem er mit Husten fertig war, und starrte mit offenem Mund.

»Eine Ausgeburt der Hölle!«, kreischte Pancho, dass es dreißigmal aus der Dunkelheit zurückechote. »Schieß ihn nieder, Shits! Schieß ihn nieder, Shits! Schieß ihn nieder, Shits ...« (Das muss man sich jetzt noch rund siebenundzwanzigmal vorstellen, langsam leiser werdend, und dabei, ähnlich dem Refrain eines Kanons, immer wieder kontrapunktiert mit ›Ausgeburt der Hölle‹.)

»Na, na«, meinte die Ausgeburt, als das Echo allmählich abnahm. »Ich hab doch bloß gefracht, obbich nich vielleicht auma ne Kippe ham könnte. Da is doch nix dabei.«

Ich reichte ihm meine, die ich gerade erst angesteckt hatte.

»Aah, danke auch. Kannich getz aufstehn, ohne datt mir datt Lurchauge ein'n aum Pelz brennt?«

Ich winkte Shits, sich zu entspannen.

Die Ausgeburt erhob sich zu hagerer Größe. Jacke, Hose, Stiefel – alles an ihr wirkte, als ob die kleinste Berührung es zu Staub zerfallen lassen würde. Skelettdürre Finger führten die Zigarette an die gebleckten Zähne und ein scharfer Hauch zog den Rauch hindurch. Nur Sekunden später trat er an allen möglichen Ecken und Enden der Gestalt wieder aus.

Pancho besah sich das Schauspiel mit riesigen Augen, kaute auf der Krempe seines Hutes herum und wimmerte leise.

»Aahh, datt bringdet doch, echt. Darf ich mich vorstellen? Tom-Tom der Name, mitten Bindestrich inne Mitte. Wir Kerls heißen hier alle so. Zig-Zig, zum Beispiel, oder Frou-Frou …«

»Frou-Frou?«, fragte Bro Ho, der als Erster die Fassung wiedererlangt zu haben schien. »Was ist 'n das für 'n Name für 'nen Mann? Also ich kannte mal 'ne Frou-Frou in Tucson. Hat mich zwanzig Dollar gekostet, die Bekanntschaft.«

»Ja?« Tom-Tom schien höflich interessiert. »Hier bei uns is Frou-Frou en Kollege von sieben Fuß Höhe und dreihundert Fund Moder auffe Rippen, deret überhaupt nich ab kann, wenn einer Witze über seim Namen macht. Also. Wisster Bescheid.«

»Können wir dir etwas zu trinken anbieten?«, erinnerte ich mich meiner Manieren.

»Och, son kleinet Schlücksken wird wohl nix schaden, wa? Nich in meim Zustand, auf alle Fälle. Ha-ha. Kleiner Scherz. Na, dann lassma rüberwachsen.« Tom-Tom beugte seine hagere Gestalt der Flasche entgegen und Feuerschein fiel durch ein ausgefranstes, rundes Loch in seiner Mitte.

Ein Loch, wie es eine Kugel hinterlassen würde.

»*Du* warst das«, sagte ich zu ihm. »*Du* hast Dickie Thysson in die Flucht geschlagen. Na, vielen Dank auch.«

»Och, keine Ursache. Kannich nich ab, Heckenschützen und feige Hinterhalte. Nehm ich persönlich, sowatt. So, getz abba Prost ersma!« Der folgende Hustenanfall ließ die Flammen in den Himmel steigen. Ich wollte Tom-Tom auf den Rücken klopfen, hielt jedoch inne, als mir ein großes, rostiges Messer entgegenragte, das bis zur Hälfte zwischen seine Schulterblätter getrieben war. Daher also die persönliche Einstellung zu Hinterhalten.

»Oijoijoi«, machte er, sobald er wieder bei Atem war. »Echt nich übel, datt Stöffken. Wie nennt sich datt?«

»Schwa- wawawa- warzgebrannter Fusel, nennt sich das«, kam es aus dem Dunkel. »Und ich kann von seinem Ge- Gegege- Genuss nur ab- abababbabraten.«

»Doc Tatters!«, rief Pancho. »Was machen Sie denn hier?«

Der Doc trat, etwas kurzatmig vom Anstieg, nah ans Feuer und damit in den Kreis des Lichts, und ein molliges Maultier trat mit ihm und sah ihm interessiert über die Schulter, wie er Tom-Tom ohne viel Federlesen die Flasche aus der knochigen Hand nahm und sich selber an den Hals setzte.

»Außer«, sagte der Doc nach einem Rülpser, der ihn den Großteil seiner Brauen kostete, »unter ärztlicher Aufsicht natürlich. Und die habe ich ja, Gott sei Dank.« Ächzend ließ er sich auf seinen runden Hintern plumpsen und alle sahen ihn an. Nach einer Weile dämmerte ihm, warum, und er reichte die Flasche weiter.

»Mandoney lebt«, meinte er im Plauderton. »Das ist die gute Nachricht.«

Ich lehnte mich zurück und schloss für einen Moment die Augen. Den zweiten Teil der Neuigkeiten würde ich so oder so erfahren.

»Der Katze geht's gut«, sagte Scuzzi. »Ich hab sie aus dem Heim geholt und fürs Erste bei mir untergebracht. Ist das normal, dass sie zehnmal am Tag gefüttert werden will?«

»Öfter. Aber sie kriegt nur einmal was. Na, seien wir ehrlich, meistens zweimal.«

Scuzzi nickte wie jemand, der sich eine geistige Notiz macht. »Also, wie gesagt, ihr geht's gut. Die schlechte Nachricht ist, sie hat ein bisschen eine Lücke in die, wie soll ich sagen, in die Finanzierung deiner Verteidigung geschissen.«

»›Gerissen‹, meinst du.«

Doch Scuzzi schüttelte den Kopf. »Ich, äh, wusste das nicht, das mit nur einer Mahlzeit am Tag. Und ich bin auch erst abends dazu gekommen, ihr das Klo zu befüllen. Gerade, wie ich die Streu reintun will, kickt Polizeichef Stankowski mit einem Rollkommando meine Türe ein. ›Lass dich nicht stören‹, meint er auf seine joviale Art zu mir. ›Wir stellen dir nur eben kurz die Bude auf den Kopf.‹ Also – hab – ich – das – Katzen – Klo – befüllt«, sagte Scuzzi mit großen, beredten Augen und der Art von Betonung, wie Eltern sie benutzen, wenn sie etwas rüberbringen wollen, das der Nachwuchs nicht mitbekommen soll. Hätte nur noch gefehlt, dass er das Buchstabieren anfing.

Ich nickte. »Und die weiße, körnige Sorte findet sie nicht so gut«, vermutete ich ins Blaue hinein.

»O doch«, seufzte er. »O doch. Und wie. Kristof, du kannst dir nicht vorstellen, was für Mengen dieses Vieh binnen zwei Stunden scheißen kann. Als die Bul…«, Scuzzi warf einen schmalen Blick Richtung Nachbarbett, »die *Polizeibeamten* unverrichteter Dinge wieder abgezogen sind, hatten eineinhalb Pfund Katzenstreu eine Qualität angenommen, wie man sie auch dem härtesten Konsumenten nicht mehr anbieten kann.«

»Ich frag mich schon länger, was für Qualitäten Sie was für Konsumenten so anbieten«, knurrte Menden hinter der Trennwand. »Und der Inhalt Ihres Katzenklos würde mich auch mal interessieren.«

»Bring ich Ihnen morgen mit«, versprach Scuzzi.

Ich frag nicht, dachte ich.

»Und die schlechte Nachricht?«, fragte Bro Ho.

Doc Tatters schnalzte mit der Zunge. Rieb sich das Kinn. Wog den Kopf hin und her. Legte sich die Worte zurecht. Ließ sich Zeit mit der Antwort. Sah mit ernstem Nicken von einem zum anderen, bis die Flasche wieder ihren Weg in seine Pfoten gefunden hatte. Einen Schluck und ein Keuchen später gab er es uns.

»Mandoney ist wild entschlossen, den Fremden selbst zu fassen«, sagte er dann.

Keiner hob oder drehte den Kopf, doch irgendwie sahen sie mich alle an. Ich zuckte die Achseln. Allen bisherigen Bemühungen des Deputys zum Trotz war mein Ambiente wieder mal bemerkenswert unvergittert.

»Ja, kann Mandoney denn überhaupt schon wieder …«, begann Bro Ho ungläubig. Doc Tatters schenkte ihm einen kurzen, bohrenden Seitenblick und Bro Ho sprach nicht weiter.

»Warum denn etwa nicht?«, schnappte der Mediziner, bevor er fortfuhr. »Richard Thysson hat auf den Fremden ein massives Kopfgeld ausgesetzt. Das sollte eine Menge schräge Vögel anlocken. Gerüchte sprechen schon von den Gebrüdern Jones.«

»Ach du Scheiße«, meinte Shits. Foreman, Ropeman, Edgeman und Burns. Sie nannten sich die Jones, doch sie waren alles, nur keine Brüder. »Jedes Mal, wenn die in die Stadt kommen, muss ich anschließend Sonderschichten fahren.«

Ansonsten aber waren sie, wie gesagt, alles. Alles, dem man besser aus dem Weg gehen sollte.

»Wenn die sich nur ankündigen, fang ich schon mal am Buddeln an«, meldete sich Bro Ho zu Wort. »Und's war noch nie umsonst.«

Kopfgeldjäger, Schuldeneintreiber, Streikbrecher, Schläger, Scharfschützen, Killer. Alles.

»Na ja, bisher sind es nur Gerüchte«, erinnerte der Arzt. »Dafür hat der alte Thysson mal wieder die Stadt verlassen. Was immer das heißen mag. Bestimmt plant er irgendwelche Teufeleien.«

Rings um das Lagerfeuer wurde still gemutmaßt.

»Irgendjemand, der neugierig ist, was für Teufeleien das sein mögen«, riet ich, »kann ja mal vorsichtig seine Nase aus dem Eingang des Canyons stecken.«

Niemand schien neugierig genug.

»Und Sheriff Starski dreht durch«, setzte der Doc seinen Bericht fort. »Er hat den Kitten Club schließen lassen und den Saloon vernagelt und Panchos Destille hochgenommen.«

»Urghs«, machte Pancho. »Da hatte ich nur noch ein Zeugs gebunkert, wie man es selbst den Indianern nicht mehr andrehen könnte.«

»Nun, Starski und sein Mob bringen sich damit gerade in Stimmung. Ich schätze mal, gegen Morgen werden sie mutig genug sein, nach Katanga vorzudringen.«

»Na, da können wir alle ausschlafen«, freute sich Shits. »Starski und seine Penner sind doch zu dämlich, der Spur eines durchfallkranken Elefanten zu folgen.«

»Sie haben Toller Hund zwangsverpflichtet.«

Jemand pfiff durch die Zähne. Jemand schnalzte mit der Zunge. Selbst gegen seinen Willen konnte Toller Hund nicht von einer einmal aufgenommenen Spur lassen. Es war einfach seine Natur.

»Das ist so nicht ganz richtig«, hallte die Stimme von Toller Hund aus dem Dunkel, und praktisch im selben Augenblick erschien auch seine

Gestalt im lodernden Schein von Flammen, was damit zusammenhing, dass der immer noch nicht wirklich entspannte Pancho gerade die Flasche angesetzt gehabt hatte.

»Bis auf den Part mit dem Elefanten vielleicht. Was immer das sein mag.« Toller Hund trat heran mit Virago, seinem fransigen kleinen Esel, im Schlepptau. »Tatsache ist, sie haben es versucht, Toller Hund zu verpflichten.« Und mit einer Miene tiefer, ehrlicher Dankbarkeit nahm der Indianer die Flasche entgegen. »Doch der Sheriff und seine Leute«, meinte er und hob die Flasche zu einem kurzen Toast, »die trinken ein Zeugs, das könnte man keinem Zombie anbieten.«

»Und wir«, sagte Tom-Tom und wurde, trotz des Umstands, dass er sich etwas in den Schatten zurückgezogen hatte, sichtbar wie am helllichten Tag, »wir sind echt nich wählerisch.«

Bro Ho klopfte Toller Hund dröhnend auf den Rücken, und nach kurzem, heftigem Abhusten und nur ein oder zwei tüchtige Schlucke später hatte der Indianer zu seiner gewohnten Atemfrequenz und Gelassenheit zurückgefunden.

»Schlägste dich immer auf die Seite mit dem besseren Gesöff?«, wollte Tom-Tom von ihm wissen.

Toller Hund blickte empört.

»Roter Mann«, sagte er feierlich und schlug sich die geballte Faust gegen die Brust, »folgen immer der Stimme der Ehre!«

Und kaum dass das Gelächter reihum sich etwas gelegt hatte, nahmen wir darauf dann alle noch einen, und weil es gerade so nett war, konnte Pancho der Versuchung nicht widerstehen und nahm seine Gitarre zur Hand. Strich über die Saiten und Tom-Tom neben mir sog Atem zwischen den Zähnen hindurch wie jemand, der seinem Daumen eins mit dem Hammer verpasst hat.

Pancho schlug etwas einem Akkord Ähnliches an und summte dazu, was er für den entsprechenden Ton hielt.

Tom-Tom sah mich an und Panik spiegelte sich in den Resten seiner Physiognomie.

»Sollen wir mal 'ne kleine Kontrollrunde drehen?«, schlug ich ihm vor und er sprang geradezu auf die Füße.

»Von mir aus auch 'ne große«, meinte er, und trotz unseres hastigen Aufbruchs schaffte Pancho es noch, ›Where are all the flowers gone?‹ anzustimmen, bevor wir auch nur halbwegs außer Rufweite waren.

»Watt'n Glück, datt mir die Ohren schon abgefallen sind«, raunte Tom-Tom und blickte schaudernd zurück zum Feuer.

Ich spitzte die Ohren und schnarchte gleichzeitig sachte vor mich hin. Wir hatten hohen Besuch – was heißt ›wir‹, Menden hatte –, und ich wollte Polizeichef Stankowski das Gefühl vermitteln, sich offen äußern zu können.

»Ich hab mit dem Doktor gesprochen«, knurrte er in markantem Bariton. Es war eine Stimme, die es gewohnt war, Befehle zu erteilen. Auch über größere Distanzen oder eine Vielzahl von Köpfen hinweg. »Gehirnerschütterung und Gedächtnisschwund gehen sozusagen Hand in Hand. Das kriegen wir, wenn wir wollen, schriftlich begutachtet.« Hier aber, in diesem Krankenzimmer zu nächtlicher Stunde, hatte er den ›Nun lassen Sie uns doch alle mal vernünftig bleiben‹-Modus aufgelegt. »Also«, meinte er mit väterlicher Ruhe, »worauf ich hinauswill, ist dies: Ich gehe in zwei, höchstens drei Jahren in Ruhestand. Da kann doch keiner wollen, dass mein lebenslanger Einsatz für Recht und Gesetz auf einen ... sagen wir ... Missklang endet. Oder?«

Keine Antwort. Zumindest keine, die sich akustisch auswerten ließe. Ich unterbrach mein Schnarchen, schmatzte ein-, zweimal geräuschvoll mit den Lippen und machte dann weiter, wo ich aufgehört hatte.

»Und ich brauche Sie wohl nicht daran zu erinnern, dass ich das Vorschlagsrecht für meinen Nachfolger innehabe. Solange ich im *Amt* bin, heißt das.«

Pause, um das Gesagte einwirken zu lassen. Noch immer kein Ton der Entgegnung. Weder im einen noch im anderen Sinne.

»Hier ist der Deal.« Der Bariton wurde in konspirative Flüstertöne abgesenkt. »Sie erscheinen vor dem Untersuchungsausschuss mit Ihrer ärztlich beglaubigten Amnesie, erklären klipp und klar, an bestimmte Vorgänge keine Erinnerung mehr zu haben, und ich schlage Sie ein, zwei Jahre später als meinen Nachfolger im Amt vor. Und auch Oberbürgermeister Theissen hat uns für diesen Schritt seine volle Unterstützung zugesagt. Na, was sagen Sie?«

In der erwartungsvollen Stille, die folgte, erkannte ich das sachte einsetzende und dann gleichmäßig, wenn auch leise fortgeführte Schnarchen meines Zimmernachbarn.

Wuchtige Schläge interpunktierten die morgendliche Stille. Bro Ho klopfte mithilfe seines Revolverknaufs Kaffeebohnen zu Pulver, doch obwohl er sich dafür einen flachen Stein als Unterlage gewählt hatte, kam es Pancho vor, als hämmerte er ihm direkt auf dem Schädeldach herum.

Die allerersten Strahlen der Morgensonne suchten sich verschlafen einen Weg durch die vielen finsteren Silhouetten des Canyons.

Ein Großteil von Panchos Erinnerung an den vergangenen Abend schien sich, zusammen mit dem Berg von Feuerholz, in Rauch aufgelöst zu haben, mit einem Häufchen glimmender Asche als einziger Hinterlassenschaft.

Shits war damit beschäftigt, in die glimmende Asche zu pusten, um das Feuer wieder anzufachen. Doc Tatters kramte unter sachtem Stöhnen und erheblichem Zucken in seinem Koffer herum. Ansonsten waren sie allein. Pancho versuchte, sich mit aller Behutsamkeit daran zu erinnern, wer fehlte, wer abwesend war. Irgendwo in der Asche seines Gedächtnisses glimmte etwas, an das er lieber nicht rühren wollte …

»Wo sind denn unsere Pferde?«, fragte er nach einigen Minuten behutsamer Versuche.

»Der Fremde und Toller Hund haben sie mitgenommen. Sie wollen sie irgendwo tränken und auch alle Wasserflaschen voll machen.«

Aha. Der Fremde, und, richtig, Toller Hund war ja auch noch aufgetaucht, gestern Abend. Schön. Etwas an Erinnerung kam zurück und bis hierhin war alles terra firma, wie man so sagt. Vielleicht besser, sich nicht weiter zurückzuwagen, sondern es bei diesem Stand der Dinge zu belassen.

»Alle?«, fragte Pancho, bevor ihm klar wurde, dass er sich damit auf ein Thema vorwagte, das er lieber noch ein Weilchen unbetreten gelassen hätte. »Wofür brauchen wir so viel Wasser?«, fragte Pancho, obwohl er doch eigentlich gerade erst beschlossen hatte, es nicht zu tun.

Niemand schien in der Stimmung, ihm zu antworten. Und irgendwo in der glimmenden Asche von Panchos Erinnerungsvermögen fuhr eine Böe in die Glut und ließ etwas Rauch aufsteigen ...

»Pi- Pipipi- Pille, jemand?«, fragte der Doc und schüttelte eine kleine Blechdose, während er gleichzeitig ihr Etikett zu lesen versuchte. Mildes, vorsichtiges Kopfschütteln ringsum antwortete ihm.

»Ich dre- dredredre- dreh die selber.« Das Kopfschütteln ringsum verlor einiges von seiner vorsichtigen Natur. Der Doc hatte Bro Ho mal eine homöopathische Kräuterpille gedreht, gegen Verstopfung. Nur eine, doch Bro Ho war anschließend vierzehn Tage nicht mehr vom Klo runtergekommen. Und das im Abwind des Abortes gelegene Restaurant suchte seitdem immer noch einen neuen Pächter.

»Nach einer ver- ververver- verschreibungspflichtigen Rezeptur.« Das Kopfschütteln ließ nach und machte sachtem Interesse Platz.

Der Doc bekam die Dose auf, und anschließend konnte, wer wollte, sich seine Pillen in beliebiger Anzahl direkt vom Boden aufklauben.

»Jetzt bräuchten wir nur noch was zum Ru- Ruruiru- Runterspülen«, stellte der Doc fest. »Und Wa- Wawawa- Wasser ist noch keins wieder da.« Plötzlich bückten sich alle nach den Pillen.

Pferde sind im Tierreich die elegantesten Trinker. Sie scheinen kaum die Wasseroberfläche zu brechen mit ihren zärtlich gespitzten Lippen und schlürfen das Nass mit geradezu vornehmem Behagen, fast geräuschlos, wie Queen Mum selig ihren Gin.

Toller Hund hielt derweil seinen Kopf unter eine kleine Kaskade des aus dem Felsen springenden Baches und gab dabei Laute des Wehklagens und generellen Bedauerns von sich.

»Langsam begreife ich, warum das Zeugs ›White Lightning‹ heißt«, meinte er mit hängenden Lidern und triefendem Haar und half mir beim Befüllen der Wasserflaschen. »Mein Schädel fühlt sich an wie ein Felsen, den der Blitz gespalten hat.«

Er erhob sich und begann unsere Wasservorräte auf die diversen Reittiere zu verteilen, und ich fragte mich nicht zum ersten Mal, wie jemand an einen Namen wie ›Toller Hund‹ gekommen sein mochte, und fragte ihn einfach.

»Kurzform«, erklärte er mir. »So wie ›Kleines Glas‹, auch 'ne Abkürzung. Unser Medizinmann heißt eigentlich ›Kleines Glas Das Immer Leer Ist‹.«

Ich machte »Ah«.

»Spielt auf seine Trinkgewohnheiten an«, fügte er nach einem kurzen, für uns beide nachdenklichen Moment hinzu. »Wurde ihm auf allgemeines Votum hin verliehen.«

»Und du?«, fragte ich noch mal. »Wie bist du an deinen gekommen?«

»Ähnlich«, meinte er ausweichend. Und mehr wollte er sich nicht entlocken lassen.

Rauch stieg auf, doch die Flammen wollten nicht recht lodern …

»Also«, versuchte es Pancho und flößte sich mit zitternder Hand ein wenig Mut ein, »angenommen ich spreche einen Namen aus, würdet ihr mir dann spontan sagen, was euch dazu durch den Kopf geht? Auch wenn es euch möglicherweise etwas … verrückt vorkommt?«

Shits schob mit einem Stöckchen halb verbrannte Aststumpen in Richtung der Glut und pustete, Bro Ho feuchtete Kaffeepulver an und schien die Frage nicht gehört zu haben. Hilfe suchend sah sich der Barmann um.

»Nur zu«, ermunterte ihn der Fremde und stieg von seinem Pferd, mit dem er Flat, Shovel und Knuckle hergeführt hatte. Tropfend nasse, volle Wasserflaschen baumelten von ihren Sätteln und Packtaschen. »Spuck's aus. Nur keine Hemmungen. In die Anstalt einweisen lassen können wir dich dann immer noch.«

»Also …« Doch es fehlte noch etwas Mut. *Pümm*, machte der Korken.

»Tom-Tom wieder in seiner Höhle?«, fragte Toller Hund, mit Virago dem Esel und Elektra dem molligen Maultier im Schlepptau, und Pancho prustete das Feuer zu voller Größe.

»Dann, dannnn, danndanndann …?«, stammelte er, fertig mit husten, »dann war das kein Traum? Kein Alb?«

»Der einzige Alb letzte Nacht warst du mit deiner Gitarre«, knurrte Shits.

»Nein«, antwortete der Fremde. »Er ist noch vor dem Morgengrauen weiter. Wir treffen ihn später wieder.«

Ein weiterer Versuch Panchos, seine Nerven zu stählen, wurde ein Raub der Flammen.

»Wieso«, mischte sich Bro Ho ein, »das mit der Klampfe ging doch noch.«

»Und der Gesang?«, fuhr Shits ihn an. »Was war mit diesem grausamen Gesang? Auch noch durch die *Nase*? Das war ja fast schlimmer, als wenn Toller Hund mit seinen Vorfahren kommuniziert.«

»Trotzdem«, beharrte der Totengräber. »'n richtiger Alb wurd's erst, als er die –«

»Sprich's nicht aus«, bat der Doc.

»... als er die –«

»Hör auf den Doc«, mahnte Shits.

»... als er die –«

»So hab doch ein Einsehen«, flehte Toller Hund. »Ich hatte gerade erst angefangen, es zu vergessen.«

»... als er die *Mundharmonika* ausgepackt hat«, brachte Bro Ho seinen Satz in gewohnter Stoik zu Ende.

»Äh«, versuchte Pancho das gequälte Aufstöhnen ringsum zu übertönen und wandte sich direkt an den Fremden, »du meinst, er ist in ... die ... Richtung vorausgegangen?« Und er deutete halbherzig und wie gegen inneren Widerstand talabwärts. Weiter hinein nach Katanga.

»Und wir sollen, ähm, deiner Ansicht nach hinterherreiten, um uns tief im, tief im, tief im ... *Katanga-Canyon* ... mit einem, einem, einem ... *Zombie* ... zu treffen?«

»Falls jemand 'ne bessere Idee hat ...«, begann der Fremde und sah von einem zum anderen. Trockenes Schlucken war alles, was ihm entgegnet wurde.

»Ich kenn dich«, hatte Tom-Tom in der Nacht zu mir gesagt. »Ich kannte auch deinen Ollen. Und deine Ma. Bevorse dann wechgezogen is. Wieso nennense dich ›Den Fremden‹? Du bist doch der Einzige vonne ganze Bande, der original hier ausse Gegend kommt.«

»Ich war lange fort.«

Ringsum schlief alles, und ein kleiner Stapel leerer Flaschen wies auf die Anstrengungen hin, die manche unternommen hatten, um ihre Gehörgänge zu anästhesieren.

»Hat sich einiges geändert seit damals, wa? Früher hamse hier gemacht, wattse wollten, ham Löchers inne Erde getrieben, wo et ihnen grad passte, ham Kohle rausgeholt und Erz damit geschmolzen für Eisenbahnschienen, ham Wälder abgeholzt und ganze Berge zertrümmert für die Trasse, ham den Amish River kanalisiert und alles an Abwässern einfach da reingekippt, und scheiß drauf, dattat Weideland links und rechts von der Köttelrinne trocken gefallen is, un getz? Die Minen sind leer, Katangas Schlote hammet Qualmen drangegeben. Sicher, die Bimmelbahn is fertich, doch fährtse irgendwohin? Fehlanzeige. Allet, watt sich hier hat zu Geld machen lassen, is wech. Und plötzlich fälltet der Regierung auf, datt man 'nen Fluss auch noch für watt anderes nutzen kann, als nur Dreck damit wegzuspülen, und datt Wälder und Wiesen nich nur irgendwie gut sind fürde Luft, sondern auch der Landschaft garnich schaden, und beschließt, den alten Amish River wieder in seim alten Bett zu packen, und Vatter Thysson reibt sich die Hände, weil die Ufergrundstücke sind ja alle seine. Denkter. Doch dann juckt ihn sein Gedächtnis und er wirft mal 'nen prüfenden Blick in die Bücher und da fällt ihm watt ein. 'n paar der Grundstücke, vor allem die im Buttercup-Bogen, die mit den Hügeln und der Aussicht und der einstmals ach so schönen Beau-Rivage-Ranch, die hat er damals ja deim Vatter verhökert gehabt.«

»Als er schon wusste, dass der Amish kanalisiert werden und die Grundstücke damit dramatisch an Wert verlieren würden«, trug ich mein Scherflein zur Geschichtsstunde bei.

»Na, sacht sich der alte Halunke da, dann kauf ich datt Land ehmt ruck, zuck zurück, bevor einer Wind kricht von der Renaturierung und dem ganzen Geld, dattie Regierung da reinpumpen wird. Doch dein Alter, der hat den Braten gerochen. Der hat dem Richard Thysson auf sein Angebot hin innt Gesicht gelacht. Also, watt macht der?«

Als Erstes hat Richard Thysson als Eigner der Wasserrechte die Zufuhr zu Dads Sägemühle gekappt. Dann hat Richard Thysson als Vorstand der Buttercup Savings and Loans dafür gesorgt, dass Dad nach dem Wasser- auch der Geldhahn zugedreht wurde. Dann hat er gewartet, bis Dad mit den Zinsen in Verzug geriet, und hat Beau Rivage zwangsräumen lassen und zur Versteigerung ausgeschrieben.

»Damit hat er Dad umgebracht«, sagte ich und Tom-Tom nickte.

»Unn getz bisse hier und ich weiß ganz genau, datte wat am aushecken bis.«

Nun war es an mir, zu nicken.

»Unn watt genau?«

»Watt genau bin ich noch dran am aus am hecken.« Ich mochte ja längere Zeit weg gewesen sein, aber den Slang verlernt man nicht.

Tom-Tom rauchte schweigend, nahm einen nachdenklichen Schluck und keuchte in die rot leuchtende Glut.

»Da wirsse Hilfe brauchen«, meinte er schließlich.

Wieder nickte ich.

Tom-Tom rauchte.

»Was ist dein Interesse an der Sache?«

»Na, ich willet ma so sagen: Mit genau den Seeger habbich nämlich selber nochen Hühnchen zu rupfen, wenne verstehs, wattich meine.«

Nicken. Schweigen. Rauchen. Saufen. Ein Mann und ein Zombie in spätnächtlicher Kontemplation am langsam niederbrennenden Lagerfeuer.

»Ich kann dir aus eigener Erfahrung nur eins sagen«, meldete sich Tom-Tom schließlich wieder zu Wort. »Die ganzen Schweinereien hier in Buttercup aufzudecken und annt Licht der Öffentlichkeit zu zerren, datt kannze vergessen. Datt habbich nämlich selber schon versucht.«

Und er hatte hinter sich gegriffen und dem Messer in seinem Rücken ein federndes *Twaiiiinnnnggggg* entlockt.

»Hier, versuch die mal«, meinte Scuzzi und verpasste mir ein paar bunte Kapseln. »Die holen einen von den Beinen, aber man wird nicht so blöd davon.«

Na, das klang doch perfekt, und trotzdem konnte ich mich nicht recht entspannen: Scuzzi hatte eine mittelgroße Sporttasche mit ins Zimmer gebracht. Harmlos genug und doch …

»Jetzt pass mal auf«, begann er, hob sie hoch, zippte den Reißverschluss auf und zeigte mir kurz den Inhalt. Mir stockte der Atem.

»Hab ich in Zahlung genommen«, erläuterte er. »Dachte, ich machs dir 'n bisschen nett«, fügte er hinzu und machte sich auf die Suche nach einer Steckdose. »Hat 'ne Fernbedienung, das Ding. Ist also wie für dich gemacht.« Scuzzi legte mir den kleinen Plastikriegel mit den hundertfünfzig sinnlosen Knöpfen auf den Bauch und ich musste an mich halten, um nicht aufzuschreien.

»Hat auch sein Gutes, dass die Kneipe für 'ne Weile geschlossen ist«, fuhr er im Konversationston fort. »Kommt man mal dazu, ein paar Sachen umzusetzen, die man schon lange vorhatte.«

Ich sagte nichts. Ich beobachtete und ich lauschte. Beides mit wachsendem Grauen.

»Ich bin mal meine Plattensammlung durchgegangen«, sagte Scuzzi und stöpselte die mitgebrachte Kompaktanlage ein. Die Erwähnung seiner Sammlung richtete mir das Nackenhaar auf.

»Da ist mir erst mal aufgefallen, was für Lücken die doch inzwischen hat.«

Für nichts war ich dankbarer als für diese Lücken, und trotzdem begann Angst, nackte Angst, mich mit Lähmung zu überziehen.

»Erinnerst du dich noch an *Yes*?«

Ich mochte mich täuschen, aber dem Geräusch nach hatte Menden drüben sich gerade eben seinen Hagebuttentee quer übers ganze Bett gespien. Aus irgendeinem Grund gab mir das Anlass zur Hoffnung.

»Nein«, antwortete ich. Für bestimmte Dinge

gibt es einfach kein Erinnerungsvermögen. Für Schmerz etwa. Es ist ein Segen.

»Da hatte ich doch mal sämtliche Alben von.«

Und wir sind trotzdem Freunde geblieben, Scuzzi und ich. Es musste Liebe sein zwischen uns, die stärkste Kraft im Universum.

»Bis zu der Party damals, weißt du noch? Als wir erst diese Pilze gegessen und dann Absinth hinterhergeschüttet haben?«

Andere Dinge wiederum vergisst man nie. Ich kann seither kein Anis mehr riechen, ohne spontan Wiedersehen mit meiner letzten Mahlzeit zu feiern.

»An dem Abend hat doch irgendeiner den ganzen Stapel Yes-Alben in den Backofen geschoben und aufgedreht.«

240 Grad, wenn ich mich recht erinnerte. Scuzzi kramte suchend in seiner Sporttasche und ich fühlte mich irgendwie gedrängt, etwas zu sagen.

»Du lädst aber auch immer komische Leute ein«, gab ich nach kurzem Räuspern zu bedenken. Ich konnte meinen Blick nicht von Scuzzis kramenden Händen lösen. Vorahnung krampfte mir den Magen auf das Format eines Pingpongballs zusammen.

»Doch Gott sei Dank gibt es ja das Internet«, sagte Scuzzi.

Und damit endlich freie Pornographie in all ihrer Vielfalt für alle. Ausgerechnet dem Schöpfer der Katholiken für dieses Medium zu danken, fand ich etwas steil, doch so ist er, der Pierfrancesco. Bisschen gedankenlos, meine ich manchmal.

»Da hab ich mir die ganzen alten Scheiben

auf MP3 runtergezogen. Und hier sind sie jetzt drauf.« Triumphierend zog Scuzzi ein unüberbietbar harmlos aussehendes, etwa zigarettenschachtelgroßes Kästchen ans Licht. »Und *Yes* ist noch nicht alles«, schwärmte er, »zu Hause bin ich gerade dabei, die besten Sachen von *Bob Dyl...*«

Das Licht im Zimmer wurde schlagartig schwächer, und Scuzzis Worte klangen blechern und weiter und weiter entfernt ... Die bunten Kapseln zeigten Wirkung, und keine Sekunde zu früh. Eine entsetzlich quäkelige Stimme hob schauderhaft zu wimmern an und ich umarmte die heraufziehende Bewusstlosigkeit mit etwas wie echter Begeisterung.

»Alle mal herhören«, dröhnte die Stimme wie durch einen hohlen Trichter gesprochen. »Wir wissen, dass Sie da drin sind.«

Wusch, die Inhalte von sechs Kaffeebechern regneten auf das Feuer herab, bevor zwölf Stiefel ihm die letzte Glut und damit jeglichen Hang zu weiterer Rauchentwicklung austraten.

»...Wenn auch nicht genau, wo«, ergänzte Toller Hund, Veteran Dutzender Verhaftungen, die blecherne Behauptung.

»Legen Sie die Waffen weg und treten Sie einzeln und mit erhobenen Händen vor zum Eingang des Canyons und niemandem passiert etwas.«

»Da hört ihr's«, meinte Pancho.

»... Außer denen, die so verpeilt sind, sich ohne Wumme und mit Hände hoch kassieren zu lassen«, ergänzte Toller Hund, und wir schwangen uns in die Sättel und richteten unsere und vor allem die Nasen unserer Tiere schluchteinwärts.

»Ich weiß nicht, ob das so 'ne gute Idee ist«, reklamierte Pancho.

»Ich zähle bis drei«, tönte die Trichterstimme. Kam es mir nur so vor oder klang Starskis Bariton nicht mehr ganz so wohl geölt wie sonst?

»Anschließend sehen wir uns gezwungen, reinzukommen und von der Schusswaffe Gebrauch zu machen.« Kratzig geradezu.

Wir beschleunigten unsere Tiere in der einmal eingeschlagenen Richtung.

»Eins ...«, tönte es, hinter uns.

»Wir könnten immer noch ...«, begann Pancho.

»Zw...« Ein Schuss peitschte, und ein Querschläger heulte irgendwo in Kopfhöhe ins Nichts. Unsere Tiere legten wie von alleine die Ohren an und einen Zahn zu, während hinter uns ein kurzer, blechern geraunter Disput über arithmetische genauso wie hierarchische Abfolgen zu hören war.

»Das war ein *Warnschuss*«, kam es dann wieder deutlicher, wenn auch wenig überzeugend. »In die Luft.«

»Und wenn wir ...«, begann Pancho.

»Also noch mal: Eins, zwei ... und drei!«

Nichts passierte, wenn man einmal davon absieht, dass wir tiefer und tiefer in die Schlucht hineinritten und Starskis Stimme damit leiser und leiser wurde.

»Na gut. Wir geben euch eine letzte Chance. Schickt uns einen Verhandlungsführer. Wie wär's mit ... dem Fremden?«

Netter Versuch, dachte ich, doch Pancho blickte mich allen Ernstes fragend an, also blickte ich antwortend zurück und damit war das Thema, wie man so sagt, gegessen.

»Verdammt!«, fluchte der Sheriff und erhob sich aus der Deckung des Felsens. Rasch leiser werdendes, sich eilig entfernendes Hufgetrappel schallte ihnen aus dem Canyon entgegen. »Was musstet ihr auch schießen!«

»Dachte, ich hätt was gesehen«, meinte Foreman mit tückischem Grinsen. Von den vieren war er der Chef und, nebenbei oder eben drum, auch der Schnellste mit dem Revolver, wenn es galt, jemanden zum Schweigen zu bringen.

»Kann man nicht früh genug bedienen, die Totoders«, meinte Edgeman und spuckte in den Staub. Er war der Schnellste mit dem Messer, wenn es galt, jemanden ohne viel Radau zum Schweigen zu bringen.

»Kommen sonst auf die verrücktesten Ideen«, meinte Ropeman und biss das Ende von einem Zigarillo. »Wie sich zu wehren oder so'n Scheiß.« Er war der Schnellste mit dem Lasso, wenn es galt, jemanden einzufangen und seiner gerechten Aburteilung zuzuschleifen.

»Wenn sie erst mal verurteilt sind, werden sie gerne biestig«, meinte Burns und gönnte sich einen Schluck. Er machte die Buchhaltung bei den Jones.

Ah, und er war der Schnellste mit Streichhölzern und Petroleum, wenn es galt, jemanden von der Flüchtigkeit alles irdischen Besitzes zu überzeugen.

Sheriff Starski beobachtete ihn misstrauisch und versuchte auch, die anderen Jones im Auge zu behalten, was nicht leicht war. Obwohl theoretisch zu viert, schien man immer nur einen auf einmal wirklich sehen zu können, während die anderen sich unwillkürlich außer Sicht verdrückten, nur um im nächsten Moment irgendwo anders als vermutet wieder aufzutauchen. Gruselig.

»Nun, streng genommen sind sie noch nicht verurteilt«, räumte der Sheriff ein. »Mehr so zur, äh, Fahndung ausgeschrieben.«

»Was denn?«, fragte Burns und gab die Flasche an Edgeman weiter. »Ich hab doch die Steckbriefe gesehen. Soundso viel Dollar für Totoder. Kein Wort von Fahndung.«

»›Tot – oder – *lebendig*‹, steht da«, mahnte der Sheriff.

»So weit lesen wir nie«, entgegnete Edgeman und kippte sich ganz ordentlich einen. Schnalzte zufrieden mit der Zunge und reichte die Flasche an Ropeman weiter, der von wo auch immer aufgetaucht war.

Der Restbestand aus Panchos Destille, der einem normalen Menschen mit der Leichtigkeit von grobem Schmirgel die Kehle hinunterging und dann so etwas wie beginnenden Lochfraß im Magen auslöste, schien den Gebrüdern nicht nur zu schmecken, er schien ihnen auch zu bekommen, wie der Sheriff mit Argwohn beobachtete.

»Trotzdem sind sie, zumindest vom juristischen Standpunkt, noch nicht verurteilt«, beharrte er. »Theoretisch könnte jeder Einzelne von ihnen sogar wieder freigesprochen werden.«

»Nicht, wenn *wir* das waren, die ihn abgeliefert haben«, meinte Ropeman und gluckste. »Oder besser, das, was von ihm übrig geblieben ist.« Und er legte den Kopf in den Nacken für einen langen, zufriedenen Schluck. Befremdlich.

Einer der Gründe, warum Sheriff Starski die Bande überhaupt mitgenommen hatte, war, dass die gestrige Razzia von Panchos Destille nicht ganz den erhofften neuen Motivationsschub für die Bürgerwehr erbracht hatte. Mehr als nur ein Mitglied hatte heute Morgen über Unwohlsein geklagt. Und obwohl das selbstverständlich kein ausreichender Grund für ein Fernbleiben von der Pflicht war, hatte sich der Versuch, die zehn oder zwölf Milizionäre zur Arbeit anzutreiben, die so weit gegangen waren, plötzliche *Erblindung* vorzuschieben, als wenig fruchtbar erwiesen.

Gnade ihnen Gott, wenn die nur simuliert haben, dachte der Sheriff bitter. Dann nahm er seine Flüstertüte wieder hoch.

»Okay«, bellte er hinein und etwas wie *-ejejejej* hallte skeptisch zurück. »Ihr wollt es wohl nicht anders. Wir kommen jetzt rein!« Damit drehte er sich um zu seinen Leuten. »Männer! Aufgesessen!« Damit schwang er sich in den Sattel. »Alles hört auf mein Kommando!« Damit riss er den Arm in die Höhe und deutete energisch nach vorn in den Canyon. »In Formation! Und ... vorwärts!« Damit setzte er sich in Bewegung.

Machen wir uns nichts vor: Es gibt freundlichere, fröhlichere Orte zu bereisen als den Katanga-Canyon. Der vorherrschende Farbton der Skelette von Förderanlagen, der Ruinen von Bauten, der Karkassen von Kutschen und Planwagen, der zusammengesunkenen Haufen von Baumaterial und Abraum, der verstreuten Felsbrocken und des abgestorbenen Bewuchses, ja, der minütlich immer höher wachsenden Canyon-Wände selbst und somit der kompletten Umgebung erschöpfte sich in Variationen des Themas Schwarz. Es schluckte das Licht, es täuschte das Auge, es legte sich einem auf die Seele wie die Vorahnung von sechs Fuß Erdreich auf der Brust.

Doch ich mochte es, irgendwie.

»Bis bald ...«, hatte sie gesagt.

Ich kam bei, weil mich jemand am Zeh zupfte. Gott, war ich bräsig.

»Also dann, bis heute Abend.« Die Nachtschwester verabschiedete sich, ihr Gesicht gerahmt von einem züchtigen Kopftuch. Dazu trug sie einen knöchellangen Rock, was ja an sich ganz okay ist, doch was ich darunter ausmachen konnte, war ein Verbrechen. »Und das kann ich wirklich mitnehmen?«

Vernünftige Schuhe.

»Ja klar! Nehmen Sie's, nehmen Sie's mit«, drängte Menden. Es klang beinahe flehentlich.

»Aber das hat Ihnen Ihr Freund doch gestern erst mitgebracht.«

»Scheißegal«, rief Menden.

Vernünftige Schuhe sind etwas, das keine Frau jemals tragen sollte.

»Hallo? Sind Sie auch einverstanden?«

Wieder der Griff an den Zeh, und erst jetzt merkte ich, dass sie sich die ganze Zeit schon an mich wandte. Und Scuzzis Kompaktanlage unterm Arm trug.

Ich runzelte die Brauen und warf einen Blick zur Seite. Auf die Trennwand.

»Ja, ist er«, behauptete die Stimme dahinter.

Ich räusperte mich recht deutlich.

»Kryszinski, nur zur Erläuterung: Während Sie sich gemütlich mit irgendwelchen Pillen oder was auch immer abgeschossen haben, ist mir gestern Abend die Klingel aus der Hand gerutscht und ich musste eine geschlagene Stunde lang die wahrscheinlich lahmste, tranigste und noch dazu kitschigste Musik ertragen, die je geschrieben wurde, vorgetragen von einem Sänger mit der garantiert winseligsten Stimme aller Zeiten, bis ich die Klingelschnur mit den Zehen zu greifen gekriegt habe und endlich die Schwester rufen konnte. Und deshalb wird diese Höllenmaschine jetzt und sofort dieses Zimmer, dieses Haus verlassen und niemals zurückkehren, und was Sie dazu zu sagen haben, interessiert hier nicht. Verstanden?!«

Die Fensterscheiben zitterten leicht vom Nachhall dieser Worte.

Ich sah zur Schwester. »Sie haben den Hauptkommissar gehört«, sagte ich mit Wärme und Respekt in der Stimme. Eine ganze Stunde Yes, ohne gellend um Hilfe zu schreien oder aber einen Gehirnschlag zu erleiden, das hätte ich niemals durchgestanden. »Von mir aus bringen Sie das Ding in die Pfanne«, riet ich. Bring's in die Pfanne, Schätzchen, und kauf dir von dem Geld 'n Paar Pumps, hätte ich am liebsten hinzugefügt. Oder 'n Paar Gummistiefel, Badelatschen, Plüschpantoffeln, *irgendetwas*, und dann geh hin und verbrenn diese beiden Monster.

»Och, einer meiner Brüder hätte da sicher Spaß dran«, meinte sie. Dann bedankte sie sich noch und war verschwunden.

»Sagen Sie mal, Kryszinski«, fragte Menden nach einer Weile, matt, »haben Sie eigentlich auch *normale* Freunde?«

Das markige ›Vorwärts‹ hallte noch von den steilen Felswänden wider, da ging Sheriff Starski Huftritt für zögernden Huftritt auf, dass er alleine vordrang in den übel beleumundeten Canyon. Vehement stoppte er sein Pferd, drehte sich im Sattel um.

»Ja, wird's bald?«, brüllte er seine zaudernde Truppe an. Deren Begeisterungsfähigkeit genauso zu wünschen übrig ließ wie ihr Zusammenhalt. So hatten die Jones zum Beispiel ihre Pferde gewendet und machten Anstalten, in Gegenrichtung davonzureiten. Ja, drei davon waren schon praktisch außer Sicht.

»Foreman!«, brüllte der Sheriff. »Auf Befehlsverweigerung steht Tod durch Erschießen!«

Foreman hielt sein tänzelndes Pferd mit einer Hand auf der Stelle, fasste sich mit der anderen an die Krempe seines Hutes.

»Du vergisst, Sheriff«, antwortete er mit schmalem Grinsen, »dass du uns nichts zu befehlen hast.« Und er deutete auf seine Brust, die auffallend undekoriert war mit Blech jeglicher Form. Und mit einem freundlichen Kopfnicken ritt er in leichtem Trab davon, nicht ohne Missgunst betrachtet von der verbleibenden Truppe, denen der Stern schwerer denn je an der Oberbekleidung zu hängen schien.

Sheriff Starski schäumte. Seine Scheiß-Wiederwahl hing von diesem Scheiß-Auftrag ab, und mit tiefem Groll erinnerte er sich, was für vergleichsweise ruhige Zeiten es gewesen waren bis zum Auftauchen des Scheiß-Fremden.

»Ihr anderen«, bellte er die anderen an, dass es ihnen die Hüte nach hinten riss, »sofort und verschärft vorwärts!«

Man kann Fehler machen, sagte sich der Sheriff und hielt den Hahn seines Revolvers gespannt, bis auch der letzte Milizionär an ihm vorbei und in die Schlucht hineingeritten war.

Man darf sie bloß nicht wiederholen, sagte er sich und schloss sich dem Trupp als Nachhut an, Revolverhand mitsamt Revolver sachte auf dem Sattelknauf abgestützt.

»Und die Mexe hausen hier tatsächlich irgendwo?«, fragte ich Toller Hund ebenso hoffnungsfroh wie skeptisch. Je länger ich mich umsah, umso unwirtlicher erschien mir die Gegend. Trocken, ausgedörrt, verbrannt, schwarz. Tot.

»Nicht wirklich«, antwortete der Scout. »Sie nutzen den Canyon nur als Durchgangsroute für ihre Überfälle und sonstigen Gaunereien. Oder als Versteck, wenn der Sheriff mal wieder 'ne ›Säuberung‹ vornimmt. Ansonsten hausen sie irgendwo am südlichen Ausgang in ihren Hütten. Hier«, meinte Toller Hund und wies mit großer Geste um sich, »hier halten es nur die …«, er senkte die Stimme, »… die *Schwarzfüße* aus.«

»Was … was machen wir, wenn wir Mexe sehen?«, fragte Smith, einer aus der Bürgerwehr, den das Feuer der rechtschaffenen Begeisterung meistens nur in Verbindung mit dem Feuerwasser überkam und auf dem gleichen Wege auch wieder verließ.

War, wenn man ihn reden hörte, allerdings immer einer von den Mutigsten. Hinterher.

»Erschießen.« Noch heute Morgen hatte Smith versucht, sich fuchtelnd, stolpernd und rollenden Auges unter die Erblindeten zu mischen, doch der Sheriff war ihm draufgekommen. Denn anders als die anderen Drückeberger hatte Smith die aus dem Handgelenk geschleuderte Flasche nicht stumpf gegen den Schädel gekriegt, sondern sauber geschnappt. Und justament, noch bevor der Sheriff ein Exempel an ihm statuieren konnte, war sein Augenlicht ›zurückgekehrt‹.

»Und wenn wir den Fremden finden?«

»Erschießen.«

»Und was ist mit den anderen, mit Bro Ho, mit Shits, Pancho, dem Doc und Toller Hund?«

Sheriff Starski dachte einen Moment darüber nach, ob es sich eventuell lohnen könnte, einen dieser Typen zu verschonen. »Erschießen«, antwortete er dann.

»Auch den Doc?«

»Vor *allem* den Doc.« Im Großen und Ganzen bestand die beste Chance, jemals eine halbwegs vernünftige medizinische Versorgung in Buttercup sicherzustellen, darin, Tatters umzulegen und von völlig egal woher einen neuen Arzt aufzutreiben. »Nur Toller Hund nicht«, entschied der Sheriff. »Den werden wir hängen.« Das sollte den Scout lehren, wohin es führt, einfach die Seiten zu wechseln. Ihn und ein paar andere Wankelmütige.

»Und was machen wir, wenn wir Zombies treffen?«, wollte zur Abwechslung mal ein anderer wissen.

»Es gibt keine Zombies.«

»Und …«, flüsterte jemand, kaum lauter als ein Hauch, und trotzdem erreichte er das Ohr eines jeden Reiters dieser Schar, »… was ist mit den *Schwarzfüßen?*«

»Wenn wir Schwarzfüße sehen«, murmelte der Sheriff in fünfzig Paar gespitzter Ohren um ihn herum, »dann machen wir auf der Hinterhand kehrt und verziehen uns augenblicklich nach Hause.« Ein Schuss aus Starskis Revolver stoppte die Hand voll, die gerade eben beschlossen hatte, nur den zweiten Teil des Satzes verstanden zu haben. Etwa ab dem Komma.

»Doch *wann* wir Schwarzfüße sehen«, dröhnte der Sheriff, dass es das berühmte Katanga-Echo aus dem Schlaf riss, »entscheide ich alleine!«

Kommissar Hufschmidt weidete sich an meinem Anblick, dass man sich an eine Hyäne erinnert fühlte, die mit dem Darmtrakt eines Gnus ihr Vergnügen hat. Eine hamsterbackige Hyäne, sollte ich vielleicht hinzufügen. Er stupste eines der Gewichte meiner Extensionen an, bis es pendelte, und ich nahm mir fest vor, ihn noch am Tag meiner Entlassung mit dem Auto zu überfahren und anschließend unter Tränen von einem bedauerlichen Unfall zu sprechen.

»Wir denken drüber nach, den behandelnden Arzt auszutauschen«, erzählte er mir im Konversationston.

Hufschmidt war Menden vor ein paar Jahren zur Seite gestellt worden, und mich ließ der Verdacht nicht los, dass *er* der wahre Grund für die selbst gewählte Versetzung des Hauptkommissars war. Und nicht, wie behauptet, ich.

»Zwecks rascherer Wiedererlangung deiner Vernehmungsfähigkeit«, fuhr er fort. »Damit wir dich unverzüglich in ein Gefängniskrankenhaus überstellen können.« Er stupste noch mal gegen das Gewicht, versetzte es in muntere Schwingungen, die sich ebenso munter auf meine Armfraktur übertrugen.

»Hochsicherheitstrakt. Kamera am Bett und alles.«

Vielleicht fahre ich ihn erst an, dachte ich. Spreche ein paar Worte mit ihm, wie er so daliegt und sich windet. Bevor ich wieder einsteige und in verständlicher Panik die Pedale ›verwechsle‹.

»Wo wir dich dann von morgens bis abends und wieder bis in den nächsten Morgen verhören können.«

Dass die Reifen nur so kreischen.

»Alles nur eine Frage des richtigen Gutachtens. Und das kriegen wir. Ist das nicht wunderbar?«

Ich sah mit schweren, flackernden Lidern zu ihm hoch.

»Mutter?«, fragte ich, so schwach und doch so hoffnungsfroh. »Mutter, bist du das?«

Ein Schuss hallte und ich hob meine Lider. Das ging recht schwer.

»Du hast geschlafen«, meinte Bro Ho an meiner Seite und goss mir einen Kaffee ein. Wir hatten einen kleinen Zwischenstopp eingelegt in den Resten eines Wäldchens. Dürres Gras wuchs zwischen den toten Bäumen, trockenes Reisig knackte unter den Hufen der Pferde. »Hier, probier mal. Pancho hat ein paar Blätter von so 'nem Strauch mit aufgekocht.«

Ich blies und blickte skeptisch in den Becher.

»Der Doc rät dringend davon ab, das zu trinken.«

Ich nahm einen ordentlichen Schluck.

Mein linkes Lid fuhr hoch wie die Jalousie eines Erben, der die Testamentseröffnung verpennt hat.

»Hält's wohl für ungesund.«

Ich nahm noch einen Schluck. Mein rechtes Lid fuhr hoch wie der Rock einer Hure, der man mit 'nem Hundert-Dollar-Schein gewedelt hat. Einer hübschen Hure. Mit langen Beinen und ...

Ein paar Knöpfe ächzten, da fiel mir etwas ein. Total spontan.

»Ich werde übermorgen an der Versteigerung teilnehmen«, sagte ich mit nie gekannter Entschlossenheit. Das war es, das war die Lösung! Ich würde Beau Rivage zurückersteigern, ganz einfach!

Alle sahen mich an, als ob sie sich wunderten, warum sie selbst noch nicht auf diese tolle Idee gekommen waren. Einzig der kleine dicke Doc blickte skeptisch. Warum müssen Ärzte immer nur solche Spielverderber sein?

»Äh, wa- wawawa- was diese Blätter angeht ...«, begann er lahm.

Ich nahm noch einen Schluck.

»Die im Ka- Kakaka- Kaffee ...«

»Wie viel Geld haben wir, alle zusammen?«, fragte ich in scharfem Tonfall. Die Idee war toll, die Umsetzung sollte ein Klacks sein.

»Es ist gut möglich, dass sie eine unna- unnanana- unnatürliche Euphorie auslösen«, meinte der Doc.

Unsinn, natürlich. Ich spürte nichts. Na, fast

nichts. Und wenn sie tatsächlich euphorisch stimmten, dann sollte man die Kanne vielleicht mal rumgehen lassen. Denn die Mienen ringsum waren lang, sehr lang.

Und nicht ganz ohne Grund, wie ich bald erfuhr.

Nachdem jeder umständlich seine Barschaft addiert und die Zahl in undeutlichem, gedämpftem Murmeln herausgerückt hatte, kamen wir alles in allem auf eine Summe, die einem Glücklichen von uns eine warme Mahlzeit, ein geistiges Getränk und eine Nacht unterm Dach vom Kitten Club verschafft hätte. Und das war's.

Irgendwie blieben meine Gedanken für einen Moment unterm Dach vom Kitten Club hängen, und das ›Na, fast nichts‹, das ich spürte, ließ neben den Knöpfen nun auch meinen Gürtel Dehnungsgeräusche von sich geben. Acht Wochen an schwitzende Männer gekettet und sechs Tage im Sattel und eineinhalb in Haft und dann schon wieder ausschließlich Kerls um einen herum, das ist …

»Scheißegal«, fand Pancho nach einem herzhaften Schluck angereicherten Kaffees. »Wir bieten auf alle Fälle mit! Vielleicht sind wir ja die einzigen Bieter! Ha! Lasst uns gleich aufbrechen, zur Ranch! Es muss doch hier jede Menge Seitenausstiege aus dem Tal geben! Wer geht mit suchen?«

»Immer mit der Ruhe«, sagte ich schnell. »Jedes Seitental kann in einen Hinterhalt führen. Meiner Ansicht nach wäre es das Klügste, bis ganz nach Süden durchzureiten.«

»Aber … bis ganz nach Süden? Das ist bekloppt, ist das!«

Ich stand auf und schwang mich in den Sattel. Nichts und niemand würde mich aufhalten können, das spürte ich bis in die letzten Nähte meiner ... tja.

»Bis bald«, hatte sie gesagt ...

»Sie müssten bekloppt sein, zu versuchen, bis ganz nach Süden vorzudringen«, meinte Foreman und warf einen Stein in die Schlucht.

»Wer erst mal so bekloppt ist, überhaupt nach Katanga reinzureiten ...«, meinte Ropeman und ließ das Satzende in der Luft hängen. »Sich lange aufhalten oder zurück können sie jedenfalls nicht«, stellte er fest. »Da ist ihnen Starski mit seiner sagenhaften Elitetruppe auf den Fersen.«

»Denkt dran, ich will sein Pferd«, meldete sich Dickie quengelnd zu Wort.

»Und was ist, wenn sie durch eines der östlichen Seitentäler verduften?«, wollte Richard Thysson wissen. »Genialerweise haben wir uns alle auf der westlichen Seite versammelt.«

Vater und Söhnchen Thysson, semmelblond, wohlgenährt und schnieke, und die Gebrüder Jones, multicoloriert, abgerissen und schmierig, hockten einander auf ihren Pferden gegenüber. Zwei gestriegelte Araber mit geflochtenen Mähnen und dem dekorativen Zeichen der Thysson-Ranch auf der einen Seite, eine bunte Auswahl von mies gelaunten, hageren Kleppern, deren Brandzeichen bis zur völligen Unkenntlichkeit übergebraten worden waren, auf der anderen.

Die Thyssons und die Jones, sie brauchten einander, was aber nicht bedeutete, dass man sich gegenseitig über den Weg traute oder gar mochte. Vor allem Richard Thyssons Hang zu unterschwelligen Vorwürfen ging den Jones gewaltig schräg rein.

»Im *Osten*«, sagte Foreman langsam und mit Betonung, »treffen sie, kaum dass sie aus der Schlucht gekraxelt sind, auf die Schienen unserer von allen Bürgern so heiß geliebten und so teuer bezahlten Eisenbahn.« Er flocht eine Pause ein, um allen Anwesenden Gelegenheit zur Erinnerung zu geben, wer das mit Steuergeldern finanzierte Bauvorhaben seinerzeit durchgepeitscht hatte. »In letzter Zeit schon mal versucht, auf die andere Seite der Gleise zu gelangen?«, fragte er provokant. Niemand antwortete. Selbst die nicht, die es probiert hatten. Sich an einem lächerlichen Indianerfluch eine blutige Nase geholt zu haben, fällt unter die auch im engeren Freundeskreis tabuisierten Gesprächsthemen. »Also«, fuhr Foreman langsam fort, »befinden wir uns *logischer*weise alle im Westen der Schlucht. Wenn wir einen leichten Trab beibehalten, müssten wir ganz gut abschätzen können, wo und wann die Totoders einen seitlichen Ausbruchsversuch starten könnten, und da erledigen wir sie dann in aller Ruhe aus dem Hinterhalt.«

»Ich will sein Pferd«, quäkte Dickie mit seinem hochfrequenten Organ. »Ich will Falco, ich will den Schecken!«

Niemand ging darauf ein. Die Aufteilung der Beute ist immer eine heikle Angelegenheit. Oft genug beginnt der wahre Kampf erst damit.

»Sie haben Toller Hund dabei«, merkte Edgeman an. »Der wittert einen Hinterhalt auf hundert Meter, wenn er nüchtern ist.«

»*Wenn* er nüchtern ist«, wiederholte Foreman.

Und mit unwillkürlichem, trockenem Schnalzen der Zungen erinnerten sich alle der mit dem Barmann zusammen entschwundenen, flüssigen Vorräte des Boothill Saloons.

Bei Manitou, das ist das Leben, dachte Toller Hund. Frei und ungebunden durchstreifst du das Land, stellst dich mutig den Gefahren, Schulter an Schulter mit deinen Roten Oder Sonst Wie Gefärbten Brüdern, kämpfst am Tage wie ein Krieger und tanzt des Nachts wie ein Schamane und singst die Kriegsgesänge deiner Ahnen, heulst mit Wölfen und Koyoten ... Und Toller Hund hörte das Dröhnen von Trommeln und das Stampfen von Füßen in seinen Ohren, und er konnte nicht anders, all die edlen, wilden Gefühle, die seine Brust erfüllten, sie wollten hinaus, und da war nichts, was sie hätte halten können ...

Kloinnngggg, hallte es noch einen Moment nach und leuchtende Punkte tanzten dem Indianerscout vor sich kreuzenden Augen, die etwas unscharf mit ansehen mussten, wie ein grimmig dreinblickender Bro Ho ihm mit der freien Hand die Flasche aus den Fingern rupfte. Mit der anderen hielt er ihm die immer noch hörbar vibrierende Schaufel in die nach wie vor sternendurchtanzte Sicht. Die Trommeln waren verstummt, auch wenn das Dröhnen in den Ohren anhielt.

»Noch ein einziger weiterer Jauler«, drohte der Totengräber, »und dir brummt vierzehn Tage der Schädel.«

»Das gesamte Gelände der früheren Zeche Katarina haben sie durchkämmt, die Bullen«, erzählte Willy und hielt mir das Pappröllchen an die Lippen, »nicht nur das Autonome Zentrum, sondern *alles*. Zwei Hundertschaften, die ganze Nacht lang. Weiß der Schinder, was die gesucht haben.«

»Und?«, fragte ich und pustete den Rauch so gut es ging Richtung Fenster.

»Nix«, meinte er. »Wir haben das ja kommen sehen und sind vorher raus, haben alles Wichtige mitgenommen. Ich hab Susie und die ganze Bande für 'ne Zeit bei mir untergebracht«, vertraute er mir leise an, und seine Brillengläser glommen auf, als er sich die Lunge voll sog. »Du weißt schon«, fügte er gepresst hinzu.

Von hinter der Trennwand konnte man das verräterische *piep* hören, mit dem sich ein Handy zum Dienst meldet.

Ich nickte, unbesorgt. Mit ›bei mir‹ meinte Willy die alte, leer stehende, elterliche Villa, die schon lange an den Konkursverwalter übergegangen war, der sie seit einer Ewigkeit zu verkaufen versuchte. Kein leichtes Unterfangen, nachdem die Räumlichkeiten über mehr als zehn Jahre liebevoll an die Bedürfnisse einer Rocker-WG angepasst worden waren. Und Susie und ihre Punker-Kumpels dürften der Bude jetzt den Rest geben.

Menden murmelte ein paar diskrete Anweisungen und schaltete sein Handy wieder ab.

»Du wirst die nächsten Tage 'nen Schatten vor der Haustür haben«, warnte ich Willy etwas lauter als nötig.

»Wenn Sie meinen, ich bekäme nicht mit, dass

Sie da drüben rauchen«, knurrte Menden als eine Art Antwort, »und wenn Sie glauben, ich wüsste nicht, *was* sie da drüben rauchen, dann haben Sie sich aber gewaltig geschnitten.«

Willy hustete, etwas überrascht, denn bisher hatte der Hauptkommissar sich heute noch jeden Kommentar verkniffen.

»Warum kommen Sie dann nicht rüber«, entgegnete ich mit der rotäugigen Heiterkeit, die einen so gerne überkommt, sobald sich der IQ zu großen Teilen in Qualm aufgelöst hat, »und sichern die Beweise?« Und Willy und ich gackerten ein bisschen.

»Sobald ich stehen kann, Kryszinski«, grollte es hinter dem Paravent, »werden Sie sitzen.«

Und, nach einem kurzen Moment finsteren Schweigens, gackerten Willy und ich noch ein bisschen mehr.

»Sheriff«, meinte Smith in schlichtem, ernstem und gleichzeitig bedauerndem Tonfall, »ich fürchte, wir haben die Spur aus den Augen verloren.«

Der Sheriff schwieg, er war finsterer Laune. Eigentlich hatte Smith Mandoney zugeteilt werden sollen, und allmählich begann der Sheriff zu verstehen, warum der sich so vehement dagegen ausgesprochen hatte.

»Meiner Ansicht nach befehlen Sie die Leute am besten schnurstracks zurück nach Buttercup und wir versuchen es morgen bei besserem Licht noch mal.«

Unter Androhung von Schusswaffengebrauch hatte er sich dagegen ausgesprochen, der Deputy Mandoney.

Schweigend, ohne eine Miene zu verziehen, deutete Starski auf Hufabdrücke, die in gerader Linie Richtung Süden ausgerichtet und selbst bei Dunkelheit nicht zu verfehlen waren, da der tiefer gelegene, helle Sand nur allzu deutlich schimmerte, wo die Hufeisen durch die alles bedeckende, rußige Staubschicht gebrochen waren.

»Nichts für ungut, Sheriff, aber die Spuren könnten uralt sein.«

Fliegen summten in den feinen Fahnen aufsteigenden Dampfes über dem großen Haufen glänzender Pferdeäpfel, auf den der Sheriff mit gerecktem Arm und Finger zeigte.

»Damit ist noch nicht bewiesen, dass es sich wirklich um die Gesuchten handelt.«

Ein räudiges Schaf darf nicht die ganze Herde anstecken, dachte der Sheriff, und es juckte ihn, das umzusetzen, was Mandoney nur angedroht hatte.

Stattdessen stoppte er sein Pferd. Stieg ab. Bückte sich und hob eine leere Flasche vom Boden auf. Zupfte den Korken und hielt sich den Flaschenhals unter den großen, roten Zinken. Dann drückte er Smith die Flasche in die Hand und bedeutete ihm wortlos, genauso zu verfahren und die Flasche dann durch die Reihen weiterzureichen.

Ruhig wanderte die Flasche von Reiter zu Reiter, bis auch der letzte daran geschnüffelt und ob der zusammen mit dem scharfen Hauch aufsteigenden Erinnerung sehnsüchtig die Augen verdreht hatte.

»Smith«, bellte der Sheriff dann, »abgesessen!«

Smith beeilte sich zu gehorchen.

»Wie alt ist dieser Haufen Pferdescheiße, Smith?!«

Smith beeilte sich, den Dung zu untersuchen. Farbe, Glanz, Aroma, Temperatur, Fliegendichte.

»Ungefähr eine Stunde, würd ich sagen«, antwortete er dann. »Obwohl, natürlich, ohne einen abschließenden Bericht vom Labor –«

»Eine Stunde«, schnitt ihm der Sheriff in dröhnendem Bariton das Wort ab. »Nur eine Stunde voraus schaukelt mehr White Lightning durch die Gegend, als eine Horde Rothäute in einem Monat saufen könnte, und *vierzehn Tage*«, brüllte der Sheriff in voller Intention, sich das Katanga-Echo zunutze zu machen, »vierzehn Tage wird es dauern, bevor Buttercup, wenn überhaupt, die nächste Lieferung Fusel von außerhalb erhält.«

Starski schwang sich wieder in den Sattel, während *›vierzehn Tage‹* ominös von den Wänden der Schlucht und durch die Köpfe seiner Truppe widerhallte.

»Männer«, bellte er dann, »wollt ihr so lange warten?!«

»Wartet!«, sagte ich.

Schüsse hallten von fern und Schüsse hallten von nah.

»Yee-hah!«, brüllte jemand von fern. Hinter uns.

»Pu-tah!«, brüllte jemand von nah. Vor uns.

Das hieß, wer immer vor uns schoss und brüllte, würde uns eher erreichen als der schießende und brüllende Tross in unserem Rücken, und beides, sowohl das Zusammentreffen mit dem einen wie auch dem anderen …

»Wir müssen abhauen!«, brüllte Pancho in mein Ohr, nahm mir die Kanne ab und riss mich mitten aus meinen zutiefst analytischen Gedankengängen.

»Bloß wohin?«, brummelte Bro Ho. Shits zeigte ihm die seiner Ansicht nach zukunftsweisendste Richtung.

»Fang schon mal an zu graben«, riet er. »Und mach meins schön tief. Ich hätt's nicht so gern, wenn die Koyoten mein Gerippe abnagen. Oder die Schwarzfüße sich meine Leber braten.«

»Puta!«, erschallte es von vorne, »Ramera! Prostituta!« Durchsetzt mit Schüssen und allmählich – anschwellend, näher kommend – untermalt mit Hufgetrappel. Die Sorte, die man nur in vollem Galopp hinkriegt.

»Mexe«, stellte Toller Hund fest.

Und sie kamen genau auf uns zu, in, wie es sich anhörte, mindestens zehnfacher Überzahl.

»Toller Hund, kennst du dich hier aus?«

Der Indianer sah mich an, als könnte ich die Frage unmöglich ernst gemeint haben.

»Klar«, sagte er. »Toller Hund reitet jeden Tag zwischen den Geistern der Verstorbenen auf der einen und haufenweise lebenden Irren auf der anderen Seite spazieren.«

»Ich dachte nur, weil du Indianer bist …«

Toller Hund fasste sich an die Stirn.

»Jesus, Fremder, wo hast du die letzten zwanzig Jahre gelebt?«

»Hier und da.«

»Also, pass auf: Ich bin vom Stamm der Schoschonen, verstehst du? Ackerbau und Viehzucht, der buchstäbliche edle, freundliche, hilfsbereite Wilde. So gut wie ausgerottet, als kleiner Dank dafür. Hier, im Katanga-Canyon, hausen die« – er senkte kurz die Stimme – »*Schwarzfüße*. Gaaanz anderer Typus. Wirkliche, echte Wilde. Schneiden ihren Feinden die Herzen heraus und essen sie. Roh. Und sie kennen nur Feinde.«

Mit einem Klappern der Kanne glitt der Doc von seiner Elektra.

»Obwohl«, fügte Toller Hund mit einer fast schon feucht zu nennenden Aussprache hinzu, »ihre Weiber sind ziemlich geil.«

Die Schüsse kamen näher.

»Was schlägst du vor?«, fragte ich.

Toller Hund rollte ungläubig die Augen.

»Ich? Was ich vorschlage? Ich nur Esel reitende, Tequila saufende Rothaut, die alle paar Wochen zum Spurensucher ernannt und sofort wieder gefeuert wird, kaum dass der arme Teufel baumelt. Keiner will je Vorschläge von mir.«

»Wi- wiwiwi- wir schießen uns den Weg frei!«, rief der Doc und seine Hände zuckten nach dem Schrotgewehr, das quer über seinen Rücken hing. Shits hechtete aus dem Sattel und warf sich auf ihn.

»Ruhig, Tatters«, mahnte er. »Gaaanz ruhig. Erst wenn wir sagen, ja?« Und sein Blick irrte nach Deckung suchend umher.

Die Schüsse kamen näher. Noch verbarg uns die Biegung, die der Pfad um einen Berg von herabgestürzten Felsbrocken machte. Aber nicht mehr lang.

»Ich sage«, stammelte Pancho, »wir reiten zurück und sprechen mit Sheriff Starski. Erklären ihm alles. Er lässt bestimmt mit sich reden.«

»Yee-hah!«, kam es aus der von Pancho angedachten Richtung und Schüsse knallten wie wütend geschwungene Peitschen.

»Also gut«, gab Toller Hund schließlich nach, »eine Viertelmeile zurück habe ich einen schmalen Grat gesehen, der an der Wand entlanglief zu etwas, das aussah wie eine größere Höhle. Wenn wir die Pferde führen, könnten wir es so eben noch da hoch schaffen.«

Schon während seiner letzten Worte waren wir beide allein.

Kugeln surrten wie wütende Insekten, stiegen aus der Tiefe des Canyons hoch in den Himmel, bis ihnen die Puste ausging und sie den Rückweg antraten. Man konnte von Glück sagen, wenn sie einem anschließend nicht auf den Schädel knallten.

»Was zum Teufel geht da unten vor?«, wunderte sich Richard Thysson. »Warum schaut nicht mal einer von euch über den Rand?«

Ein toller Vorschlag für jeden, der den Hut auf dem Umweg über die Stirnhöhle vom Schädel geblasen bekommen möchte, und deshalb auch unmissverständlich an die Adresse der Jones gerichtet.

»Alles nur Show«, meinte Edgeman in beruhigendem Tonfall. Doch der Gedanke, dass die Bürgerwehr oder die Mexen den Fremden zuerst erwischen und Thyssons Kopfgeld einsacken könnten, war immer da. Und nagte. »Die machen so viel Krach, da ist es leicht, ihnen aus dem Weg zu gehen. Und obendrein treiben sie mit dem Geballer die Schwarzfüße in ihre Löcher zurück.«

»Mein Tipp ist, sie schaffen es tatsächlich bis zum südlichen Ausgang«, sagte Foreman.

Ropeman schnaubte. »Selbst wenn sie es bis dahin schaffen, müssen sie anschließend immer noch durch die Siedlung der Mexe.«

»Siedlung?«, fragte Burns und nahm einen kleinen Schluck, bevor er einen weiteren Lappen in den Hals einer weiteren Flasche von Panchos Destillat-Rückständen pfriemelte und sie mit einer weiteren Lederschlaufe an seinen Sattelknauf und damit zu den anderen hängte. »Welche Siedlung?«

»O nein«, sagte Toller Hund und tastete sich, den Rücken gegen die Felswand gepresst, Schritt auf seitlichen Schritt voran. »O nein, nein, nein. Hätte ich diesen dämlichen Vorschlag bloß nie gemacht.«

»Los, beeil dich«, drängte ich und schob seinen Esel an. Die anderen warteten schon oben, bleich zwar und ein bisschen zittrig, aber für den Moment in Sicherheit, während ich den Letzten machte, und was mit dem passiert, weiß das Sprichwort. Wölfisches Heulen ertönte, bekam jedoch, wie die fortgesetzte Knallerei der heranreitenden Sombrero-Banditen, einen zögerlichen, zunehmend zweiflerischen Charakter.

»Ich denke, ihr Indianer seid schwindelfrei?«

Mir schien, dass langsam auch dem Langsamsten aus der wild ballernden Horde bewusst wurde, dass sie sich auf Kollisionskurs mit einer anderen, ebenfalls ausgesprochen schießfreudigen Horde befanden. Eine Erkenntnis, die unter günstigen Umständen Raum schafft für eine gewisse Nachdenklichkeit.

»Schwindelfrei? Weißer Mann erzählen wirklich nur Scheiße über uns Naturvölker. Oh, oh, oh, was würde ich nicht geben für einen Schluck Tequila.«

Auf beiden Seiten erstarb allmählich das Knallen, und auch das jeweilige Hufgetrappel wurde, wie es sich anhörte, Gang um Gang heruntergeschaltet.

»Tequila?«, zwitscherte eine künstlich hochgefahrene, raue Stimme, und Pancho vor uns wäre vor Schreck beinahe über den Felsvorsprung in die Tiefe gehopst. »Dürstet es hier jemanden nach Tequila?« Ich konnte den Sprecher nicht sehen, aber wenn ich Panchos Mimik richtig deutete, war er oder sie kein hübscher Anblick. Der Barmann zeigte die Blässe eines Erfrorenen, sein Hut wurde nur noch vom Band um den Hals gehalten, und das ganze, rabenschwarze Haar stand ihm nach hinten wie jemandem, der sich entschlossen hat, einem Hurrikan die Stirn zu bieten. Und allem, was damit so angeflogen kommen mag.

»Keinen Schritt näher!«, stammelte er und ließ seinen Colt fallen, kaum dass er ihn mit fliegenden Fingern aus dem Holster gefummelt hatte.

»Aber ich kann doch gar nicht rauskommen, du Dummerchen«, zwitscherte die Stimme. »Sonnenlicht ist Gift für meinen Teint, das weiß doch jeder! Aber wärst du so süß, das Fläschchen weiterzureichen, ja? Hier, fang!« Und Pancho wäre um ein Haar in den Abgrund gesegelt, mit so viel Schwung kam die Pulle angeflogen.

Völlig außer Atem steckte ich mir eine an und lehnte mich kurz gegen den Felsen. Die anderen ließen den Tequila kreisen, doch mir war mehr nach einem Schluck aus der Kanne zumute.

Irgendwann, wenn das alles vorbei ist, werde ich schlafen, dachte ich.

»Back to the darkness
Back on the mountain
He stands
You can't fight a shadow
You can't fight a dead man.«

John Fogerty
›Eye Of The Zombie‹

IV

»Oh, oh, oh«, machte Dr. Tatlarek und hielt mit zufriedener Miene eine Röntgenaufnahme ins Licht. »Wie haben Sie sich das denn vorgestellt?« Sein Zwinkern war nicht mehr ganz so schlimm wie gestern. Oder vorgestern. Oder wann immer er das letzte Mal an mir und der mich umgebenden Technik herumgefummelt hatte. »Immer nur schlafen? Nein, nein, nein«, sagte er und machte sich zu meinem nicht geringen Entsetzen an der Einstellschraube meines Tropfs zu schaffen. »Ihre Frakturen schließen sich sehr zufrieden stellend, die Fixateure ...« Er gab dem Schaschlikspieß, von dem gleich eine ganze Reihe Schrauben rechtwinklig in meinen Oberschenkel abzweigte, eins mit dem Kugelschreiber, und mein rechtes Auge zog sich zusammen, als ob ich Rauch hineinbekommen hätte, »... sitzen bombenfest, und der Wundschmerz sollte mittlerweile weit genug abgeklungen sein, um die Dosierung des Anästhetikums ...«

Ich unterbrach ihn mit einem Stöhnen tiefster Agonie.

»… um die Dosierung des Anästhetikums …«

Ich saugte Luft zwischen fest zusammengepressten und komplett entblößten Zahnreihen hindurch. Und stöhnte noch mal.

»… jetzt schrittweise bis auf null herunterfahren zu können.«

Ich zeigte eine Miene von solch stummer, ergebener und doch praktisch unerträglicher Pein, dass sie dem Altöttinger Altarjesus die Nägel aus dem Gebälk gezogen hätte. Vor Neid.

Dr. Tatlarek zog es vor, davon mit typisch ärztlicher Oberflächlichkeit keine Notiz zu nehmen.

»Was macht Ihre Gehirnerschütterung?«, fragte er nüchtern und mit diesem, wie ich allmählich begriff, völlig humorentkoppelten Zwinkern, »noch irgendwelche Beschwerden?«

Ich blickte unter schweren, flackernden Lidern zu ihm hoch.

»Mutter?«, fragte ich und im Nebenbett schnaubte jemand wie ein schwer erkältetes Tier mit einem langen Rüssel. »Mutter? Bist du das?«

»Ah, ah, ah«, machte der Doktor, kniepte eines meiner Augen auf und leuchtete mit einer Stablampe hinein. »Tsä, tsä, tsä. Eigentümliche Rötung. Ich denke mal, die Dosierung ist noch zu hoch.«

Also drehte er sich um und schraubte sie ein weiteres Mal runter, und ich begann mich zu fragen, was ich mit *ihm* anstellen wollte, sobald ich mit Hufschmidt fertig war. Für manche Leute ist selbst der Tod noch zu gut.

»Also, Schwester«, sagte er zu der Nachtschwester, die gerade in all ihrer orientalischen Anmut um die Trennwand herumkam, hinter der sie viel zu viel Zeit mit Menden zugebracht hatte, »für Patient Kryszinski bis auf weiteres nicht mehr als dreißig Tropfen die Stunde.« Ihre Birkenstocks flappten beim Laufen. Schlanke Fesseln, Waden wie ein Rennpferd. Ich musste unbedingt noch mal mit ihr über Schuhe reden. Stiefel, vielleicht …

»Dreißig Tropfen!«, protestierte ich.

Reitstiefel. Ja. Mit Sporen.

»Na, na, na«, meinte der Mediziner. »Wir können doch nicht wollen, dass Sie hier Suchtsymptome entwickeln, oder?«

Ich stand kurz davor, den guten Doc zu informieren, dass jegliche Vorsichtsmaßnahmen in dieser Richtung um zwanzig Jahre zu spät griffen, ließ es dann aber im letzten Moment. Nachher drehte er mir den Saft noch ganz ab.

Doktor Tatlarek verabschiedete sich mit guten Wünschen für eine gute Nacht und verließ uns. Ich blickte ihm finster hinterher und wünschte ihm einen mehretagigen Treppensturz an den Hals.

Die Schwester richtete mir noch rasch das Kissen und dann eine Strähne ihrer dunklen Haare und der Duft ihres Parfüms blähte mir die Nüstern, und der Luftstrom des Ventilators, den man aufgestellt hatte, um uns über den Verlust der Klimaanlage hinwegzutrösten, fuhr ihr vorne in die Tracht und …

»Schwester«, hauchte ich, plötzlich bar jeder Worte, halb erstickt, und sie sah interessiert und, wie mir scheinen wollte, erwartungsvoll auf mich herunter.

Sporen, dachte ich.

»Ja?«, fragte sie und das Timbre ihrer samtig dunklen Stimme brachte die Federn meines Bettgestells zum Schwirren.

»Mit dreißig Tropfen komme ich niemals durch die Nacht.«

Was redete ich da?! Ich hatte etwas vollkommen anderes sagen wollen, doch …

»Nun«, meinte sie kühl und legte mir die Klingelschnur in die Finger, »falls der … Druck … zu groß wird und Sie es nicht mehr aushalten, können Sie mich jederzeit rufen. Und, mal sehen …« Sie flüsterte jetzt. »Vielleicht fahre ich Ihnen die Dosis ja wieder ein bisschen höher.« Und sie zwinkerte mir verschwörerisch zu.

Ich schluckte wie an einem Wollknäuel und musste an mich halten, nicht jetzt schon den Knopf zu drücken.

»Bis bald«, sagte sie dann noch, von der Türe her.

»Noch jemand ein Schlückchen? Oder vielleicht ein bisschen was zum Knabbern? Hach, ist das schön, mal wieder Besuch zu haben!«

Frou-Frous Schatten tanzte über die düsteren Wände.

Bis auf das zahnlückige Halbrund, in dem einstmals ein Tor gesessen hatte, war alles an der Fassade der riesigen, grob in den Berg gesprengten Maschinenhalle zugemauert oder mit Holzbohlen vernagelt. Drinnen beleuchtete der flackernde Schein Hunderter Kerzen das Chaos aus diversen Maschinenteilen und allgemeinem Verfall ringsum, Gastgeber eingeschlossen.

Frou-Frou war seinem, pardon – *ihrem* Grab

entstiegen, bevor alles Fleisch von ihr abgefallen war. Keine gute Idee, wenn mich jemals jemand fragen sollte. Der vorherrschende Eindruck war der eines gehäuteten und teilweise skelettierten Grizzlybären, der nur von einem in allen Nähten krachenden, ehemals rosafarbenen Ballettkostüm daran gehindert wurde, sich in seine fauligen Bestandteile aufzulösen.

Abgesehen davon war sie der Charme in Person. Sie hatte, leichtfüßig im Kerzenschein tänzelnd, Tee gereicht und zeigte sich, nachdem sie einen kolossalen, mit viel Solidem durchsetzten Hustenanfall überstanden hatte, gerade außerordentlich beeindruckt von Panchos Schwarzbrenner-Künsten, als Toller Hund etwas atemlos zu uns stieß.

»Da kommt jemand«, raunte er in die Runde. »Sieht so aus, als habe man uns entdeckt.«

Bro Ho und Shits ließen ihre Teetassen sinken und griffen zu den Waffen.

»Ich hab's gewusst!«, keuchte Pancho und suchte Trost im Destillat.

»Auf sie mit Ge- Gegege-«, setzte Doc Tatters an zu brüllen, doch Frou-Frou presste ihm eine ihrer Pranken blitzartig über den Mund und die andere besänftigend auf den Arm, mit dem er nach dem Schrotgewehr greifen wollte.

»Nur kein Geschrei, mein kleiner Dicker«, gurrte sie, ganz mütterliche Strenge. »Und auch kein Peng-Peng. Kann Tante Frou-Frou gar nicht gut haben heute, so einen Radau.«

»Wie viele sind es?«, fragte ich Toller Hund.

»Erst mal nur ein Spähtrupp, würd ich sagen. Genaues ist schwer zu erkennen. Die Sonne ist fast weg und die Schatten sind schon verdammt tief.«

»Ich geh mal nachsehen«, entschied ich.

»Aber lauf nicht so weit weg, Hübscher«, flötete Frou-Frou hinter mir her, den vor Entsetzen schnaufenden Tatters eng an ihren kompostierenden Leib gedrückt. »Noch Tee, ihr Süßen?«, zwitscherte sie dann mit der ganzen, heiteren Unbekümmertheit von jemandem, der das Ableben schon hinter sich hat. »Ach«, erinnerte sie sich dann, milde selbstkritisch, »hab ich euch eigentlich schon meine Mitbewohner vorgestellt?«

Und für einen Sekundenbruchteil warf ich einen langen, gespenstisch flackernden Schatten, als Panchos Prusten auf eine der Kerzenflammen traf.

»Das hier ist Zig-Zig, das hier ist Chan-Chan, das ist Lou-Lou und diese kleine Zuckerschnute hier heißt ...«

Ihre Stimme verlor sich, während ich mich zwischen im Todesschlaf ruhenden, riesenhaften Maschinen hindurch zum Eingang schlich, vorbei an unseren Reittieren, die auf eine grundzufriedene Art mit den Inhalten ihrer Futtersäcke beschäftigt waren.

Von draußen erklang das zögernde Klackern von Hufen, die einen schmalen, steilen Anstieg zu bewältigen haben. Das unwillige Schnauben eines Pferdes, das sich aller inneren Vorbehalte zum Trotz einen schmalen, steilen Anstieg hochgezerrt werden sieht. Beide Geräusche waren zu nah, um unsere Entdeckung noch durch ein Ablenkungsmanöver vereiteln zu können. Und Schusswaffengebrauch verbot sich, bei der Anzahl lauernder Verfolger unten im Talgrund, von selbst. Also duckte ich mich in den Schatten des Eingangs und machte mich in aller Stille bereit zum Sprung.

Eine atemlose, eine beklemmende Stille hielt mit der Dunkelheit zusammen Einzug in den Katanga-Canyon. Die Art von Stille, wie sie einer heimtückischen Attacke vorausgeht, die Art von Stille, die nur darauf wartet, von Grunzen, Stöhnen, Röcheln, von Schreien des Schmerzes und vom Kreischen des Grauens unterbrochen zu werden. Bevor sie, satt und blutdurchtränkt, zurücksinkt in ihre lastende, lautlose Präsenz.

Smith arbeitete sich so geräuschlos er nur konnte vor. Er war voller Groll. Mexikaner zählen! Gewehr in der Hand, Revolver griffbereit, erklomm er einen Anstieg und zog sein Pferd mit sich. Sobald er sicher sein konnte, aus dem Bereich von Kimme und Korn des Sheriffs zu sein, würde er sich irgendein Versteck suchen, da eine Stunde oder so abhängen und dann mit allen Anzeichen von Panik und einer wilden, aus der Luft gegriffenen Zahl zurückkehren. Zweihundert etwa. Bis an die Zähne bewaffnet. Oder dreihundert. Ach was, *tausend*.

Scheiße, der Anstieg wurde immer steiler und der verdammte Gaul wollte nicht mit. Selbst mit den Augen einer Katze könnte man in diesem Licht keine Zählung mehr durchführen und Reitstiefel sind nun mal kein Bergsteigerschuhwerk. Und dann geriet Smith auch noch auf losen Schotter und schlug lang aufs Gesicht, und aus dem Gewehr in seiner Hand löste sich ein Schuss, der die Stille im Canyon zerriss wie etwas Kostbares, etwas, von dem man plötzlich entdeckt, dass man daran lieber noch länger seine unausgesprochene Freude gehabt hätte.

Der ganze Spähtrupp bestand tatsächlich nur aus einem einzelnen, sein Pferd den Grat hochzerrenden Reiter, und ich war grimmig entschlossen, ihn, wie man so sagt, unschädlich zu machen.

Ich schnellte aus der Hocke hoch und befand mich mitten im Sprung, als sich irgendwo unten im Canyon ein Gewehrschuss löste und nur Sekunden später die Hölle losbrach. Pulverladungen zündeten zu hunderten und der Nachhall ließ es wie das Feuer aus tausend Rohren klingen. Panisches Geschrei und wütendes Gebrüll füllte die akustischen Lücken zwischen den Schüssen, doch es brauchte das hässliche, schwirrende Heulen von Querschlägern, um mich daran zu erinnern, dass ich mich, meinen Gefangenen fest umklammert, auf einem exponierten Felsvorsprung befand und innerhalb der Halle wohl wesentlich besser aufgehoben wäre. Mein Gefangener leistete nur schwächlichen Widerstand, zitterte und bebte unter meinem festen Griff, und mit all dem Getöse im Canyon war es egal, ob er schrie oder nicht, also nahm ich die Hand von … *ihrem* Mund.

Denn es war eine Frau, wie mir die Fülle ihrer energisch gepackten Brust genauso – und genauso plötzlich – verriet wie der Duft ihrer langen, weichen Haare. Also ließ ich sie, vollkommen perplex, los. Und bereute es augenblicklich. Wütend fuhr sie zu mir herum, und das hundertfache Mündungsfeuer gab ihr und vor allem ihren gespreizten Klauen eine flirrende, elektrische Aura, dass ich innerlich schon Abschied von zumindest einer meiner beiden Glubschkugeln nahm, als sie abrupt mitten in der Bewegung stoppte. Verblüfft sah sie mich aus riesigen Augen an und schmolz dann in meine Arme wie eine irrtümlich auf die heiße Herdplatte gestellte Wachsfigur.

»Fremder«, flehte Aisha Adango, und irgendwo in der Dunkelheit unter uns wurde geschossen und gestorben, doch für uns schien das, zumindest im Moment, ohne Belang, »du musst mich retten! Mein Bruder, er ... er will mich töten.«

Ich stutzte.

»Aber warum das denn?«, fragte ich, beruhigend, mitfühlend und doch mit der wachsenden Erkenntnis, dass ich hier die Schwester eines strenggläubigen Bandenführers in Armen hielt, dessen Querschläger mir weiterhin munter um die Ohren pfiffen.

»Weil ...«, hauchte sie, suchte und fand meinen Blick und sprach nicht weiter, doch ich konnte ohne jede Mühe

»... ich dich liebe«

in ihren Augen lesen.

So ein *Blödsinn,* fand Deputy Mandoney und lehnte sich aus dem Fenster der fahrenden Lok für einen besseren Blick hinunter in die felsige Tiefe. Dieser Schwachkopf von Starski kann noch nicht mal eine simple Verhaftung durchführen, ohne dass die Angelegenheit in ein Blutbad ausartet.

Er gab Mietstallverwalter und Teilzeitlokführer Sam ein Zeichen, und der brachte den kleinen Zug unter Zischen und Quietschen zum Stehen.

Die Lok war eine Konstruktion der Steam Power Company of Minneapolis und hörte demnach, wie praktisch alle ihre Schwestern, auf den Namen Minna, ein Zeichen für den unvermuteten Esprit von Leuten, die das Beschleunigen und Abbremsen einer in Schienen geführten Zugmaschine zu ihrem Beruf erwählt haben. Als ganzer Stolz der Amish Valley Green Line war sie grün, genau wie die beiden nachfolgenden Waggons, aus deren Fenstern die Gewehrläufe einer kleinen, handverlesenen, Mandoney-treuen und entsprechend grimmigen Miliz ragten.

Kaum dass der Zug ausgerollt war, stieg Mandoney ab und humpelte die paar Schritte bis zum Rand des Canyons.

Dort unten war ein Feuergefecht im Gange, und was für Parteien auch immer da ihre Mitgliederzahlen reduzierten, es scherte den Deputy herzlich wenig. Die Erfahrungen der letzten Tage ließen ihn einen gewissen geistigen wie sicheren körperlichen Abstand einnehmen zu mit fliegendem Blei ausgetragenen Konflikten. Den Teufel würde er tun und sich da einmischen. Dazu war er auch gar nicht hier herausgekommen. Er war hier, um zu ermitteln, wer ihn zweimal aus dem Hinterhalt angeschossen hatte. Und der Erste, den er zu diesem Thema zu befragen gedachte, und zwar in aller Ausführlichkeit, war der Fremde.

»Beide Kugeln wurden aus ein und derselben Waffe abgefeuert«, stellte Hufschmidt mit enormer Wichtigkeit fest. Sagen sie unheimlich gern, so was. Ein anderer Favorit ist: ›Die DNA aus der Haaranalyse stimmt hundertprozentig mit der des Verdächtigen überein.‹ Das schnurren sie nur so runter so was.

»Wir haben seine Bruchbude komplett auseinander genommen«, fuhr Hufschmidt mit großer Zufriedenheit fort, »doch von der Waffe bisher keine Spur.«

Er sprach von meiner Wohnung. Die sie komplett auseinander genommen hatten.

»Als Nächstes nehmen wir uns seinen Wagen vor«, versprach Hufschmidt mit etwas wie Vorfreude in der Stimme. »Oder besser, das, was von der rostroten Schrottkarre übrig geblieben ist.«

Er meinte meinen Wagen, meinen Toyota. Oder das, was davon übrig war.

Ich sah hoch zur Decke, schloss dann die Augen. In Anbetracht dessen, was mich da draußen erwartete, fand ich es hier drin doch eigentlich ganz gemütlich.

»Hallo?«, fragte ich hinein in die komplетteste vorstellbare Schwärze. Wohl um zu verhindern, dass wir in das draußen losgebrochene Inferno hineingezogen wurden, hatten die Zombies sämtliche Kerzen gelöscht. »Hallo?«, fragte ich noch mal.

»Ah, da bist du ja wieder, Hübscher«, begrüßte mich Frou-Frou mit gutturalem Gurren. »Wir hatten gerade angefangen, dich zu vermissen.«

Von irgendwo vor mir erklang das *Krie-Pfümm* eines energisch gezogenen Korkens, gefolgt vom *Lulk, lulk, lulk* eines mit Entschlossenheit aus der Flasche gesogenen Getränks. Das *Pfump* einer nach Entnahme eines größeren Teils ihres Inhalts abgesetzten Flasche ertönte und Pancho keuchte:

»Die ganze Scheiß-Höhle hier ist voll mit Zombies! Und nicht nur das! Jetzt, wo sie das Licht ausgemacht haben, stellt sich raus, ein paar davon sind auch noch *schwul!*« Er schrie empört auf, man hörte ein *Whack!*, dicht gefolgt von einem halb beleidigt, halb schmerzverzerrt klingenden, kehligen ›*Ochochoch*‹.

»Aber längst nicht ...«, konnte man von anderswo Toller Hund vernehmen, leicht atemlos, »... längst nicht *alle*«, stellte er richtig.

Der Mensch, ein Augenwesen, braucht das Licht, wie es ein weiser Zeitgenosse einst formulierte. Und doch besitzt die Dunkelheit unter bestimmten Umständen ihre eigene Gnade.

Ich glaube, es war die Hitze unseres beidseitigen Verlangens, die uns trotz der vollkommenen Düsternis zueinander zog wie zwei fliegende Gegenstände, die, äh, von Hitze geleitet werden. Falls es so was gibt. Oder je geben sollte. Wir prallten zusammen, als ob wir für immer eins miteinander werden wollten.

Ein Geräusch wie ein Knuff, ein gekeuchtes *Uff* und man hörte jemand Knochiges lang hinschlagen. Aishas linkes Bein schmiegte sich wieder um mein rechtes.

»Ich wusste, wir würden uns wiedersehen«, schnurrte sie und biss mir zärtlich ins Ohrläppchen. Ihr Duft füllte meinen Kopf, bis er leicht wurde wie ein Luftballon. Und ungefähr genauso prall.

»Ja«, keuchte ich, und auf den Fäden, die ein paar meiner Knöpfe am Davonschwirren hinderten, hätte man Geige spielen können, »das hatte ich auch befürchtet.«

Zack, da schwirrte er davon, mein Hut, und das Echo der Ohrfeige hallte noch ein paarmal von den Wänden wider.

»Scherz«, sagte ich und schon schlang sie ihre Arme wieder um mich.

»Du bist so charmant«, flüsterte sie und brannte mir einen Kuss auf, der mich leicht ein halbes Dutzend Knöpfe gekostet haben könnte, hätte sie sich nicht gleichzeitig so eng an mich geschmiegt.

»Wieso hast du eigentlich den Deputy erschossen?«, fragte ich, wie man das so macht, in Momenten wie diesen.

Sie seufzte. Nahm meine Hand. »Weil er mich … hier … und hier … und hier … berühren wollte.« Sie führte meine Finger über flüssiges Feuer und jemand schrie *»Aiiiiiiih!«*, als er von einem schwirrenden Knopf getroffen wurde.

»Ohlala«, bemerkte sie. »Das kann ins Auge gehen. Was für eine Spannung! Vielleicht besser, wir öffnen den einen oder anderen …« Sie versuchte sich an dem einen oder anderen, und ich musste mich gegen eine Säule lehnen, der Festigkeit meiner Knie war nicht länger zu trauen.

»Oh, wie fest …«, hauchte sie, » … diese Knöpfe sitzen. Warte, ich knie mich hin …«

Jemand pfiff durch die Zähne. Jemand anderes schnalzte mit der Zunge. Jemand Drittes musste sich mehrfach räuspern und wieder jemand anderem entfuhr ein deutlich zu vernehmendes: »Hossa!«

»Verdammt«, knurrte Aisha und erhob sich wieder. »Mir will scheinen, diese Leichenheinis können im Dunkeln sehen.«

»Nein, nein, nein«, kam es beschwichtigend von allen Seiten, »kein bisschen.«

»Überhaupt nicht.«

»Nicht die Bohne.«

»Nicht die Hand vor Augen.«

»Blind wie die Blindschleichen.«

»Blindschleichen sind nicht blind, Blödmann.«

»Sind sie wohl.«

»Sind sie nicht.«

»Sind sie wohl!«

»Sind sie nicht!«

»Na gut, dann wollen wir doch mal schauen, wer von uns beiden Recht hat. Wo steht denn das Lexikon? Ah, ja. Be, Be, Be ... wo haben wir's denn ... Da! Blindschleiche.« *Murmel, murmel, murmel* ... »Tse, was soll ich sagen? Du hattest Recht. Sie können sehen.« Das Zuklappen eines dicken Buches schnappte durch die Finsternis. »Wenn auch nicht besonders gut.«

Ich möchte nur noch töten, dachte ich.

Hastig rollte Sheriff Starski sich beiseite, um einem weiteren Bürgerwehrler Platz zum Umfallen zu geben. Wobei schleierhaft blieb, ob es eine Kugel von vorn oder von hinten gewesen war, die den Mann getötet hatte.

Das hat keiner gewollt, dachte der Sheriff und robbte seitwärts, raus aus dem dichtesten Hagel an Blei. Die haben's nicht gewollt und wir erst recht nicht, und trotzdem sind wir hier in eine Schlacht verwickelt und das völlig ungeachtet der Tatsache, dass man kaum die Hand vor Augen sehen kann, geschweige denn den Gegner, vom Aufblitzen seines Mündungsfeuers einmal abgesehen.

Immer mehr Getroffene sackten zusammen, und Sheriff Starski spürte den dringenden Wunsch, eine Auszeit nehmen zu können von dieser bis hierhin wenig erfreulichen und noch weniger erfolgreichen Expedition. Er rollte sich ein Stück weiter, bis ihm das nervöse Wiehern und der in seinem Gesicht herumpeitschende Schweif verriet, bei einem Pferd angekommen zu sein. *Seinem* Pferd, wie sich schnell herausstellte. Unverletzt und nur zu bereit, sich ohne große Direktiven auf kürzestem Weg weg von dem verdammten Krach zu begeben.

Starski dachte kurz daran, seine Leute zu sich zu rufen und einen geordneten Rückzug zu befehlen, entschied sich dann aber dafür, besser den Mund zu halten. Der Kommandierende, sagte er sich, sollte niemals riskieren, das Feuer auf sich zu ziehen.

Sein Pferd hatte die Nase in eine Richtung gedreht, aus der man den relativ kühlen Luftzug eines von einem Bach durchströmten Seitentals spüren konnte. Sheriff Starski nahm den Zügel in die Hand, schmiegte sich eng an den großen Leib des Tieres und gemeinsam trotteten sie los, unhörbar in diesem Inferno und unsichtbar in der Schwärze der Nacht.

»So, ihr Süßen«, zwitscherte es durch die Dunkelheit, »jetzt rückt doch mal alle ein bisschen zusammen und guckt in meine Richtung. Tante Frou-Frou macht jetzt eine fotografische Aufnahme von euch. Da wollt ihr doch sicher alle drauf sein.«

Aisha an meiner Seite seufzte das längste Seufzen, das ich je gehört hatte. Ihre Finger zitterten, als sie meine Hand fanden. »Wir holen es nach«, versprach sie.

Töten, dachte ich. Töten, töten, töten.

Füße scharrten, Sitzmöbel wurden quietschend verschoben, Knurren und Fluchen ertönte, wo Schienbeine an- und sonstige Extremitäten zusammenstießen, und allmählich, unter Frou-Frous geflöteten Anweisungen, fand sich anscheinend alles auf einem Haufen zusammen. Pancho hatte seine eigenen Probleme mit der entstandenen Enge. »Der Nächste, der mir an den Arsch packt«, kündigte er an, »endet als Knochenpuzzle. Und zwar eins mit mehreren fehlenden Teilen.«

»Nu, vertragt euch«, mahnte Frou-Frou. »Und schön lächeln. Alle in meine Richtung!«

Töten, dachte ich. Töten, töten, töten.

»Chan-Chan, kämm dir noch ein bisschen die Haare in die Stirn, ja? Dass man das Loch von der Pickhacke nicht ganz so deutlich sieht. Ah, vergiss es. Lass liegen jetzt. Dass du auch immer am Kleber sparen musst! Komm, stell dich wieder gerade. Die finden wir später schon wieder, die paar Flusen. Und du, Pancho, nimm die Flasche aus dem Gesicht.« *Pfump*. »So, das ist ein braver Junge. Und jetzt alle: Cheeeeese!«

»Aisha?«, rief plötzlich eine fettige Stimme, »bist du da drin?«

Aishas Griff um meine Hand verkrampfte.

»O mein Gott«, hauchte sie. »Das ist Alban, mein Bruder.«

Und mit einem explosiven *Whaff!* beleuchtete ein greller Blitz den kurzen, finsteren, von einem

Sombrero gekrönten Bandenchef mit den zwei Revolvern und den beiden über Kreuz getragenen Gewehren. Ihn, sollte ich vielleicht sagen, und einen nicht unwesentlichen Teil seiner Bande. Und sie standen, sollte nicht zu erwähnen vergessen werden, alle Mann hoch zwischen uns und dem Ausgang.

»Wundervoll«, flötete es. »Alle so bleiben! Wir machen sofort noch eins.«

»War das etwa ein *Gringo* gerade da an deiner Seite?«, grollte El Lobo in die nach dem Blitz wenn möglich noch tiefere Finsternis und ich machte einen unwillkürlichen, unmerklichen Schritt zur Seite. »Wenn, dann seid ihr beide tot! Du, Puta, und du, Gringo, erst recht! Los, Hombres, holt Fackeln und dann schnappt sie euch!«

Mit knapper Not entkommen. Mit knapper Not entkommen und nur das nackte Leben gerettet. Mit knapper Not entkommen und nur mit viel Glück das nackte Leben gerettet. Mit knapper Not entkommen und nur mit viel Glück und *nach verzweifelter Gegenwehr* so eben das nackte Leben gerettet. Ja, dachte Sheriff Starski, und der Schimmer über ihm verriet, dass sich sein Aufstieg durch den Felsspalt der vom Nachtgestirn blass beschienenen Höhe näherte.

Ja, und mit viel Gewicht auf der ›verzweifelten Gegenwehr‹. Eine flammende Rede vor der versammelten Bevölkerung. Eine mannhafte Träne oder zwei, um die Emotionen weiter aufzuwühlen.

Ein Mob, dachte er, und sein Pferd schnaubte und scheute, dass er den Zügel energischer packen musste. Was wir brauchen, ist ein Mob. Eine wütende, eine hysterische Meute, die wie eine rachsüchtige, blutrünstige Woge durch den Katanga-Canyon rauscht und das ganze darin verborgene Geschmeiß aus seinen Löchern schwemmt. Entgegen der flehentlich vorgetragenen Mahnungen zur Besonnenheit vom zerknirscht zurückbleibenden obersten Ordnungshüter. Denn noch mal würden ihn keine zehn Pferde in diese verfluchte Schlucht kriegen, so viel war klar.

Doch noch war die Rede nicht fertig, noch fehlte das entscheidende Quäntchen, der Zünder sozusagen. Knappe Not, verzweifelte Gegenwehr war alles schön und gut, und doch ...

Was hatte dieses Pferd nur? Es sollte eigentlich froh sein, das Geballer hinter ihnen ließ doch allmählich nach. Vielleicht hatte es eine Witterung aufgenommen, von einem Puma etwa ...

Und dann fiel es Sheriff Starski ein, das Wort, das die Menge zum Überkochen bringen würde. Knappe Not, nacktes Leben, verzweifelte Gegenwehr, blablabla, nach ... einem *Hinterhalt*! Ja! Nach einem zahlenmäßig überlegenen, heimtückisch geplanten und feige ausgeführten Hinterhalt! Jawohl! Mit neuer Energie packte Starski den Zügel und stapfte munter voran durch die letzten, tiefen Schatten des Seitentals, als etwas an sein Ohr drang. Er stoppte und lauschte. Da war nichts, und doch war es ihm gerade noch so vorgekommen, als hätte er eine Stimme gehört. Ein gequengeltes Flüstern, wenn es so was gibt. Die Worte waren kaum zu vernehmen gewesen, und doch, wenn ihn nicht alles trog, hatte er »Denkt dran: Ich will sein Pferd!« verstanden.

Mit knapper Not entkommen. Smith schüttelte seinen aufgeklappten Revolver, bis alle Patronen zu Boden gefallen waren.

Sein Pferd war weg, in Panik geflüchtet, kaum dass die Schießerei begonnen hatte. War inzwischen bestimmt den Mexen oder sonst wem in die Hände gefallen. Oder Geierfraß. Das war schade, aber nicht mehr zu ändern, doch dafür hatte zumindest er es geschafft, sich in diesen Bunker zu flüchten.

Mit knapper Not entkommen. Nach einem Kampf bis zur letzten Kugel, fügte er im Geiste hinzu und schüttelte auch den Inhalt seiner Patronentasche aus.

Wie es sich draußen anhörte, waren die Mexe als Erste zur Vernunft gekommen und stellten das Feuer ein, während Starskis Elitetruppe es in ihrer Panik wohl tatsächlich darauf ankommen ließ, bald ohne Munition dazustehen.

Mit knapper Not entkommen nach einem Kampf bis zur letzten Kugel und den Feind noch ein gutes Stück weit verfolgt, sagte sich Smith und tastete nach seinen Zigaretten. Zum Glück war der Bunker fensterlos, da konnte er in Ruhe noch ein bisschen Nikotin in seine Nervenbahnen saugen, bis das Geballer endgültig vorbei war.

Mit knapper Not, letzte Kugel, Stück weit verfolgt und dann noch … zehn oder zwölf der feigen Hunde eigenhändig mit dem Messer abgekehlt, dachte Smith und machte sich eine geistige Notiz, sich und sein Messer auf dem Rückweg noch ordentlich mit Blut zu besudeln. Woran alles in allem kein Mangel herrschen dürfte.

Doch noch wurde geschossen, noch war Zeit,

und Smith hielt seine Jacke hoch, um das Licht der Streichholzflamme zur Tür hin abzuschirmen, als ein kalter Hauch seinen Nacken striff.

»Könnt' ich vielleicht auma 'ne Fluppe ham?«, fragte eine raue Stimme an seinem Ohr.

Und das Streichholz flammte auf.

»Ich bin mit knapper Not entkommen!«, rechtfertigte sich Sheriff Starski, während sein wütendes »Ja seid ihr denn wahnsinnig?!« noch zusammen mit dem Schuss, der ihn den Hut gekostet hatte, von den Felsen widerhallte wie Richard Thyssons ungerührte Frage, wieso er nicht bei seinen Leuten sei, in seinem Kopf.

»Wir sind in eine Falle geraten, in einen Scheiß-Hinterhalt«, ereiferte sich Starski, während ihm gleichzeitig dämmerte, dass er sich darüber bei der nun wirklich komplett falschen Sorte von Mensch beklagte.

»Das ist ja gar nicht der Fremde«, bemerkte Dickie quengelnd und lud sein rauchendes Gewehr nach. »Und den blöden Behördengaul kann er auch behalten.«

Nicht einmal ein Ansatz von einer Entschuldigung, stellte der Sheriff mit Bitternis fest und ging seinen Hut suchen. Dieses Thysson-Gesocks sollte man samt und sonders …

»Den Fremden irgendwo gesehen?«, fragte Foreman und stand dem Sheriff plötzlich im Weg.

… zusammen mit den Jones, dachte Starski und schüttelte sich unwillkürlich.

»Flüchtig«, log er dann. »Er schien es verdammt eilig zu haben, sich zum südlichen Ausgang des Canyons durchzuschlagen.«

»Keine gute Idee«, meinte Burns verträumt und riss ein Streichholz an für seinen dünnen Zigarillo.

Und plötzlich war es Sheriff Starski, als ob sich ein verfrühter Sonnenaufgang ankündigte. Im Süden, von allen Himmelsrichtungen. Und begrüßt, von allen Geräuschen, mit einem Jodeln.

»Warm genug?«, fragte die Tagschwester, die mit dem weichen, cremigen Teint, den ich ihr gerne vom Kopf bis zu den Füßen abgeleckt hätte, und seifte mir den Rücken ein. Es war erst kurz vor Sonnenaufgang, doch aus irgendeinem Grund, den mir mal jemand erklären muss, scheint eine halbwegs menschliche Weckzeit dem Wohle von Personal wie Patienten abträglich zu sein.

Ich keuchte ein »Ja, ja«, sowohl wegen der Schmerzen der aufgerichteten Zwangslage als auch …

»Eine Rasur wäre auch bald mal wieder fällig«, beobachtete sie kritisch. Ich grübelte, wie ich ihr mitteilen sollte, was meiner Ansicht nach wirklich bald mal fällig wäre, und kämpfte mit frühmorgendlichen Wortfindungsschwierigkeiten und anderen um diese Uhrzeit gerne auftretenden Beschwerden, während sie mir recht robust das Kreuz frottierte.

»So, schön wieder hinlegen«, meinte sie und stützte mit einer Hand meinen Nacken. Langsam sank ich zurück und blickte hoch in ihre blauen, von hellen Wimpern umrahmten Augen. Versuchte auf telepathischem Weg zu transportieren, welche von allen Handreichungen ich subjektiv gesehen momentan am nötigsten hatte.

»Das könnten wir aber so langsam mal abmachen«, stellte sie fest, meinte ein Pflaster quer über meiner Brust, meiner Brust*behaarung*, packte es, noch ehe ich etwas einwenden konnte, mit den Nägeln und riss es mit einem Ruck ab, der mich nahe ans Jodeln brachte.

»Und nun«, meinte sie dann, griff wieder zum Waschlappen, benetzte ihn großzügig mit Duschgel und sparsam mit Wasser, und ich war gerade drauf und dran, mir ein Stück aus der Unterlippe zu nagen, als die Tür mit einem Krachen aufflog und Hufschmidt ins Zimmer gestürmt kam.

»Chef«, wandte er sich eifrig an Menden, der mit einem Grunzen erwachte, und zog einen Plastikbeutel aus der Tasche. »Wir haben die Waffe gefunden! Und nicht nur das, sondern auch –«

Weiter kam er nicht. Denn an genau diesem Punkt traf ihn die geballte Strahlenladung meines Blicks und von Kommissar Hufschmidt blieb nichts als ein bisschen Asche und ein schemenhafter Umriss an der Wand.

Da war Licht, am Ende des Tunnels.

Es war entnervend gewesen, in völliger Dunkelheit vor einer Meute fackelschwingender und wie wild ballernder Mexe durch ein Labyrinth von Gängen fliehen zu müssen, doch nun kehrte das Licht in unsere Welt zurück und einer nach dem anderen machten wir uns von den knochigen Händen unserer untoten Führer los.

Gleichzeitig hatten wir den Punkt erreicht, gegen den sich alle Sinne des Flüchtenden vehement sträuben: zu stoppen, sich umzudrehen und den Verfolgern zu stellen. Einmal raus aus dem Tunnel würden sie uns wie Hasen hetzen und mit ihrer Überzahl erdrücken. Nur hier, im letzten Stück engen Tunnels, hatten wir eine Chance, sie … tja, zu *beeindrucken*. Nennen wir es so.

»Seid ihr so weit?«, fragte ich und Bro Ho spannte den Hahn seines Revolvers, drehte der verlockenden Tunnelöffnung den Rücken und nickte. Shits ließ sich auf ein Knie nieder, nahm sein Gewehr hoch an die Backe, zielte den dunklen Gang hinunter und nickte. Pancho nahm einen tüchtigen Schluck, zog seinen Sechsschüsser und nickte ein paarmal öfter, als unbedingt nötig gewesen wäre. Toller Hund stand kerzengerade, ließ den Lauf einer Schrotflinte zuschnacken und nickte, und da erst wurde klar, dass jemand fehlte. Kleines dickes Doc Tatters. Doch noch ehe ich eine Bemerkung darüber machen konnte, näherten sich schon die harten, klingelnden Schritte eisenbeschlagener und mit Sporen versehener Reitstiefel, begleitet vom schwankenden Schein getragener Fackeln, die gleichfalls unstete Schatten riesiger Hüte und langläufiger Gewehre auf die Wände der letzten Tunnelbiegung warfen, bevor El Lobo und seine Bande sichtbar werden und die Feindseligkeiten ausgetauscht werden mussten. Aisha duckte sich hinter mich, das kluge Mädchen, und die Hände, mit denen sie sich an mich klammerte, zitterten.

Und fluchend, stolpernd, rufend kamen der Vierarmige Bandit, Schrecken der Grenzregion, und seine Bande von Desperados … zum Stehen. Kurz vor dem Knick, kurz bevor Blei geflogen, Blut geflossen wäre. Eine abgehackte, harsche und auf Spanisch geführte Diskussion folgte, von der ich nur ein einziges Wort halbwegs mitbekam, dann erhob sich ein durch Mark und Bein gehendes Kreischen, das mir die Knöchel um den Revolvergriff weiß färbte, und mit rasendem Klackern von eisenbeschlagenen Stiefelhacken wälzte sich die gesamte Masse blutrünstiger Banditen wie ein Mann den Gang hinunter.

Fort von uns.

Ich schüttelte den Kopf wie ein nasser Hund und musste die Linke zu Hilfe nehmen, um mir die Finger der Rechten vom Revolvergriff zu schälen.

›Fuego!‹ war das eine Wort, das ich verstanden zu haben glaubte.

»Wir stürmen den Tunnel und eröffnen sofort das Feuer«, schlug einer seiner Milizionäre vor, und Mandoney schenkte ihm einen dieser langen, grauen, unterkühlten Blicke, an die einmal von ihm Verhörte sich oft für den Rest ihrer Tage erinnerten, und schüttelte dann erst den Kopf.

»Ich will ihn lebend«, stellte er fest.

Einen kleinen, fiebrigen Disput und eine kurze, hitzige Beratung später gruppierte sich der Trupp in engem Kreis rings um die Schachtöffnung, aus der undeutliches Geraune, Gefluche und Gekeuche zu hören waren. Gefolgt von Hufgetrappel. Jeden Augenblick musste die Falle zuschnappen.

Aus den Tiefen des nahen Canyons erschallte ein Jodeln.

»Die Mexe wollten sie ja gerne behalten«, meinte Sin-Sin, der mir den Zügel meines Schecken überreichte, »eure Pferde. Sie hatten sogar extra einen Mann zu ihrer Bewachung dagelassen.« Der Schecke schnupperte an mir und wollte mir dann den Hut vom Kopf schubsen, wie er es gern macht. Doch ich hatte die Hand drauf. »Doch der hatte, wie sich schnell herausstellte, eine enorme Schwäche für Tequila.« Eines nach dem andern kamen unsere Reittiere den Gang hoch und es wurde recht eng, wenn auch gemütlich. »Enorm«, wiederholte Sin-Sin verträumt. »Vor allem, nachdem der Doc uns den Trick mit dem Trichter gezeigt hatte.«

»Apropos ...«, begann ich, »was ist mit dem Doc?«

»Der lässt sich gerade seinerseits ein paar Tricks zeigen«, grinste Sin-Sin gelblich.

»Na dann, vielen Dank auch und tschüss«, stieß Pancho hervor, packte Flat am Zügel und zerrte ihn mit sich, Richtung Ausgang. Hinter dem etwas wie eine Morgenröte sichtbar wurde. Ein bisschen früh am Tag, wie mir scheinen wollte, und vom Gefühl her auch nicht unbedingt an der ursprünglich dafür vorgesehenen Stelle des Horizontes.

»Warte mal«, bremste ich Pancho, »und seid mal alle still.«

Von irgendwoher, unmöglich zu bestimmen, verzerrt und verhallt durch das Labyrinth von Stollen, das es zu uns zu durchmessen hatte, drang ein fernes, schwach und doch schauerlich widerhallendes Jodeln.

»Es wird höchste Zeit für einen Anwalt, Kryszinski.« Hufschmidt troff geradezu vor Selbstzufriedenheit. »Hier, rat mal, wo wir die gefunden haben.« In dem Plastikbeutel, den er vor meiner

Nase herumschwenkte, befand sich eine Handfeuerwaffe, ein Revolver, so ein Ding mit Trommel und einem Lauf, halb so lang wie mein Unterarm.

»In der Requisite eines Western-Reitclubs«, riet ich. Vernickelt, das Ding, wie es aussah, mit Griffschalen aus Perlmutt. »Für Homosexuelle«, schickte ich einen Nachgedanken hinterher. Hatten einen *rosa* Schimmer, diese Griffschalen.

»Nein. Rat weiter«, forderte Hufschmidt und drehte den Beutel hin und her. Wollte mich wohl auf die Folter spannen, doch es ist erstaunlich, was für banalen Vorgängen man einen Unterhaltungswert abgewinnen kann, wenn man tagaus, tagein platt auf dem Kreuz vor sich hin gammelt. Schließlich war er es also, der die Geduld verlor.

»In *deinem* Wagen!«, triumphierte er.

Das war blödsinnig, regelrecht absurd und nie im Leben wahr. Komisch, dass mir trotzdem der Schweiß ausbrach.

»Na, was sagst du jetzt?«

Was immer ich antwortete, es musste etwas sein, das Hufschmidt das triumphierende Grinsen aus dem Gesicht wischte, oder ich drohte zu ersticken. Zeit, ein bisschen was zu riskieren.

»Wenn Sie mir jetzt noch einen Beweis vorlegen, dass Sie meine Fingerabdrücke an dem Ding gefunden haben, bekenne ich mich augenblicklich schuldig zu sämtlichen Vorwürfen«, sagte ich fest.

Hufschmidts Gesicht wurde lang und von hinter der Trennwand kam ein kurzes, trockenes Husten.

Smith rannte. Blind. Panisch. Armrudernd und beinschwingend und in völliger Gleichgültigkeit, was Richtung oder Dauer anging, solange es ihn nur wieder unter Menschen brachte. *Menschen.*

»Abber ich hab doch nur gefracht, obbich nich vielleicht auma ne Fluppe ham könnte«, verfolgte ihn vorwurfsvoll, halb übertönt vom Echo eines jodelnden Entsetzensschreis, den jemals abgegeben zu haben Smith augenblicklich zu leugnen beschloss, egal wem gegenüber oder wann jemals und unter welchen Umständen auch immer.

Menschen. Menschliche Wesen. *Lebende* menschliche Wesen.

Smith machte Tempo, bis sich sein Fuß verhakte und er der Länge nach auf etwas fiel, das sich recht flott als menschliches Wesen entpuppte, bloß tot, wenn auch, wie er mit Erleichterung registrierte, die proper hingestreckte, reglose und relativ frische Sorte. Eine ganz normale Leiche mit standesgemäßen Manieren, keine die sich nach Jahren des Moderns plötzlich von hinten an einen heranschleicht und um Zigaretten anschnorrt.

Keuchend rappelte Smith sich wieder auf. Blut schimmerte auf der Brust des einstmals wackeren Bürgerwehrlers, und Smith erinnerte sich seines Vorhabens, die Buttercupler mit Berichten von seinen Heldentaten zu unterhalten. Er hatte sein Messer noch nicht ganz gezückt, wollte es gerade durchs Blut ziehen, als ihn eine jugendliche Stimme mit »Äh, du da, Finger weg, das ist meiner!« von der Seite anranzte.

Smith erinnerte sich augenblicklich seiner Position.

»Wer sagt das?«, fragte er spitz und, wenn schon, möglicherweise auch ein bisschen hochmütig und richtete sich zu voller Größe auf, Brust so herausgedrückt, dass der Lichtschein von Süden aufs Vorteilhafteste in dem silbernen Stern auf seiner Jackenfront funkelte.

Im nächsten Moment hatte er ihn heruntergerissen, den Stern, und einen Gutteil seiner Jackenfront mit ihm.

Deputy Smith war etwas spät zu Bewusstsein gekommen, dass der jugendliche Anranzer nicht allein war. Und dass er, wie die anderen, die sich ringsum damit beschäftigten, den Gefallenen die Taschen auf links und die Stiefel von den Füßen zu ziehen, eine sehr, sehr dunkle Erscheinung war. Mancher würde sagen: schwarz.

Und noch während Smith den Stern mit der Hand verdeckt und gepackt hielt und den Stoff seiner Jackenfront in zwei langen Streifen reißen hörte, rückte er ins Zentrum des Interesses all dieser dunklen, man könnte auch sagen schwarzen Gestalten. Schwarz gekleidet von Kopf bis Fuß, mal abgesehen von dem einen oder anderen Fetzen Schottenkaro hier und da, mit schwarzen Haaren in abenteuerlich gespreizten Frisuren und fetten schwarzen Balken unter Augen, die ihn kalt und abschätzend, tückisch und abschätzig, hasserfüllt und abfällig, vor allem aber vollkommen mitleidlos anstarrten. Wie in den Bann geschlagen von Smiths Anblick schienen die, tja, es muss einmal ausgesprochen werden, *Schwarzfüße* ihr Vorhaben des Leichenfledderns völlig vergessen zu haben.

»Macht ruhig weiter«, ermunterte sie Smith in seiner, wie er hoffte, leutseligsten Tonlage.

»Das hatten wir auch vor«, knurrte eine Stimme wie ein Mahlwerk für Granit.

Ein denkbar kurzer Gedankenaustausch und doch musste sich irgendwo ein Missverständnis eingeschlichen haben. Denn anstatt, wie ermuntert, mit der Arbeit des Fledderns fortzufahren, gingen die Schwarzfüße alle zusammen mit gespenstischer Geräuschlosigkeit und enormer Entschlossenheit auf Deputy Smith los.

»Du hast *was* vor?«, schrie Pancho den Fremden an, dass es den Gang hinabhallte.

»Du weißt, was ich vorhabe«, entgegnete der.

»Ja, aber dazu musst du doch nicht noch mal zurück nach –«

»Doch«, unterbrach ihn der Fremde und packte Flasche auf Flasche von Panchos in seine Packtaschen um. »Das ist Teil meines Plans. Ich hab da 'ne Verabredung.«

»Darf ich erfahren mit wem?«, fragte Aisha an seiner Seite.

»Lieber nicht.« Der Fremde machte tatsächlich Anstalten zu gehen. Zurück ins Labyrinth der Gänge, zurück nach Katanga.

»Dann komm ich mit«, entschied Aisha.

Pancho schwoll der Kamm. »Ja, seid ihr denn beide wahnsinnig?«, brüllte er, halb erstickt von der Notwendigkeit, sich leise zu verhalten.

»Passt auf«, wandte der Fremde sich an das nach dem Abschied von ihren untoten Führern verbliebene Grüppchen. »Ich brauche Geld, um bei der Versteigerung mitzubieten, richtig? Viel Geld, oder? Schließlich gilt es, den reichsten Typen der ganzen Gegend zu überbieten. Nun, ich dachte, es dürfte meine Chancen erhöhen, wenn ich mir das Geld gleich an der Quelle beschaffe, direkt von der Konkurrenz.«

»Was?«, blaffte Pancho dazwischen, »*woher*?«

Doch der Fremde ging nicht auf ihn ein. »Und um das vorzubereiten, muss ich jetzt ein paar Dinge besorgen. Von den Schwarzfüßen.«

Unter Grimassen zerrte der Barmann an seinem rabenschwarzen Haar. Bro Ho sah mit ruhigem Nicken vor sich hin, schnippte nur gedankenverloren mit dem Zeigefinger gegen das Blatt seiner Schaufel, was ein leises *Doingg doingg doingg* verursachte. Shits betrachtete den Fremden mit schräg gelegtem Kopf, wohl weil sich so seine Länge besser schätzen ließ.

Toller Hund sagte: »Hey, da komm ich auch mit.«

Pancho lieh sich kurz von Bro Ho die Schaufel und hieb sie sich kommentarlos gegen die Stirn.

»Was wird 'n das so hell dahinten?« Bro Ho blickte mit gerunzelten Brauen aus dem Stolleneingang.

»Da brennt mein Viertel«, antwortete Aisha über ihre Schulter. Dann schritt sie Seite an Seite mit dem Fremden und seinem Pferd den Gang hinunter, zurück ins Dunkel, zurück nach Katanga. Achselzuckend schloss sich auch Toller Hund mitsamt Esel an.

»Hey, wir haben noch keinen Treffpunkt vereinbart«, rief Pancho ihnen nach. »Falls wir uns jemals wieder treffen sollten«, fügte er halblaut hinzu.

»Die Dornenburg«, kam es zurück.

Bro Ho und Shits sahen Pancho fragend an.

»Wo war das denn noch mal?«, fragte der Totengräber.

»Erst mal immer den Gleisen nach«, antwortete Pancho und deutete vage in eine Richtung.

»Wohin auch sonst«, meinte Shits bitter.

»Und dann irgendwo rechts.«

»Wohin auch sonst.«

»Also los!«, forderte Pancho, der, wie er nicht müde wurde, sich und die anderen zu erinnern, von Anfang an gegen dieses Katanga-Abenteuer gewesen war. »Raus mit uns, ans Licht!«

»Es brennt«, raunte Sam, Mietstallverwalter, Lokführer und Hauptmann der Freiwilligen Feuerwehr in einer Person, Mandoney ins Ohr, »wir müssen los!« Und er verwies auf den rot lackierten Wagen am Ende des Zuges, den mit der langen Leiter und den blauen Petroleumfunzeln obendrauf.

»Immer mit der Ruhe«, raunte Mandoney zurück und ließ den Schachtausgang keine Sekunde aus den Augen. »Immer schön eins nach dem anderen.«

»Es brennt im Mexen-Ghetto«, raunte der vorhin schon durch Übereifer aufgefallene Milizionär in Mandoneys anderes Ohr. »Das ist die perfekte Gelegenheit, mal nach den geheimen Waffenlagern zu sehen, die die angeblich unterhalten.«

»Ich habe hier eine Verhaftung vorzunehmen«, beharrte Mandoney.

»Das könnte eine Menge Verhaftungen ergeben«, beharrte der Milizionär. »Wir könnten ein paar unserer hartnäckigsten Unruhestifter festsetzen und anschließend dahin zurückschicken, wo sie hergekommen sind.«

»Der meiner Ansicht nach hartnäckigste von allen Unruhestiftern befindet sich mit einem Teil seiner Bande von Outlaws da vorn in diesem Stollen und –«

Mandoney brach ab, als ein Feuerball den südlichen Horizont erstrahlen ließ wie eine kurz mal an den Haaren hochgezogene Sonne. Sekunden später fegte die dumpfe Schallwelle einer großen Explosion über sie hinweg und ließ die Pferde in den Waggons trampeln und wiehern.

Mandoney erhob sich, langsam, aber ausdauernd fluchend, zu voller Größe.

»Abmarsch!«, bellte er, und Sam schwang sich auf die Lok und blies eine Menge Dampf durch die Pfeife.

Smith wurde es warm.

»Ihr seid im völlig falschen Bild!«, rief er gegen das Getöse an, das die Schwarzfüße rings um ihn herum mit dem Schlagen von Trommeln, dem Stampfen von Füßen, etwas, das sie wohl für *Gesang* hielten und, als wäre das alles noch nicht nervtötend genug, auch noch dem Blasen von Trillerpfeifen veranstalteten. »Ihr befindet euch im falschen Kulturkreis, ja, streng genommen auf dem verkehrten Kontinent!« Doch hörten sie ihm zu? Am Arsch, wie man so sagt. Die, die nicht stampfend, trillernd und, tja, *singend* um ihn herumtanzten, putzten, wie es aussah, Gemüse.

Völlig weggetreten, die meisten von ihnen, ungefähr so aufnahmefähig für ethnologische Betrachtungen wie Fettklumpen für Wasser. Will sagen, Smiths Worte glitten einfach an ihnen ab. Er versuchte es trotzdem.

»Ja, ihr seid ja noch nicht mal *Neger*!«, schrie er wütend.

»Ich würd hier nicht liegen wollen«, sagte sie lahm vom Fenster her, aus dem sie den Rauch ihrer Filterzigarette blies. Wir waren allein. Menden hatten sie weggekarrt, um ihm in den Arsch zu gucken oder sonst wo rein.

Ich dachte daran, sie kurz an die wenig freiwillige Natur meines Aufenthaltes hier zu erinnern.

»Nicht mit der Anzahl von Feinden, die du dir in dieser Stadt gemacht hast.«

Ich dachte daran, die neu gewonnene Zahl von Freunden ins Feld zu führen. Nicht zuletzt die bei der örtlichen Glaser-Innung.

»Und dann noch bei offenem Fenster«, fuhr sie fort mit ihrer Stimme wie über den Boden schleifende Schuhsohlen. »Ich meine, da kann ja theoretisch jeder rein und raus, wie er will.« Schleppend, die Stimme, energiegeladen wie ein halbes Röhrchen Adumbran.

Ich dachte daran, ihre Aufmerksamkeit auf meine Unterbringung in der ersten Etage zu lenken, was in Theorie wie Praxis den meisten Eindringlingen die Verwendung einer Leiter auferlegen würde. Eine Art des Aufstiegs, die den keine zwanzig Meter entfernt logierenden Pförtner sicher zu dem einen oder anderen Kommentar hinreißen dürfte.

»Und dann noch so völlig hilflos ans Bett gefesselt …« Sie schüttelte sich und schnickte ihre Kippe aus dem Fenster.

Ich dachte daran, sie sanft zu ermahnen, wie wenig charmant es doch ist, jemandem in einer ausweglosen Situation auch noch das Gefahrenpotenzial derselben ins Gedächtnis zu rufen.

»Ich meine«, sagte sie lahm, »ich in deiner Lage hätte da ganz schön Schiss.«

Mir war danach, sie darauf hinzuweisen, dass es *ihr* oblag, an dieser meiner Lage etwas zu ändern. Mein Bild vor den Augen der Öffentlichkeit und der Justiz etwas zurechtzurücken, zum Beispiel. Wie alle meine angedachten Entgegnungen vorher erübrigte sich auch diese aufgrund ihrer schieren Offensichtlichkeit.

Sie trat ans Bett und sah auf mich herunter. Ich schluckte an einem Gefühl von Pessimismus. Lang, strähnig, mittelgescheitelt, war ihr Haar so mausig wie ihr Teint käsig wie ihr Gebiss, sagen wir mal, britisch. Man denke sich ein magersüchtiges, Nägel kauendes, in dunkles Lila gewandetes und mit hoher Wahrscheinlichkeit lesbisch veranlagtes Mitglied der Addams-Family um die dreißig, mit einer Mimik nur einen Hauch diesseits von komatös, und man kommt dem nahe, was das Land Nordrhein-Westfalen als die perfekte Pflichtverteidigerin für jemanden wie mich hervorgekramt hatte. Unter einem Stein vermutlich. Und sie hieß auch noch Elke Muffler.

Ich konnte nicht anders, ich musste mir vorstellen, wie sie sich nach dem Feuer speienden Plädoyer einer wie immer, wie in allen meinen Prozessen bisher, vollkommen verbiesterten Staatsanwältin aus ihrer Bank erhob und mit unüberbietbarer Lahmheit nuschelte: »Ja, wenn Sie meinen, dann schließen Sie ihn eben weg.«

»Gefangenenrebellion, Mitgliedschaft in einer kriminellen Vereinigung, versuchter Polizistenmord, Bankraub, Rädelsführerschaft bei gewalttätigen Krawallen, Herbeiführung mehrerer Explosionen mit Sachschäden bisher nicht zu beziffernden, aber definitiv katastrophalen Ausmaßes«, leierte sie herunter, lahm, als die Türe aufging und die Morgenvisite hereinkam. Angeführt von der Tagschwester in ihrer wie unter Vakuum aufgeschrumpften Uniform, ein keckes Häubchen auf der blonden Pferdeschwanz-Frisur, Klemmbrett seitlich, doch mit beiden Armen gehalten, was eine tiefe Falte zwischen den damit sachte hochgequetschten Brüsten verursachte, und mit den Füßen am Ende langer Beine in vorne tiefer und hinten höher gelegten Clogs. »Das ergibt alles in allem eine ganz schöne Latte«, ließ meine Anwältin ihre Auflistung in einem recht akkuraten Resümee enden.

Ein Feuerball ließ den südlichen Horizont erstrahlen.

»War 'ne gute Idee, deine Jungs die Gleise im Osten lang zu schicken«, fand Tom-Tom, der zwischen uns ging und Falco und Virago am Zügel führte. Eine lange, rußschwarze Mauer tauchte vor uns auf. »Im Westen hättense euch aufgelauert und im Süden unten is, wie ihr seht, die Kacke am Dampfen, da hat die verdammte Jones-Bande für gesorcht.«

Pferd und Esel scheuten, als uns der Knall erreichte.

»So, langsam getz«, raunte Tom-Tom dann. »Ihr seid da.«

Trommeln dröhnten, Füße stampften, Pfiffe schrillten, ein auffallend unsynchron daherkommender, rau gestimmter Chor forderte Anarchie für das Vereinigte Königreich.

Wir stiegen ab.

»Geschweige denn *Afrikaner*«, schrie eine Männerstimme, hoch, kippelig, in gefährlicher Nähe zum Jodeln.

Wir traten an das Tor. Die schwarzen Mauern umgaben, so weit das Auge im beginnenden Licht des Morgens reichte, das ehemalige Herzstück des Canyons, die namensgebende Katanga-Mine, komplett mit Förderturm und sämtlichen Nebengebäuden.

»Hier hausense, die Schwatten.«

»Vor gar nicht langer Zeit sollte das eigentlich alles gesprengt werden«, meinte Toller Hund leise.

»Jo, die Löchers hattense schon gebohrt, Dynamitstangen drin unn allett. Doch in der Nacht vorm großen Wumms ham die Schwatten die Anlage kurzerhand besetzt.«

»Und zu ihrem Reservat erklärt.« Etwas wie Stolz schwang in Toller Hunds Stimme mit.

»Thysson und Starski und Konsorten ham sofort die Kavallerie reingeschickt. Die ham den Laden dann geräumt, und et gab so gut wie keine Gegenwehr, da warnse schon 'n bissken baff. Doch wiese dann mal genau nachgeguckt ham ...«

»... da war das ganze Dynamit aus all den vielen Löchern, das war weg. Verschwunden.«

»Die Kavallerie is dann ziemlich flott nach Hause.«

»Seither leben die Brüder und Schwestern hier einigermaßen unbehelligt.«

»So richtich scharf auf Besuch sindse allerdings irnxwie immer noch nich.«

Vorsichtig machten wir einen ersten Schritt auf das Gelände.

»Passt auf«, raunte Tom-Tom. »Ich stell euch vor, okay? Aber dann müsster gucken, wie ihr klarkommt. Datt wird gleich Tach. Da mussich mich vom Acker machen, raus ausse Sonne, wenner versteht.«

Wir nickten, leicht beklommen.

Zum Dröhnen der Trommeln sprangen Dutzende von schwarzen Gestalten um ein Feuer herum, das nicht recht brennen wollte. Sie hüpften und johlten und rammten sich gegenseitig mit den Schultern, versuchten sich gegenseitig in die zögernden Flammen zu schubsen, um die sich andere Schwarzfüße mit Pusten und Wedeln und den sonstigen, üblichen Maßnahmen bemühten. Kurze Stichflammen loderten, wo sie geistige Getränke als Brandbeschleuniger missbrauchten.

»Ihr seid *Indianer,* verdammt noch mal«, beschwerte sich die hohe, kippelige Stimme, »und keine Menschen fressenden Buschmänner! Somit gehöre ich, um auch nur halbwegs im Bild zu bleiben, an einen *Totempfahl* gebunden und nicht –«

Ein Geräusch wie ein wildes Knurren unterbrach Deputy Smith, der mit rotem Kopf oben aus einem riesengroßen, bauchigen Kochkessel heraussah, unter dem immer noch das unwillige Feuer vor sich hin kokelte.

Das Geräusch kam näher. Man hatte uns entdeckt.

Die Schwarzfüße ritten sehnige, wendige Ponys mit langen Beinen und dicken Hufen. Alle waren mattschwarz eingefärbt und gaben, wenn man sie antrieb, ein Knurren von sich, nicht unähnlich dem von Kettenhunden. Mindestens ein Dutzend dieser fies dreinblickenden schwarzen Biester kam mit flach angelegten Ohren und gebleckten Zähnen auf uns zu galoppiert, angriffslustig vorgebeugte, Waffen schwingende, rhythmisch kreischende Reiter in ihren schmalen Sätteln. Keine zehn Meter vor uns fächerten sie in zwei Gruppen auf, die begannen, uns gegenläufig zu umkreisen, was eine etwa gleich intensive Geräusch- wie Staubentwicklung ergab. Nur ein Pony scherte aus, hinein ins Zentrum des ganzen Wirbels. Im Sattel saß eine Frau.

»Ho, Duke!«, befahl sie ihrem Zossen und bremste ihn mit quer stehendem Hinterteil direkt vor uns ab.

»Siouxsie«, raunte Tom-Tom mir zu, »die Chefin hier.«

Ein ziemliches Modell, wenn man auf prall gefülltes schwarzes Leder, wildes Make-up, schwere Stiefel, Nieten, Ketten und Rasierklingen steht. Und wer, jetzt mal im Ernst, tut das nicht? Ich glaube, ich starrte ein bisschen, denn Aisha sah sich genötigt, mir eins in die Rippen zu knuffen.

»Hallo Tom-Tom«, begrüßte ihn Siouxsie, ließ ihren kessen Blick aus pechschwarz umrahmten Augen dabei aber über mich streichen, von der Krempe hoch bis hinunter zu den Sohlen tief. Leckte sich die schwarz geschminkten Lippen, was Aisha spürbar die Krallen ausfahren ließ. »Wie ich sehe, hast du uns was zu fressen mitgebracht.« Sie lachte und zeigte dabei zwei Reihen zu Spitzen gefeilter Zähne, was mich, aus welchem Grund auch immer, ein Bein vor das andere stellen ließ.

»Und was zu trinken auch«, sagte ich, noch

nicht mal besonders laut. Trotzdem nahm damit, allmählich und ähnlich sachte wie der Staub, das Knurren der kreisenden Ponys um uns herum ein bisschen ab.

Toller Hund trat vor, eine reich verzierte Pfeife mit langem Stiel in ausgestreckten Händen vor sich.

»Vielleicht sollten wir erst mal ordentlich einen quarzen«, schlug er vor und die Ponys verfielen in Schritt.

»Passen Sie mal fein auf, Bürgermeister«, raunte Sheriff Starski, bevor sie gemeinsam das neue Galgengerüst erklommen. »Denn wenn Sie mich hierbei nicht unterstützen und deshalb meine Kandidatur zur Wiederwahl den Bach runtergeht, dann sorge ich persönlich dafür, dass alle Ihre Machenschaften ans Licht kommen. Die miesen kleinen genauso wie die richtig großen. Ich sag nur: Klärteich, ich sag nur: Eisenbahn, ich sag nur: Amish-Bogen. Verlassen Sie sich drauf.« Damit erreichten sie die Plattform und traten winkend und Zähne zeigend vor an den Rand. Pfiffe und Johlen und etwas wie ein unterschwelliges Knurren schallte ihnen aus der Menge entgegen. Starski spürte die heraufziehende Hitze eines weiteren Rekordsommertages und löste einen Kragenknopf, bevor er beide Arme hob und sich Ruhe ausbat. Bis zu deren Eintreten verging eine Weile. Nicht wenige Überlebende der nächtlichen Katanga-Schlacht hatten es *vor* ihm, dem Kommandierenden, nach Hause geschafft, und was immer sie erzählen zu müssen geglaubt hatten, war wie ein Lauffeuer durch die Gemeinde gegangen.

Diese Deserteure würde er sich später vorknöpfen, beschloss der Sheriff mit einigem Ingrimm. Doch erst mal musste er hier seinen Ruf wiederherstellen.

»Leute, Bürger von Buttercup«, rief der Bürgermeister. »Hört zu, was der Sheriff euch zu sagen hat.«

Relative Ruhe kehrte ein.

»Mit knapper Not«, rief Sheriff Starski, nahm den Hut ab und schwenkte ihn herum, damit jeder die beiden Löcher darin sehen konnte, »kann ich mich zu den Glücklichen zählen, die diesem schändlichen Hinterhalt entkommen konnten.« Zungenschnalzen, skeptische Blicke und sehr viel wissendes Nicken ließen ihn ahnen, wie seine Worte bei der Majorität der Zuhörer ankamen. »Einem Hinterhalt«, wiederholte er mit machtvollem Bariton und fragte sich, wann wohl der richtige Zeitpunkt für das Hervorquetschen einiger mannhafter Tränen gekommen sei, »wie ihn nur *der Fremde* mit seiner Bande von Outlaws erdacht und dann mit der ganzen, wohl bekannten Niedertracht seiner mexikanischen Verbündeten und in hundertfacher Überzahl …«

Sheriff Starskis Worte verebbten. Die Menge hatte sich von ihm abgewandt. Irritiert und sicherlich auch ein bisschen angenervt folgte er der Blickrichtung seines Publikums, um festzustellen, wer oder was ihm da die Schau stahl.

Es war die Ankunft eines Zuges. Oder besser, *des* Zuges, denn mehr als einer verkehrte nicht auf der ringförmigen Einspurtrasse. Und was die Leute bei dieser Ankunft so in ihren Bann schlug, war die Tatsache, dass trotz aller hektischen Bemühungen der Feuerwehrleute auf dem letzten Waggon ein Teil des Zuges in hellen Flammen stand. Noch vor dem Bahnhof brachte Sam die gesamte Fuhre quietschend zum Stehen, und Mandoney schwang sich von der Lok und kam, ohne einen Blick zurück, direkt auf die vom neuen Galgen gekrönte Bühne zugehumpelt.

»Wer«, brüllte er und fixierte den Sheriff mit seinem Blick, der brannte wie Frost oder wie Glut, es war nicht zu sagen, »wer hat, verdammt noch mal, in der Mexikaner-Siedlung Feuer gelegt?!«

Sheriff Starski ahnte, dass ihm das Engagement der Gebrüder Jones unter den gegebenen Umständen möglicherweise als ein folgenschwerer Fehler angekreidet werden könnte, und beschloss deshalb, sein Wissen in dieser Frage nicht zu teilen.

»Sie haben uns *beschossen*«, wütete Mandoney, »sie haben Brandsätze auf den Zug geworfen! Sie laufen kollektiv Amok! Wir müssen sofort, und ich wiederhole: *sofort,* die gesamte Stadt verbarrikadieren!«

Siouxsie keuchte und Flammen hüllten für ein paar Sekunden den großen Kochtopf ein. Wie die meisten anderen auch hockten wir irgendwo auf dem Kreis alter Matratzen rings um das Feuer. Kinder und Hunde – manchmal nicht wirklich zu unterscheiden – tollten und krabbelten und pissten herum, wenn sie nicht gerade dabei waren, die Neuankömmlinge anzusabbern. Aisha kickte einen schamlos hoffnungsfrohen kleinen Rüden von ihrem Unterschenkel und schmiegte sich eng an meinen Rücken, in gleichem Maße abgestoßen wie verängstigt.

»Nicht übel«, fand der weibliche Häuptling der Schwarzfuß-Indianer nach einem weiteren Keuchen und reichte die Flasche weiter. »Sollte gut zur Suppe passen.«

Schwarzfüße beiderlei Geschlechts waren dabei, grob gehackte Zwiebeln und sonstiges Gemüse zur Fleischbeilage in den Topf zu schütten.

»Das muss man alles erst *anschwitzen*!«, beschwerte sich die Beilage vehement, wenn auch kaum zu verstehen über dem Gejohle, dem Getrommle, dem tiefen Knurren von wieder mal wild im Kreis herumgerittenen, schwarzen Ponys. »Glasig dünsten! In heißem Fett!«

»Okay«, meinte Siouxsie und schnippte mit den Fingern, um die Flasche zurückzukriegen. »Zum Geschäft: Ich hoffe, wir sind uns beide im Klaren über die brisante Natur dieses Deals. Angenommen also, wir tauschen wie von deiner Seite vorgeschlagen. Unsere Bedingung kennst du: Das Zeugs muss auf dem kürzesten Weg raus aus Katanga. Doch wo willst du anschließend damit hin?«

»Nach Buttercup«, antwortete ich wahrheitsgemäß.

»Wenn man es ohne Anschwitzen einfach nur ins Wasser kippt, wird das ganze Gemüse total lappig«, schrie Smith. »Ihr Scheiß-Kannibalen habt ja überhaupt keine Ahnung vom Kochen!«

»Nach Buttercup?«, fragte Siouxsie. »*Du*? Wartet da nicht ein so genannter ›fairer Prozess‹ auf dich?«

Wenn möglich heizten Smiths Beschwerden das Trommeln und Johlen noch mehr an. Die kreisende Flasche tat dann ein Übriges. Panchos letzte Lieferung war alles in allem doch recht kräftig geraten.

»Wir werden uns reinschleichen«, keuchte Toller Hund nach einem längeren Schluck. »Im Dunkeln. Ich bin gut im Dunkeln.«

»Ach«, machte Siouxsie und wand ihm die Flasche sanft aus der Hand. »Und im Hellen?«

»Und anschließend bin ich da mit jemandem verabredet«, fuhr ich fort, während man in den Eulenaugen unseres Scouts das komplette Kamasutra im Zeitraffer abspulen sehen konnte. »Sein Name ist Nebukadnezar.«

Siouxsie fuhr wieder zu mir herum. Sie begriff, sie nickte, mit schwachem Grinsen, und ich wusste, unser Deal war perfekt. Etwas Spannung fiel von mir ab und ich spürte mal wieder, wie kaputt ich war. Aisha begann mir die Schultern zu massieren und ich sehnte ein wenig, oder besser eine Menge, ruhige Zweisamkeit herbei. Mit dem Kamasutra in SloMo, beleuchtet von einem Dutzend Sonnenauf- und -untergängen.

»Und überhaupt kann ich vom Verzehr dieser Suppe nur abraten«, schrie Smith, hochrot, über das ganze Getöse hinweg. »Ich hab da nämlich gerade schon reingepisst!«

Und mit einem Schlag wurde es ringsum totenstill.

Die Sonne kam hoch und der kleine Trupp bog, angeführt von Pancho, im rechten Winkel vom Gleiskörper ab, dem sie bis dahin im Schritttempo gefolgt waren. Rauch stand über der Gegend, wo die Mexikaner-Siedlung liegen müsste, Schüsse und wütendes Kreischen drangen bis zu ihnen vor. Vorsichtig führte Pancho sie außer Sichtweite im großen Bogen drum herum.

»Hört sich an, als obse ganz schön angepisst sind«, bemerkte Bro Ho.

»Wenn das Brandstiftung war und El Lobo kriegt raus, wer dahinter steckt, wird das eine fürchterliche Rache geben«, meinte Pancho.

»Der Fremde sollte sich also beeilen, wenn er wirklich nach Buttercup rein will«, knurrte Shits. »Solange noch was davon steht.«

Sie ließen die brennende Siedlung hinter sich und trabten über die sonnengedörrte Ebene, bis sich in der Ferne eine kleine, isoliert dastehende, dichte Baumgruppe abzeichnete.

Pancho hielt genau darauf zu.

»Das ist sie«, verkündete er, »die Dornenburg.«

»Ja. Aber was ich mich schon die ganze Zeit frage: Was wollen wir hier?«, wollte Shits wissen. »Soviel ich gehört habe, ist das nichts als ein riesiges dorniges Dickicht.«

»Wo nichmal mehr die Karnickels rein und raus finden«, steuerte Bro Ho bei.

»Kaninchen vielleicht nicht«, meinte der Barmann, »aber wir.«

»Wie dattenn?«

»Das«, sagte Pancho mit der ganzen Selbstzufriedenheit des Eingeweihten, »ist eines der am besten gehüteten Geheimnisse von ganz North Carolina.«

»Ich war übrigens bei Susie«, meinte Elke Muffler, in völliger Gleichgültigkeit den Ankömmlingen gegenüber. »Sie hat mir die ganzen Akten übergeben.«

Angeführt von der Tagschwester, gefolgt von der üblichen, wie üblich nervös wirkenden Kavalkade aus Pflegern und Assistenzärzten und schließlich überstrahlt, wenn auch nicht überragt, von der Präsenz des Oberarztes Dr. Tatlarek, so kam es am Fuße meiner Bettstatt zum Stehen, das Häuflein der Weißbekittelten.

»Ich konnte erst einen Teil davon durchsehen, doch was ich gesehen habe, also –«

Dr. Tatlarek unterbrach meine Anwältin mit einem Räuspern.

»Wenn Sie uns wohl für den Zeitraum der Visite alleine lassen könnten?«, forderte der Oberarzt routiniert und flüssig und in vollem Bewusstsein seiner Autorität.

Elke Muffler in ihrem wunderbar kontrastierenden Lila drehte ihm langsam den Kopf zu, und das erste Mal, seit sie das Zimmer betreten und sich vorgestellt hatte, überkam so was wie Wachheit ihre Züge.

»Ich befinde mich mitten in einer vertraulichen Unterredung mit meinem Mandanten«, ließ sie Dr. Tatlarek wissen. Und rührte sich nicht von der Stelle.

»Ich werde Sie als Juristin wohl kaum daran erinnern müssen, wer hier das Hausrecht hat«, konterte der Oberarzt mit einigem Biss.

Meine Pflichtverteidigerin senkte kurz die Lider über ihren etwas glubschigen Augen und hob sie dann allmählich wieder.

»Sind Sie schon mal«, fragte sie mit leisem Rascheln wie die ersten rieselnden Bröckchen kurz vor einem Eissturz, »mit einem Kunstfehlerprozess durch sämtliche Medien und Instanzen gegangen?« Damit drehte sie sich langsam zu mir. »Ich sehe hier an meinem Mandanten ...«, sie besah sich ihren Mandanten von oben bis unten oder, genauer gesagt, von links nach rechts, »... mindestens *sieben* verschiedene Punkte, wo sich zu erwartende Kunstfehler versteckt –« Ihr Blick war irgendwo in der Mitte zwischen links und rechts hängen geblieben wie an etwas Herausragendem, etwas, das einem unweigerlich ins Auge springt. »Na, sagen wir sechs Punkte«, korrigierte sie sich, die Stimme noch mal eine Spur rauer als vorher schon.

»Ich bin nichts als ein Opfer der Umstände«, sagte ich aus dem Gefühl heraus, der Situation ein wenig die Spannung nehmen und unser Gespräch zurück auf den Punkt bringen zu müssen.

»Dazu kommen wir gleich«, erwiderte sie.

»Nun«, wandte sich Dr. Tatlarek an mich, »da Sie so offensichtlich kommunikationsfreudig sind, kann ich Ihnen ja wohl von sofort an uneingeschränkte Vernehmungsfähigkeit attestieren.«

Ich flatterte mit den Lidern. »Mutter?«, fragte ich ins Leere hinein, doch der Doktor war schon an meinem Tropf angelangt.

»Und damit Sie Ihre vollständige geistige Klarheit erlangen, wollen wir das hier doch mal gegen null reduzieren.«

Und er klemmte den Tropfendurchlauf energisch ab. Nickte mir und meiner Anwältin zufrieden zu und verließ hocherhobenen Hauptes mit seinem Tross den Raum.

»Dreh's wieder auf«, forderte ich augenblicklich.

»Kann ich nicht machen«, kam die Antwort.

»Okay. In meiner Nachttischschublade ist eine Filmrolle.«

Sie kramte und fand und knipste auf.

»Voll mit kleinen grünen Pillen«, stellte sie fest.

Ich nickte.

»Wie viele?«

»Fünf.«

»Glas Wasser zum Runterspülen?«

»Wenn kein Wodka da ist.«

Sie seufzte, wühlte kurz in ihrer Handtasche und brachte einen Flachmann zum Vorschein.

Wir würden prächtig miteinander auskommen, wurde mir klar. Durch sämtliche Instanzen.

»Auch 'ne Pille?«, fragte ich, und sie nickte und pfiff sich gleich eine ein. Spülte nach. Keuchte kurz.

»Wo war ich stehen geblieben?«, fragte sie dann. »Ach ja. Die Akten. Also, das, was ich bisher eingesehen habe, also, das alleine ist schon … Dynamit.«

»Ich könnte ihn wegpusten«, meinte Foreman über den Lauf seines Gewehres hinweg. »Zwei Schüsse. Überhaupt kein Problem.« Er und die anderen Jones hatten sich, nicht zuletzt genadelt von den Bemerkungen Richard Thyssons, fast bis in den Canyon vorgewagt und hockten jetzt am vorderen Rand einer Höhle auf halber Höhe.

»Ja, los, tu es!«, forderte Burns.

Unten ritt der Fremde, ein prachtvolles Ziel, auch wenn man erst die hinter ihm sitzende, fest an ihn geklammerte Mexikanerin erledigen musste.

»Und wie willst du ihn dann hochholen und

nach Buttercup bringen?«, gab Edgeman zu bedenken. Es war klar, worauf er anspielte. Der Fremde ritt nicht allein, sondern umgeben von einer Eskorte schwarzer, knurrender Ponys mit ebenso schwarzen Reitern.

»Scheißegal«, zischte Burns. »Hauptsache, er geht uns nicht durch die Lappen.«

»Sie reiten tatsächlich nach Osten«, stellte Ropeman fest. »Da können wir hier auf unserer Seite im Hinterhalt hocken, bis uns die Ärsche anwachsen.«

»Mir reicht's«, tobte Burns. »Wenn ihr ihn nicht umpusten wollt, dann schicke ich ihm eine von denen hier hinterher!« Und er riss ein Streichholz an und hielt es an den Lappen, der oben aus einer Flasche ragte, und dann holte er weit aus und zuckte fürchterlich zusammen, als ein kalter Hauch vom Kragen aus seinen verschwitzten Rücken runterstrich.

»Könnteter nich vielleicht 'n bissken leiser sein?«, fragte eine raue, kehlige Stimme, und die Flasche zerbarst auf dem Boden und Burns kreischte auf, als die Flammen seine Beine hochzüngelten. »Ich hatte nämlich 'ne lange Nacht und versuch hier hinten grad ma 'n bissken zu ratzen, müsster wissen.«

Ritte wie dieser sind eigentlich immer öde. Schnurgeradeaus durch die topfebene Wüste, in die die Kanalisierung des Amish Rivers zusammen mit dem Rekordsommer das einstige Weideland verwandelt hatte, viel öder geht's nicht. Die Sonne brennt, die Luft flimmert, die Zeit schleppt sich dahin. Öde, öde, öde.

Doch es gibt Ausnahmen.

»Nicht so schnell«, gurrte Aisha in mein Ohr und suchte mit den Händen nach Halt an mir. »Schone dein Pferd«, riet sie, griff, was ihr handlich erschien, und hielt es fest umklammert,

um nicht abzurutschen, vom Hinterteil des Schecken.

In ruhigem, gleichmäßigem Auf und Ab

trottete das Pferd dahin.

Mein Atem wurde schwer und schwerer, meine Sinne schwanden,

was sicher auf die Hitze zurückzuführen war.

Aishas freie Hand fuhr mir ins Hemd, knetete Brust und Bauch, damit meine Konzentration

am Zügel nicht nachließe.

Heißer Atem streifte meinen Hals, als sie mir ihre Zähne in den Nacken grub,

für extra Halt auf schwankendem Pferderücken.

Mit einer plötzlichen, heftigen Eruption

von Staub und Sand löste sich eine Windhose vom südlichen Horizont.

»Madre de Dios«, beobachtete Aisha, »was für ein Ausbruch. Fast wie ein Vulkan.«

Und sie hielt mich fest umschlungen.

»Hast du eigentlich auch einen Namen?«, fragte sie, als nach einer Weile die Öde des Rittes wieder einzusetzen begann.

»Ich habe viele Namen«, antwortete ich zögernd. »Warum?«

»Ich möchte gern wissen, wie ich heißen werde, wenn wir erst einmal …«

Wiehernd stieg der Schecke in die Luft.

»… sind.«

Ich musste ihm unbewusst die Sporen in die Flanken getrieben haben.

»Hoo«, beruhigte ich ihn, und »Immer langsam« sprach ich in den, wie soll ich sagen, Raum hinein.

»Ey, Leute, immer langsam!«, schrie Smith, der liegend von hochgereckten Fäusten über unzählige unbeschreibliche Frisuren hinweg weitergereicht wurde, und zwar, wie man seiner Bemerkung entnehmen konnte, wesentlich schneller, als ihm lieb war. Die Schwarzfüße machten ein Fass auf, und der Deputy war auf dem besten Wege darauf zu. »Ihr seid schon *wieder* im falschen Bild!«, protestierte er. »So langsam glaube ich, ihr habt keinen *blassen Schimmer* vom Westen!«

»Mittendrin«, rief Pancho und deutete, »ist eine bewaldete Talmulde, komplett mit Bach und allem. Vielleicht eine halbe Meile bachabwärts kommt man zu einer Lichtung. Dort sind wir sicher, da können wir unsere Decken ausbreiten und sogar ein Feuer machen, ohne gesehen zu werden. Folgt mir einfach.«

»Bewaldet ist gut«, maulte Shits, »Talmulde ist gut, Bach ist gut, Lichtung ist auch gut. Das Einzige, was Scheiße ist, sind die Brombeeren, durch die man erst durch muss, um hineinzukommen.«

»Wartet«, sagte Pancho und stieg ab. »Irgendwo hier ...« Er ließ sich auf alle viere hinunter und suchte am Boden. »Ah, ja. Hier ist es: das am besten gehütete Geheimnis von ganz North Carolina. Bro Ho, komm mal her. Und bring dein Pferd mit.«

Zusammen befestigten sie ein unter den Brombeeren hindurchlaufendes Seil an Bro Hos Sattel und führten Shovel weg von den wuchernden Büschen. Unter Knacken und Reißen und Rupfen hob sich das Seil, das jenseits der Büsche in einer Baumkrone befestigt war, bis sich ein dreieckiger Tunnel durch die Dornen öffnete, gerade groß genug, um ein Pferd hindurchzuführen, vorausgesetzt, es zog den Kopf ein.

»Altes Versteck von mir«, erklärte der Barmann nicht ohne Stolz. »Hier hatte ich früher meine erste Destille.«

»Boah«, staunte Bro Ho und sah sich um. »Bloß, wie kriegen wir Shovel hinterher?«

Pancho zeigte ihm die große Astgabel und wie man sie schräg unter den Knoten im Seil stellen musste. Anschließend konnte man das Pferd losbinden, durch die Dornbüsche leiten und brauchte auf der anderen Seite nur noch einmal heftig am Seil zu wackeln und der Ast fiel um und alles sah aus wie vorher.

»Toll, einfach toll«, fand Bro Ho, während sie zu Fuß dem Bach folgten, die Pferde am Zaumzeug hinterherziehend. »Da kommt keiner drauf. Wachsen die Brombeeren hier ringsum?«

Und er pflückte gleich mal eine Hand voll und kaute zufrieden.

»Komplett.«

Shits pfiff durch die Zähne und warf bewundernde Blicke auf die übermannshohen, undurchdringlichen Dornendickichte. »Dann bin ich jetzt schon gespannt, wie wir hier wieder rauskommen«, meinte er fröhlich.

Die Tür öffnete schwungvoll und Dr. Tatlarek führte Kommissar Hufschmidt herein, wies mit großer Geste auf mich.

»Bitteschön«, tönte er. »Patient Kryszinski, so vernehmungs- und zurechnungsfähig, wie er nur jemals werden wird.«

»Die Schmerzen«, krächzte ich, »die Schmerzen machen mich irre. Ich kann keinen klaren Gedanken fassen mit diesen Schmerzen.«

»Ah, ah, ah«, machte der Doktor. »In Gegenwart Ihrer Anwältin war das aber noch ganz anders, oder?«

Hufschmidt blickte irgendwie betreten drein.

»Wenn ich ehrlich bin«, wandte er sich an den Arzt, druckste herum, »wollte ich eigentlich erst mal mit dem Chef sprechen. Und da wäre es ganz gut«, und er wies mit dem Kinn auf mich, »wenn er da nicht mithören würde.«

Na, das machte mich aber hellhörig. Schlechte Nachrichten für die Polizei, das konnte nur gute Nachrichten für mich bedeuten. Ich beschloss, mich unter keinen Umständen aus dem Raum schieben zu lassen. Ich wollte alles, aber auch alles mitkriegen.

»Oh, oh, oh«, machte der Doktor. »Das ist doch kein Problem!« Und mit einem energischen Dreh seiner Hand öffnete er mir den Tropf bis hintenhin. »In fünf Minuten ist er in Morpheus' Armen«, versprach er und verließ uns.

Ich lachte mir ins Fäustchen, wusste der Mediziner doch nichts über meine unglaubliche Erfahrung im Umgang mit Stimulanzien aller Art und meine Fähigkeit, auch hohe Dosierungen ganz nach meinem Gusto zu steuern. Ich schloss die

Augen und begann theatralisch zu schnarchen, war gleichzeitig aber ganz Ohr.

»Also, Hufschmidt, spucken Sie's aus«, forderte Menden.

»Nun«, druckste der Kommissar gedehnt herum, und ich konnte durch den Spalt meiner Lider sehen, wie er noch mal um die Trennwand herum linste, ob ich auch wirklich schlief. »Nachdem wir sämtliche Beteiligten oder zumindest sämtliche Beteiligten, deren wir habhaft werden konnten, verhört haben«, salbaderte er, und ich dachte: ›Komm zur Sache‹, »sieht es so aus, als ob wir ihm da drüben wegen der Gefangenenrevolte und der Rädelsführerschaft und der Bildung einer …«

Und der klare Saft aus dem Tropf kam oben bei mir an und zog mir unten, bildlich gesprochen, den Teppich unter den Füßen weg.

»There was blood on the saddle
And blood all around
And a great big puddle
Of blood on the ground.«

Tex Ritter
›Blood On The Saddle‹

V

Mandoney humpelte die im Bau befindlichen Barrikaden auf und ab. »Ich will, dass Ihr jedes noch so kleine Schlupfloch vernagelt«, mahnte er wieder und wieder. »Hier darf niemand mehr rein oder raus können!«

»Letztes Mal wollten wir sie *rein*locken«, murrte einer der Männer, »da sind sie draußen geblieben. Diesmal sollen sie draußen bleiben, da sind wir aber alle mal sehr gespannt, in was für einem Fiasko das nun wieder endet.«

Die stark dezimierte Bürgerwehr war schwieriger zu motivieren denn je. Während der Fremde irgendwo da draußen herumritt und zweifellos eifrig seinen Teil dazu beitrug, das zu erwartende Chaos zu vergrößern. Mandoney fluchte mit viel Gefühl, und seine Stimmung wurde nicht besser, als ein von vier Pferden gezogener Planwagen neben ihm stoppte.

»Männer.« Richard Thysson stand auf dem Kutschbock und ließ die Peitsche knallen. »Macht mal eben den Weg frei!«

Hinter dem Bürgermeister türmten sich Kisten und Kästen, Stühle und Schränke, Tische und Matratzen und was nicht noch. Neben ihm thronte seine Gattin, die in Schals und Decken gehüllt ihr Bestes gab, wie eine Vertriebene zu wirken. Die ringüberwucherten Finger ihrer beiden Hände hielten dabei den Haltegriff einer Schmuckschatulle in Überseekofferformat fest umkrallt.

»Ich weiß, ich kann mich auf euch verlassen«, rief der Bürgermeister im Brustton der Überzeugung. »Schlagt diese räudigen Banditen in die Flucht, und morgen Mittag sehen wir uns dann alle auf der Versteigerung, wo ich nach dem Zuschlag zu einem feierlichen kleinen Umtrunk laden werde.«

Mandoney trat nahe an den Wagen heran, lüftete interessiert die Plane.

»Sie bleiben nicht hier in der Stadt, Bürgermeister?«, fragte er mit einer äußerst skeptisch hochgezogenen Braue.

»Nein. Ich lege die Verantwortung für den Ort und seine Bürger vertrauensvoll in Ihre und Sheriff Starskis Hände. Ich selbst werde es auf mich nehmen, mich, meine Familie und meinen zukünftigen Besitz in Eigeninitiative vor etwaigen Übergriffen zu schützen. Dazu ziehen wir schon mal nach Beau Rivage.«

»Ist das nicht ein bisschen voreilig, Bürgermeister?«, fragte Mandoney mit amüsiertem Interesse und fing sich einen eiskalten Blick dafür.

»Nein«, bellte Thysson, »keineswegs!« Eine geschickt gesteuerte ›Neuorientierung bei der Kreditvergabe‹ der Buttercup Savings and Loans hatte dafür gesorgt, dass niemand in der Stadt in der

Lage sein dürfte, auch nur das Mindestangebot für die Ranch auf den Tisch zu legen.

»Also. Wir sehen uns.« Thysson ließ die Peitsche knallen und die Pferde zogen an und das Gespann rumpelte aus der Stadt.

»Macht wieder zu!«, befahl der Deputy, doch mit einem

»Mooment noch« mischte sich ein öliger Bariton ein.

Mandoney fuhr herum.

»Starski«, schnauzte er, »sollte ich je dahinter kommen, dass Sie oder Thysson hinter der Brandstiftung in der Siedlung stecken, mache ich Sie beide fertig, verlassen Sie sich drauf!«

Streng genommen war dies eine grobe Missachtung der Rangordnung, und nüchtern betrachtet – allzu nüchtern, wie Starski sich säuerlich attestieren musste – hätte er den Deputy nun in scharfen Worten zurechtweisen müssen, doch war jetzt nicht die Zeit dafür. Die verdammten Idioten schoben die Barrikade schon wieder zu.

»Wartet!«, befahl der Sheriff, doch Mandoney stellte sich ihm in den Weg wie ein Stier dem roten Tuch.

»Sie bleiben hier, Sheriff«, grollte er, dass man den Boden unter den Füßen beben spüren konnte.

Eine weitere Missachtung, wenn möglich sogar noch gröber als die erste, doch Starski beschloss, großzügig darüber hinwegzusehen. Es stand zu viel auf dem Spiel hier. Väterlich legte er dem Deputy die Hand auf den Arm und zog ihn in gedämpftem Tonfall ins Vertrauen.

»Ich habe einen Plan, Mandoney, wie ich dieses

sich anbahnende, sinnlose Blutvergießen noch abwenden kann«, raunte er.

»Sie bleiben hier«, kam es grollend zurück.

»Ein dermaßen riskanter Plan, dass ich es nicht verantworten kann, jemand anders als mich selbst damit zu beauftragen.«

»Sie bleiben hier.«

»Wissen Sie eigentlich, welche Strafe auf Insubordination steht, Deputy?«

»Sie bleib...«

Whack!

Ropeman Jones gab das ausgeliehene Kantholz an die Barrikadenbauer zurück, während Mandoney der Länge nach in den Staub sank.

»Dann los«, befahl der Sheriff und er und Ropeman schwangen sich in die Sättel, durchquerten die Barrikaden und schlugen den Weg nach Westen ein, entlang der Bahngleise.

Vögel zwitscherten in der alten Eiche, Karnickel hoppelten am Rande der Lichtung, ein Feuer brannte, Bohnen mit Speck blubberten in einer Pfanne, die Kaffeekanne dampfte vor sich hin, Panchos Gitarre lag griffbereit neben ihm, und um ein Haar wäre ich draufgetreten, doch gerade da nahm er sie hoch und begann sie zu stimmen.

»Alles klargegangen?«, fragte Shits, der bequem auf seinem Sattel ruhte und Rauchringe blies. »Hast du alles gekriegt?«

Ich nickte.

»Wo hast du Toller Hund gelassen?«

»Der kommt nach.«

»Soll das heißen, er ist bei den *Schwarzfüßen* geblieben?«, fragte Bro Ho an einem Löffel Bohnen vorbei.

»Bei einer davon.«

Shits setzte sich ruckartig auf und riss sich das Hemd aus der Hose auf der Suche nach der Zigarettenglut, die ihm hineingefallen war.

»Na, da kann er von Glück sagen, wenn er an einem Stück entkommt«, meinte er und rieb sich Spucke auf die verbrannte Stelle.

Siouxsies zu lauter Spitzen gefeilte Zähne grinsten mich kurz aus dem Dunkel der Erinnerung an, doch ich schob das Bild beiseite.

»Ich glaube, das sind gar keine Kannibalen«, sagte ich und Aisha und ich nahmen Platz an Feuer, Pfanne, Kanne.

»Noch mal von vorn«, forderte Menden.

»Nein«, weigerte ich mich und fuhr mit meiner Rechtfertigung fort. »Man kann es doch unmöglich *mir* anlasten, wenn Ihre Behörde tatenlos mit ansieht, wie diese so genannte ›Bürgerwehr‹ die Containersiedlung der Immigranten abfackelt.«

»Tut doch auch keiner mehr«, entgegnete Menden. »Wir haben so viele andere Anklagepunkte gegen Sie vorbereitet, dass wir die Rädelsführerschaft bei den Krawallen einfach links liegen lassen können.«

»Als ob es dafür eine Rädelsführerschaft gebraucht hätte!« Ich wurde hitzig jetzt, was gar nicht ratsam ist im Umgang mit Menden. »Alles, was ich wollte, war, mitzubieten bei der Zwangsversteigerung meines Elternhauses«, fing ich mich. »Ganz legal.«

Hinter der Trennwand schnaubte es.

»›Ganz legal‹«, echote Menden. »Das muss man sich auf der Zunge zergehen lassen.«

»Ja«, bestätigte ich bockig.

»Und dafür ...«, Menden holte Schwung, »... dafür haben Sie die halbe Bolteroper Innenstadt und die Emscher-Auen bis runter an den Rhein verwüstet? Nur um *ganz legal mitbieten zu können bei der Versteigerung Ihres Elternhauses?*«

»Damit habe ich nichts zu tun«, behauptete ich. »Ich bin nämlich ...«

»Ah«, unterbrach er mich. »Endlich. Ich hab schon drauf gewartet.«

»... unschuldig wie ein ...«

»Geschenkt, Kryszinski. Erzählen Sie das dem Haftrichter.«

Gottverdammte Wilde, herzlose Bestien ohne Mitleid, taub für alle Argumente, das waren sie, die Schwarzfüße. Ohne Mitleid, ohne Anstand, ohne Achtung für die *Regeln.* Doch vor allem ohne Mitleid.

Smith nieste, und er konnte spüren, wie ihm die Augen tränten. Bald schon würden sie zuzuschwellen beginnen.

Bestien. Selbst sein Pferd hatten sie ihm schwarz eingefärbt.

»Ich bin doch kein *Spieler*!«, hatte er protestiert. »Und schon gar kein *Falsch*spieler! Ich bin ein ...« Da hatte er sich gerade noch bremsen können, aber es hätte eh keinen Unterschied mehr gemacht. In den flüssigen Teer hatten sie ihn getunkt, unter Johlen und Kreischen. Wie die ... Tiere.

Die Sonne brannte und Smith wurde es warm und wärmer unter der schwarzen Schicht. Kein

Schatten weit und breit. In welcher Richtung mochte wohl Buttercup liegen?

Smith sah sich um, solange er noch etwas sah. Sein Pferd unter ihm trottete gleichmütig durch die gesichtslose Ebene. Einzige Landmarke, die Smith ausmachen konnte, waren die schimmernden Gleise irgendwo zu seiner Linken. Wenn er doch wenigstens seine auf den Rücken gebundenen Hände befreien könnte … Zwecklos.

Dann hatten sie ihn wieder aus dem Fass gezogen und … Hatte er gefleht? Ja, musste Smith sich eingestehen und nieste erneut, er hatte.

»Das könnt ihr nicht tun«, hatte er geschrien, flehentlich, »das könnt ihr unmöglich machen«, hatte er gefleht, schreiend, anschreiend gegen das Gejohle und Gekreische, »ich bin doch …«, doch da hatten sie ihn schon hineingeschubst in den riesigen, stiebenden Haufen, »… ich bin doch *Allergiker*!«

»Aah, hier lässt es sich aushalten.« Pancho schob den Teller beiseite, streckte die Füße dem Feuer entgegen, schnappte sich einen Becher und goss sich einen großzügigen Schluck aus der Kanne ein. »Keine Schwarzfüße, kein Sheriff Starski mit seinem Lynchmob, keine mexikanischen Desperados, äh – bis auf eine«, er zog galant den Hut, nickte Aisha zu, die auf eine ganz leicht aufgelöste Art entzückend aussah, wie sie so am Fremden klebte, »aber vor allem keine Zombies. Von mir aus brauchen wir hier gar nicht mehr weg.«

»Fusel ist praktisch alle«, murrte Bro Ho und hielt eine fast leere Flasche ins Licht.

»Irgendwo hab ich noch 'ne Pulle«, versicherte der Barmann verträumt. Prüfend ließ er einen Fingernagel über die sechs Saiten streichen und vergrößerte dann die entstandene Disharmonie durch entschlossene Neujustierung.

»Und schon morgen Abend werden wir in Beau Rivage eine neue Destille einrichten«, versprach der Fremde. »Doch jetzt«, fuhr er fort und sein Blick fiel wie von allein in Aishas Ausschnitt, »sollten wir alle mal ein bisschen ... schlafen«, sagte er und schluckte.

»Meint ihr nicht auch, wir müssten eine Wache aufstellen?«, fragte Shits. »Ich trau dem Frieden nicht so recht.«

»Unsinn«, fand Pancho, hob seinen Becher zum Toast, »der Platz hier ist das am besten gehütete Geheimnis von ganz ...«, er nahm einen Schluck und sog dann geräuschvoll Luft ein, der Kanneninhalt war verdammt heiß, »... Norf Caroli...«, lallte er um das Gebräu auf seiner Zunge herum, als direkt hinter ihm ein Esel schrie und Pancho den Mundvoll in hohem Bogen ins Feuer spie, was die Flammen kurz dämpfte, ihnen anschließend aber eine hübsche, blaue Färbung verlieh.

Toller Hund kam um die Biegung des Baches geritten, zufrieden, wenn auch müde grinsend.

»Toller Hund ist natürlich *auch* eingeweiht«, erklärte Pancho, hustend.

»Alles klargegangen?«, fragte der Fremde den Scout, der sich ächzend aus dem Sattel gleiten ließ. Mit einem Nicken wollte er auf seine Packtaschen klopfen, überlegte es sich dann aber doch mitten in der Bewegung noch mal anders und streichelte sie stattdessen nur vorsichtig.

»Wisst ihr, dass sie uns ursprünglich bescheißen

wollte?«, fragte er in die Runde. »Ich musste das Zeugs hier praktisch aus ihr heraus …« Er suchte nach dem passenden Verb und löste gleichzeitig seinen Sattelgurt. Gähnte.

»Wenn es das ist, was ich denke, das es ist«, meldete sich Shits zu Wort, »dann sollten wir diese Packtaschen lieber möglichst weit weg vom Feuer verstauen.«

Toller Hund sah auf, nickte zustimmend, sah sich suchend um. »Kann eigentlich einer von euch mit dem Zeugs umgehen?«, fragte er leichthin.

»Ich!«, rief Aisha plötzlich in ein milde betretenes Schweigen hinein und sprang auf die Füße. Der Fremde sah überrascht zu ihr hoch. »Nur zu eurer Information«, sagte Aisha und alle starrten sie an. Wie immer. Wie die ganze Zeit schon. Nur öffentlich jetzt. Nicht heimlich, über einen Teller Bohnen, einen Becher verstärkten Kaffees, eine gluckernde Flasche hinweg. »Ich hatte genau den gleichen Plan wie ihr«, fuhr sie fort, »als mich dieser widerliche Deputy überraschte.« Sie schauderte. »Heute Nacht«, bestimmte sie dann, »komme ich mit euch!«

»Äh, sollten wir dann nicht …« Der Fremde wies hinüber zu einer diskreten kleinen Felsgruppe am Rande der Lichtung, wo er schon seinen Schecken geparkt hatte.

»Gleich«, meinte Aisha und führte zusammen mit Toller Hund den Esel mit den explosiven Packtaschen in die entgegengesetzte Richtung, in den Wald.

»Wir müssen heute Abend nämlich alle topfit sein …«, erinnerte sie der Fremde noch mal, goss sich dann resignierend einen Becher Gebräu ein.

Eine erschöpfte Ruhe legte sich über die Runde. Pancho versuchte sich an einem Akkord und die Vögel über ihnen stellten das Zwitschern ein.

Der Fremde stand hastig auf. »Ich werd dann schon mal die Decken ausbreiten«, verabschiedete er sich.

Pancho schlug die Saiten an und die Karnickel ringsum stoben in ihre Löcher.

»Irgendein bestimmtes Stück, das ihr hören möchtet?«, fragte er, gönnerhaft.

»Och«, machte Shits und zog sich den Hut mit einem Ruck bis über die Ohrläppchen, »*spiel doch einfach, was dir gefällt*«, rief er, streckte sich aus und drapierte die Decke eng um seinen Kopf.

»Genau«, fand auch Bro Ho, der mit einer Gabel in der Pfanne herumstocherte, bis er die beiden größten verbliebenen Bohnen isoliert hatte. »Von mir aus«, fuhr er fort und stopfte sie sich in die Ohren, *»kannst du sogar dabei singen!«*

Es ist erstaunlich, was für ein Maß an Toleranz, ja Leidensfähigkeit man seinem sozialen Umfeld abnötigen kann, wenn man im Besitz des letzten Restes der allseits bevorzugten Droge ist.

Doch es gibt Grenzen.

»Aber bitte«, rief Toller Hund aus dem Wäldchen, »bitte ohne ... ohne *Mundharmonika*!«

»Tss«, machte Pancho bedauernd, »leider ist sie für ein paar Stücke unverzichtbar.«

Und ein gequältes Stöhnen erhob sich über der Lichtung.

Aisha stöhnte. Ihr Atem ging schwer, ihre Wangen glühten. Trotzdem wand sie sich aus meiner Umarmung. Sie schien zu schmollen.

»Was ist?«, fragte ich leise und hob ihr Kinn. Ihre Unterlippe zitterte, als sie sprach.

»Sollten wir nicht lieber zuerst in die nächste Stadt reiten und –«

Ich verstand nicht genau, was sie sagte, weil der Schecke exakt diesen Moment nutzte, um sich wiehernd auf die Hinterbeine zu stellen.

»Mein Bruder bringt uns beide um, wenn er uns zusammen findet und wir noch nicht –« Wieder dieses wiehernde Aufbäumen, »– sind.«

»Baby«, beschwichtigte ich, »die nächste Stadt ist Buttercup. Und es ist die einzige Stadt. Dahin können wir aus nahe liegenden Gründen nicht. Noch nicht. Wir werden also das Risiko, äh, auf uns nehmen müssen.«

Aisha beugte sich vor, um unseren Schlafplatz zu inspizieren, und ich brauchte plötzlich eine ablenkende Beschäftigung für meine Hände. Kurz entschlossen warf ich ein weiteres Deckenbündel in die windgeschützte Mulde zwischen den großen, moosüberwachsenen Felsen, in größtmöglicher Distanz zur Feuerstelle, von wo, unterlegt mit Geschrammel und in Abständen zerrissen vom Aufplärren dieses blechernen Folterwerkzeugs »*... and the times, they are a-changing ...*« eiernd herübernäselte. Ich war, äh, müde. Irgendwie.

»Das war Burns' Idee gewesen, nicht meine«, verteidigte sich Ropeman ohne wirkliches Interesse. Die Ebene flirrte, Fliegen umsummten sie träge, langsam und mit hängenden Köpfen folgten die beiden Pferde dem vorgegebenen Weg entlang der Gleise.

»Das ist mir scheißegal«, schäumte der Sheriff. »Ihr wart alle vier dabei und deshalb wirst du mir aus diesem Schlamassel helfen, und basta!«

Das fehlte noch, dass seine Wiederwahl zum Ortssheriff an der Abwesenheit von Ortschaft wie Wählerschaft scheiterte.

»Was soll'n wir denn machen, jetzt?«, fragte Ropeman und spuckte in den Sand. »Abgefackelt ist abgefackelt. Warum besorgst du den Mexen nicht einfach 'nen Wiederaufbau-Kredit? Thyssons Safe kracht doch in den Nähten vor Kohle.«

»Das ist nicht ›Thyssons Safe‹«, korrigierte der Sheriff. »Der gehört der Buttercup Savings and Loans, also den Bürgern der Stadt.«

Für einen Moment hielt einer den Blick des anderen in einem kurzen, zähen Kampf darum, wer zuerst herausplatzt. Dann blickten sie abrupt woanders hin und schnieften.

»Außerdem habe ich eine noch viel bessere Idee«, kündigte der Sheriff an. »Was wir machen, ist, wir gehen hin und liefern den Mexen einen Sündenbock! Und zwar frei Haus! Damit schlagen wir zwei Fliegen mit einer Klappe.«

»Wen denn? Doch nicht etwa den Fremden?« Ropemans Tonfall signalisierte Skepsis zu jeder Art von Plan, der ihn und die anderen Jones um das Kopfgeld bringen könnte.

»Nein, nein, nein«, murmelte Starski verträumt und beugte sich im Sattel zu Ropeman hinüber, als ob er besorgt wäre, jemand könnte mithören. »Wir fangen einen Schwarzfuß«, raunte er. »Fesseln, knebeln ihn, behängen ihn hiermit«, der Sheriff deutete auf ein paar mit Lappen verstopfte Flaschen, die er Burns abgenommen hatte und die nun von seinem Sattelknauf baumelten, »und setzen ihn in der Mexen-Siedlung aus. Oder in dem, was ihr davon übrig gelassen habt.«

Starski strahlte, doch Ropeman schüttelte nur den Kopf.

»Vergiss es, Sheriff«, maulte er. »Diese Schwarzen Hunde reiten nie allein, die sind immer nur in ganzen Meuten unterwegs, und so einer möchte ich nicht …«

Ropeman Jones ließ den Satz verebben und folgte dem starren Blick unter gerunzelten Brauen hervor, mit dem der Sheriff die Gestalt eines einsamen Reiters in der Distanz vor ihnen fixierte.

»Und was ist das da?«, fragte Starski triumphierend.

Schwarzes Pferd, schwarzer Reiter, und zwar vom Kopf bis zu den, tja, Füßen, wenn auch eingehüllt in so was wie ein reichlich seltsames Federkleid. Aber für solche modischen Extravaganzen sind sie ja bekannt, die Schwarzfüße.

Ropeman griff zu seinem Lasso.

»Du von links, Sheriff«, raunte er und trieb sein Pferd an, »und ich von hinten!«

Nicht hier. Nicht jetzt. Nicht von links, nicht von rechts, nicht von vorn und nicht von hinten. Das hatte ich ja schon öfter mal zu hören gekriegt. Nicht vor der Ehe, auch.

Der Unterschied war, diese hier meinte es ernst.

Sie hatte eine Art, nein zu sagen, die einem *Wamms* vor den Kopf knallte wie eine zuschlagende Tür.

Ich versuchte es mit Vernunft: »Hey, Aisha, du

weißt, dass ich dich liebe. Damit ist es doch nun wirklich nur noch eine Formalität und deshalb scheißegal, ob wir nun heute oder morgen –«, ich ließ den Schecken wiehern und sprach es dann aus, »heiraten.«

Oder, so gesehen, übermorgen. Oder wann auch immer.

»Nein!« *Wamms!*

»Und, Baby, ich habe keine Ahnung, was Pancho neuerdings in seinen Kaffee rührt, aber es, äh, ist die Härte. Möchtest du mal fühlen?«

»Nein!« *Wamms!*

»Und wenn ich dich hier ...«

»Nein!« *Wamms!*

»Oder hier ...«

»Nein!« *Wamms!*

»Und was ist, wenn ich mich über dich knie und ...«

»Nein!« *Wamms!*

»Oder du könntest mit ...«

»Nein!« *Wamms!*

Nachdenklich zog ich mir die Stiefel aus und überdachte gleichzeitig die drei klassischen Methoden der Verführung. Überredung zog nicht, vom letzten Mittel der Gewalt habe ich noch nie viel gehalten, also würde ich eine *List* ersinnen müssen. Und zwar flott.

»Hey, da fällt mir etwas ein!«, frohlockte ich in dem übertrieben munteren Tonfall von jemandem, der zum Lügen nicht geboren, aber verzweifelt genug ist, es trotzdem zu probieren.

»Bro Ho! Dass ich da nicht früher dran gedacht habe! Ha!« Ich lachte triumphierend. Es klang ein wenig hohl, selbst in meinen Ohren. »Bro Ho ist doch Prediger! Oder gewesen. Oder hat sich als einer –«

Löst die Zunge, Panchos Brause. Ich biss mir kurz drauf und machte dann mit der gleichen künstlichen Begeisterung weiter.

»Der wird uns trauen, hier und jetzt und pronto, und anschließend können wir direkt …«

»Nein!« *Wamms!* Und sie drehte mir den Rücken zu. Die kalte, die sprichwörtliche Schulter. »Ich will keinen hergelaufenen, ungewaschenen, angesoffenen Wanderprediger. Ich will einen richtigen, echten Priester, einen römisch-katholischen und eine richtige Kirche und eine offene, blumengeschmückte Kutsche und ein weißes Brautkleid mit langer, seidener Schleppe und einem Schleier aus weißer Spitze vor dem Gesicht und Orgelmusik und Trauzeugen und Brautjungfern und goldene Ringe und Reis und so einen kleinen Blumenstrauß zum Werfen und …«

Eijeijei, dachte ich und ließ sie einfach weiterreden. Shits rief nach mir und ich erhob mich ächzend. Das erste Mal in meinem Leben brachte ich ein gewisses Verständnis auf für das, was man sich von Schafzüchtern so erzählt.

»… und du weißt, dass ich dir immer schon gepredigt habe, die Zurückhaltenden, das sind die wahren Tiere, und ich kann dir sagen …« Willy wirkte zittrig, fahrig, übermüdet, schlaff. Und gleichzeitig irgendwie … *satt.*

»… die ganze, gottverdammte Nacht lang hat sie mich beackert, Kristof, selbst als ich schon längst nicht mehr wollte, oder konnte, da hat sie mich *angefleht,* Kristof, glaub mir, sie hat drum gebettelt, weiterzumachen, ich musste das erste Mal in meinem Leben Viagra nehmen, und sie wollte es von vorne und von hinten, von oben und von unten, von links und von rechts, sie wollte alles machen, *alles*, sag ich dir und das, obwohl sie erst so kühl getan hat, richtig hochnäsig, doch kaum dass ich ihn aus der Hose und in ihr drin hatte, war die Wandlung vollk...«

»Heckhoff!« Mendens Stimme war scharf, kalt und schneidend wie ein Skalpell. »Noch *ein* Wort von Ihnen, nur ein einziges Wort noch, und Sie können Ihren Erschöpfungszustand die nächsten achtundvierzig Stunden in einer abgedunkelten Ausnüchterungszelle kurieren!«

Ich seufzte dankbar. Irgendwie hatte ich selber den Stiefel nicht in die Tür gekriegt, wie man so sagt.

Willy sah mich etwas perplex an.

»Du hast es gehört«, sagte ich.

»Ja, aber ...«

»Besser, du gehst jetzt«, riet ich ihm.

Eijeijei, dachte ich. Das macht es nicht besser.

Im sanften Halbschatten der Baumkronen stand eine ranke Gestalt in hellen, eng sitzenden Reithosen und -stiefeln, eine karierte Bluse über dem Nabel zusammengeknotet und das goldblonde Haar straff nach hinten gekämmt in einen wippenden Pferdeschwanz. Sie sah mir mit gesenktem Kopf und weit offenen Augen entgegen.

Damit hatte ich nicht gerechnet, als Shits nach mir rief, das sag ich ganz ehrlich. Ich ließ mein ziemlich langes Hemd einfach aus der Hose hängen, hoffte aufs Beste und versuchte, mich zwanglos zu geben.

»Du erkennst mich wieder, nicht wahr?«, begrüßte sie mich.

Ich nickte. Der blonde Engel mit dem festen Griff ... Ich trat von einem nackten Fuß auf den anderen.

»Ich bin Eva Thysson.«

Wieder nickte ich. Richards Tochter. Scheiße, schoss es mir durch den Kopf, wenn *sie* dieses Versteck hier kennt, dann ...

»Sag das noch mal«, fuhr Shits Pancho an, dem bei Eva Thyssons Auftauchen drei Saiten gerissen waren, »das mit dem am besten gehüteten Geheimnis von ganz –«

»Seid unbesorgt«, unterbrach ihn Eva. »Nur ich weiß von dem Weg hier hinein. Dies ist der einzige Ort auf Erden, wo ich nicht von meinem Vater und meiner Stiefmutter kontrolliert werde wie eine ... eine ... eine *Gefangene*!«

Aufschluchzend warf sie sich mir an die Brust.

Eijeijei, dachte ich. Was geht denn hier ab?

»Tag und Nacht spionieren sie hinter mir her, bedrohen jeden, der mir nahe kommt, öffnen meine Post und lesen mein Tagebuch und lassen mich nicht ... atmen.« Schniefend wischte sie mir ein bisschen Rotz ans Hemd. »Dabei ist alles, was ich mir wünsche, wonach ich mich sehne, nichts anderes als nur ein wenig ...«, sie sah hoch zu mir mit großen, feuchten Augen, »... Liebe«, hauchte sie.

So ein *Schwachsinn*, dachte Mandoney und hieb sich ungeachtet der Kopfschmerzen die Faust vor die Stirn. So ein Schwachsinn, Sicherheit und Recht und Ordnung aufrechterhalten zu wollen in einem Nest, dessen Wirtschaft, Verwaltung und Justiz bis auf die Knochen korrupt sind. Was wir brauchen, dachte er und humpelte die Reihen der Barrikaden ab, sah zu, dass die nach dem Katanga-Debakel eher kläglichen Reste an Waffen und Munition möglichst gleichmäßig verteilt wurden, was wir brauchen, dachte er weiter, ist ein richtiger Regen. Einer, der diesen ganzen Abschaum aus den Ämtern spült, die Straße hinunter, raus aus dem Ort und hinein in dieses verdammte Klärbecken. Und von da dann weiter bis ins Meer.

»Hey, Mandoney«, rief einer der Männer, »komm doch mal her!« Er deutete auf ein einsames Pferd, das gleichmütig nickend aus der flirrenden Ebene auf sie zugeschritten kam.

Mandoney trat an die Barrikade, zog sich hinauf.

»Sieht aus wie einer von euren Gäulen«, beobachtete jemand.

Mandoney kraxelte über die Straßensperre, ließ sich hinab und griff dem Pferd an den Zügel, brachte es zum Stehen. Es war tatsächlich eines aus dem Fundus des Sheriffs. Wenn auch verdammt schwarz. Und war, wie eine kurze Untersuchung von Sattel und Steigbügeln ergab, zuletzt von Smith geritten worden.

Es ist immer ein bedrückendes Gefühl, wenn ein Pferd mit leerem Sattel zurückkehrt. Immer eine Art von Vorahnung schlechter Nachrichten. Selbst wenn der Reiter Smith gewesen war.

Ich möchte wissen, was da draußen los ist, dachte Mandoney.

»Jetzt hört doch mal zu!« Sheriff Starski hielt seinen weißen Hut mithilfe seines Gewehres in die Luft und schwenkte ihn, während ihm die Steine nur so um die Ohren flogen. »Ich komme in friedlicher Absicht!« Höhnisches Gelächter und noch mehr Steine antworteten ihm. Ropeman Jones hatte sich wohlweislich schon ein paar Meilen vorher abgesetzt und es Starski überlassen, den geknebelten und seltsamerweise schon gefesselten Schwarzfuß alleine bis vor die Tore der immer noch qualmenden Mexikaner-Siedlung zu schleifen.

»Ich habe große Neuigkeiten für euch!« Mehr Steine.

Okay, sagte sich Starski, die Stimmung ist prächtig aufgeheizt. Noch ein kleiner Funke und sie gehen hin und verwickeln die verdammten Schwarzfüße in ein richtiges Gemetzel.

»Das Sheriffbüro von Buttercup hat keine Mühen gescheut, den Schuldigen für diese schändliche Brandstiftung zu jagen, zu fassen und zu überführen. Ich denke mal, es wird niemanden hier sonderlich überraschen, dass der Mordbrenner ausgerechnet aus den Reihen eurer Nachbarn kommt. Aus Katanga, um genau zu sein. Und hier ist er. Seht ihn euch an!«

Starski riss das Lasso in die Höhe und damit den Gefangenen auf die Füße. Das meilenweite Schleifen durch den Sand war keine so gute Idee gewesen, wie ihm jetzt aufging. Sehr viel, ja so gesehen *viel* zu viel der stammestypischen Schwärze war dabei auf der Strecke geblieben, samt exzentrischem Federkleid. Dafür zeigte der Gefangene jetzt plötzlich eine erstaunliche Ähnlichkeit, eine Ähnlichkeit mit …

»Äh, da scheint es eine kleine Verwechslung gegeben zu haben«, rief Sheriff Starski hastig. »Das hier ist natürlich *nicht* der Mordbrenner, sondern mein treuer Deputy Smith ...« Und im sich verdichtenden Hagel aus Wurfgeschossen ging Starski auf, dass er obendrein auch noch vergessen hatte, die verräterischen, mit Lappen verschlossenen Flaschen vom Sattelknauf ab- und dem Gefangenen umzuhängen.

Erste Schüsse fielen und Starski fand sich in gestrecktem Galopp wieder.

Pfeile schwirrten. Bürgermeister Thysson stand auf dem Kutschbock, peitschte die Pferde in einen gestreckten Galopp und verfluchte sich dafür, ohne Begleitschutz losgezogen zu sein.

»Sie holen auf! Richard, so tu doch etwas!« Gattin Geneviève blickte zurück auf die heulenden schwarzen Gestalten auf ihren knurrenden schwarzen Ponys und geriet in Panik.

»So tu doch etwas!«, kreischte sie.

Richard Thysson, in der einen Hand die Zügel von gleich vier Zugpferden, in der anderen eine lange Peitsche, stand schwankend auf wild schlingerndem Gefährt und schenkte seiner Gattin einen schwer genervten Blick.

»Wir müssen Ballast abwerfen!«, kreischte sie und krabbelte nach hinten in den Planwagen.

O ja, dachte ihr Mann. Am besten ein paar von den Schrankkoffern voll sündhaft teurer Klamotten, die du allesamt nur ein einziges Mal getragen hast. Oder ein paar von den krummbeinigen Möbeln, für deren Anschaffung ich das Eisenbahnprojekt durchpeitschen musste.

Doch als er einen Blick über die Schulter wagte und ganze Wolken von brisantem Aktenmaterial durch die Luft wirbeln sah, ging ihm auf, dass er sie hätte besser kennen müssen.

Schüsse fielen und ich schreckte hoch. Als ich mich ablegte, waren sie noch munter dabei gewesen, sich gegenseitig anzukreischen. Niemals hätte ich gedacht, dass das in einen Schusswechsel ausarten könnte.

Mehr Schüsse. Von überall her. Da war etwas Ernsteres im Gange als ein Zickenduell. Shits schrie nach mir. Also, auf die Füße und ... erst mal die Stiefel ausschütteln.

Pulver kann ringsum explodieren, Blei durch die Lüfte pfeifen, die beiden schönsten Frauen, die du je gesehen hast, können vor deinen Augen einander an den Haaren und ... *Kleidern* ... herumzerren (Hossa, da war er wieder; besser, ich stopfte das Hemd erst gar nicht in den Gürtel) – im Westen schüttelst du nach dem Aufwachen erst mal deine Stiefel aus, bevor du sie überziehst, oder du hast gute Chancen, nur wenig später mit Schaum vor dem Mund deinen Kumpels beim Scharren eines flachen Grabes zuschauen zu dürfen. Mit all den Schlangen und Skorpionen und Giftspinnen hier ist nicht zu spaßen.

So, Stiefel an. Blick in die Runde. Bro Ho und Shits hockten geduckt, hielten ihre Waffen und blickten verwirrt um sich. Kugeln pfiffen aus allen Richtungen, jedoch allesamt in einiger Höhe über uns hinweg. Pancho beruhigte die Pferde, die wiehernd und tänzelnd auf die wilde Schießerei jenseits der Dornbüsche reagierten.

Toller Hund, fiel mir auf, war nirgendwo zu sehen.

Eva und Aisha waren, unerreichbar selbst für ballistische Ablenkungen von außen, bei einer Art Patt-Situation angelangt. Schwer atmend hatte sich jede in das Haar der anderen verkrallt. Die Blusen in Fetzen, knieten sie einander gegenüber, blond gegen schwarz, Schenkel gegen Schenkel, so dass eine auf dem Bein der anderen ritt, fauchend und spuckend, während ihre vom Kampf erregten Brüste und flammenden Lippen sich unaufhaltsam näher und näher kamen, je energischer beide unter keuchender Anstrengung am Haar der Gegnerin zogen ...

Ich ging rüber zu der Felsgruppe, drehte den anderen den Rücken zu, holte ihn raus, legte ihn auf das kühle Gestein, biss die Zähne zusammen und briet ihm eins mit dem Revolverknauf über. Der plötzliche, intensive Schmerz fuhr mir wie ein Blitzschlag in die Knochen. Schaudernd nahm ich meinen ganzen Mut zusammen und sah an mir herunter. Ein langer, scharf gezackter Riss entstand, dazu knackte es vernehmlich, schließlich knirschte es, aus dem einen Riss wurden hundert, und direkt vor meinen ungläubigen Augen zerbröselte der Felsen und fiel zu einem Haufen Schotter in sich zusammen.

So geht es nicht weiter, dachte ich.

»Beide Arme!« Das ganze Bett knackte und knirschte, als Karen sich vorsichtig darauf niederließ. »Frakturen an *beiden* Armen«, stellte sie halb mitleidig, andererseits aber auch, wollte mir scheinen, halb belustigt fest.

Physiotherapeutin Karen, ehe ich das zu erwähnen vergesse. Rotblond mit haselnussbraunen, ganz leicht schräg geschnittenen Augen. Exotische Kombination.

»Beide Arme geschient, und dann auch noch beide in Extensionen«, meinte sie mit einem Blick auf die beiden kranähnlichen Gebilde, in denen meine Greifer seit der Einlieferung ununterbrochen und unverrückbar festhingen, »und genauso das linke Bein. Das macht einen Mann recht ... unselbständig, oder nicht?«

Sie trug ihren ärmellosen weißen Kittel offen und ihr knappes, rotes T-Shirt darunter bauchfrei.

Seit dem kalten Entzug damals im Knast von Wuppertal hatte ich nicht mehr solch ein Sehnen verspürt.

»Es lässt den Wunsch nach Massage ins Unermessliche wachsen«, rang ich mir krächzend ab.

Sie nickte verständnisvoll und in etwas, das ich ›bemühten Ernst‹ nennen möchte, und senkte den Blick.

»Schwellung, Hitze, Rötung, Schmerz«, beobachtete sie. »Da werden wir mit Massage nicht weit kommen. Das müssen wir erst mal kühlen.« Und sie legte eine prüfende Hand sachte auf mein geschwollenes, heißes und gerötetes, schmerzendes und über einem zackigen Riss vernähtes, linkes Knie.

Ich zitterte unter ihrer Berührung, und ich glaube, ich stöhnte auf wie ein Bär beim ersten Schiss nach dem Winterschlaf.

»Am besten, wir fangen sofort damit an«, fand sie, erhob sich anmutig und ging. Ihr Gang war federleicht, tänzerisch.

Zwei Minuten später kam sie mit einem Kühlpack zurück, das sie mir ungeheuer sachte auf das glühende Knie packte.

»Ah, eh ich's vergesse«, plapperte sie munter. »Morgen früh werden die Extensionen abgebaut, und direkt im Anschluss können wir dann damit beginnen, wieder etwas Geschmeidigkeit in …«, sie suchte und hielt meinen Blick, »… all die steif gewordenen Glieder zu massieren.«

Sie verbiss sich ein Lachen, löste den Augenkontakt und fing an, eine Mullbinde um Kühlpack und Knie zu wickeln.

Ich beobachtete ihre Arme, ihre Hände, die wie ihre ganze Figur sonnengebräunt und straff und muskulös daherkamen wie die einer Go-go-Tänzerin, die Art von Muskulatur, die auf Freude an der Bewegung, auf hohe Ausdauer, ja Unermüdlichkeit schließen lässt …

»Also«, wandte sie sich, fertig mit Wickeln, zum Gehen, warf aber noch einen Blick über die Schulter zurück, einen haselnussbraunen Blick unter halb gesenkten, ganz leicht schräg geschnittenen Lidern und dichten, dunkel getuschten Wimpern hervor, »bis morgen früh dann.« Damit war sie weg und ich würgte an etwas von Format und Textur eines Tennisballs herum. Vor mir erstreckte sich eine komplett neue Dimension von Ewigkeit.

Eine Nacht, eine ganze Nacht noch …

Alban Adango, besser bekannt als El Lobo, trat vor. Alles Schießen erstarb.

»Könntest du das noch mal wiederholen«, knurrte Shits verhalten und ließ seinen Revolver zu Boden gleiten, hob die Hände, »das mit dem am besten gehüteten Geheimnis von ganz –«

»Ja, nun. Vom Einsatz von Macheten war ja nie die Rede gewesen«, verteidigte sich Pancho und legte ebenfalls seine Waffe weg.

Aisha und Eva hatten endlich voneinander abgelassen und wir alle starrten dem mexikanischen Banditenführer entgegen.

Hinter El Lobo betrat ein Haufen mit scharfen Klingen, scharfen Waffen und mindestens ebenso scharfen Schnurrbärten bestückter, mies dreinblickender Desperados die Szene.

»Wer von euch ist der Gringo, den sie ›Der Fremde‹ nennen?«, brüllte El Lobo mit einer Wut, dass ich mich in den Boden sinken spürte, buchstäblich, horizontal und von Würmern benagt.

»Ich zähle bis drei«, bellte er und spannte den Hahn seines Revolvers, den er dem irgendwo im Wäldchen aufgegabelten, an den Haaren gepackten und auf die Knie gezwungenen Toller Hund ans Genick hielt.

Ich warte bis zwei, dachte ich. Oder bis zweieinhalb. Vielleicht passierte ja noch ein Wunder.

»Eins ...«

Erst mal jedoch nicht.

»Zwei ...«

»O nein, bitte, *bitte* tu ihm nichts!« Aufschluchzend warf sich Aisha ihrem Bruder zu Füßen. »Er hat doch nichts getan! Bitte«, flehte sie, »lass ihn laufen! Lass ihn am Leben! Es ist ... es ist ... allein meine Schuld!«

Es war rührend anzuschauen, rührend anzuhören, und ich gestehe, ich musste die eine oder andere Träne wegbeißen.

»Der Fremde ist ...«, schluchzte sie und zeigte, zu meiner nicht geringen Verblüffung, mit gerecktem Arm und Finger direkt auf mich, »... der da!«

Richard Thysson steuerte den Planwagen auf zwei Rädern in der Auffahrt der Beau-Rivage-Ranch, wo ihn die Gebrüder Jones und ein Haufen Helfer schon erwarteten.

»Schießt! So schießt doch!«, brüllte er und brachte die Fuhre schlingernd zum Stehen. »So schießt doch endlich!«

Foreman Jones nickte gravitätisch, trat nahe an den Kutschbock und sagte mit entnervender Ruhe: »Wenn Sie mir kurz verraten könnten, worauf, Boss?«

Thysson sah zurück auf die Straße. Ein paar in den sich setzenden Resten der Staubfahne herumwirbelnde Aktenblätter war alles, was an Bewegung zu sehen war. Und das hysterische Kreischen von Gattin Geneviève, die weiterhin sämtliche Gegenstände, die nicht gerade ihr gehörten, hinten vom parkenden Planwagen herunterkippte, war alles, was noch zu hören war.

»Hol mal einer Eva. Sie soll ihre Stiefmutter beruhigen.«

Niemand rührte sich.

»Seid ihr taub? Ich hab gesagt ...« Thysson brach ab.

»Wo *ist* Eva?«, fragte er.

Sie verzogen sich, Aisha mit ihnen, und ich warf Pancho einen Blick zu, der ihn den Korken mit nie gesehenem Schwung aus der letzten Flasche rupfen ließ. Im nächsten Augenblick hatte ich sie am Hals und senkrecht gestellt.

Das ringförmige Mal auf meiner Stirn brannte wie Feuer. Es war die Stelle, gegen die Alban Adango seine Revolvermündung gepresst hatte.

»Gib mir *einen* Grund, Gringo, warum ich dich nicht töten sollte!« Das waren seine begleitenden Worte gewesen und sie hatten meine Fantasie zum Sprudeln gebracht wie Badesalz. Auch wenn dieser Vergleich der Dramatik der Situation jetzt nicht ganz gerecht wird.

»Weil ich dir sagen kann, wer eure Siedlung in Brand gesteckt hat«, antwortete ich mit einer vorgeschobenen Coolness, wie man sie selbst in sechs Monaten Lee Strasberg nicht lernen könnte.

Albans schwarze Augen funkelten tückisch.

»Du sagst es mir«, er zuckte die Achseln, »und dann töte ich dich trotzdem.«

»In dem Fall sag ich's nicht.«

Er dachte tatsächlich nach jetzt.

»Also gut. Sag's mir.«

»Und du lässt mich am Leben?«

»Hm. Vielleicht.«

»Für ein ›Vielleicht‹ rücke ich gar nichts raus.«

Er dachte wieder nach und das Herumkauen auf einem Ende seines schwarzen Schnäuzers schien ihm dabei zu helfen.

»Okay. Du sagst mir, wer unsere Siedlung angesteckt hat, und ich lasse dich am Leben.«

»Da hab ich dein Wort drauf?«

El Lobo wand sich ein bisschen, sah sich um. Mindestens ein Dutzend seiner Leute umstand uns. Galgenstricke, Halsabschneider, Meuchelmörder jeder Einzelne von ihnen, doch ein Wort ist ein Wort. Da kennen sie nix, die Mexe.

»Ja«, rang ihr Anführer sich schließlich ab. »Du hast mein Wort.«

Ich holte tief Luft für die vielleicht wichtigste Aussage meines ganzen Lebens.

»Ich schneid dir nur die Eier ab«, brach es da aus Alban heraus, zur enormen Belustigung seiner Bande, und so ist das dann noch eine ganze, gottverdammte Ewigkeit lang weiter hin und her gegangen.

Ich setzte die Flasche ab, keuchte. Das Mal auf meiner Stirn fühlte sich an, als ob es für immer bleiben wollte. Wie ein Brandzeichen.

Eva glitt an meine Seite.

»Sei froh, dass sie fort ist«, meinte sie.

Doch ich war im Moment nicht in der Verfassung für Diversifikation. Ich war froh, einfach nur froh. Über alles. Alles auf einmal. So froh.

Ich schnippte mit dem Finger und Bro Ho goss mir einen Becher des verstärkten Kaffees ein.

»Nimm ersmal einen!«, brüllte er mich an.

Ich pustete, nippte, pustete und nippte noch mal, und jede Zelle meines Körpers schlug einen kleinen Salto rückwärts.

»Was habt ihr jetzt vor?«, wollte Eva wissen.

Ich blickte hoch gen Himmel. Die Dämmerung setzte ein. Die Zeit war gekommen.

»Wir reiten nach Buttercup und sprengen ein Loch in den Safe deines Vaters!«, rief ich und warf meinen Hut in die Luft. »Und dann stopfen wir uns die Taschen voll, und nichts und niemand wird uns aufhalten können!« Und ich lachte wie toll und wartete auf den Jubel meiner Mitstreiter, doch die schnüffelten nur. Blickten um sich und schnüffelten.

»Äh, was riecht'n hier so?«, bölkte Bro Ho.

»Riechst du das auch?«, fragte Pancho und da roch ich es auch.

»Rauch«, stellte ich mit einer Verwunderung fest, die ans Traumhafte grenzte.

»Ah, verdammt!« Die Tagschwester hatte sich das Haar x-mal aus dem Gesicht gestrichen, doch es wollte und wollte nicht hinter ihren Ohren halten, und jetzt verlor sie die Geduld damit und zwang die blonde Pracht in einen von einem Haargummi gehaltenen Pferdeschwanz.

»Ich hatte mich schon gewundert«, kommentierte ich vertraulich, »Sie mit offenem Haar?«

»Ach, ich dachte, ich versuch's mal«, meinte sie, errötete in den Wangen und lächelte schüchtern, was ihre Grübchen zum Vorschein brachte.

Hossa, dachte ich. Sie war doch sonst so spröde. Und sie hatte es nicht nur mit offen getragenem Haar versucht, fiel mir auf, sondern auch mit Make-up, mit Chanels Fünfer, wenn mich mein Zinken nicht trog, mit drei, nein, vier offenen Knöpfen an ihrer allerdings weiterhin gestärkten und gebügelten Bluse. Trotzdem …

»Sie wirken verändert«, beobachtete ich, als sie sich mit elegant übereinander geschlagenen Beinen neben mir auf einem Hocker niederließ und begann, meine Verschraubungen am Bein zu desinfizieren.

Sie nickte und strahlte kurz auf, bevor ihre Augen zu schwimmen begannen. Verlegen tupfte sie daran herum.

Hossa, dachte ich. Was ist denn mit ihr?

»Irgendetwas, das Sie mir erzählen möchten?«, fragte ich im Tonfall eines vor Verständnis schwangeren Beichtvaters.

Sie schüttelte den Kopf, lächelte und zog kurz die Nase hoch, an der ein Tränchen heruntergekullert war.

»Da gibt's nicht's«, behauptete sie. »Ich könnte es auch gar nicht in Worte fassen.« Lächelnd, tränend, schniefend machte sie sich mit Mull und Sprühflasche an meinen Schrauben zu schaffen. »Und es ist auch nichts ... nichts *Festes*. Ich meine, wir passen überhaupt nicht zusammen. Er ist auch eigentlich überhaupt nicht attraktiv, aber ...« Sie seufzte, tief und dankbar. »Können Sie sich vorstellen, wie es ist, wenn man über Jahre und Jahre gedacht hat, man hätte, man hätte ... keine Empfindungen? Und dann, eines Tages, stellt sich plötzlich heraus, dass man bis dato einfach nur unfähige Liebhaber gehabt hat ... Können Sie das?«

»Nicht wirklich«, antwortete ich nach einer Pause und klang irgendwie spröde dabei.

»Burns! Schluss jetzt!« Der Rauch der brennenden Brombeerbüsche stieg in dichten Wolken auf und verwehrte einem jeden Blick auf das Geschehen dahinter. Ganz so spektakulär hatte Richard Thysson sich das nicht vorgestellt.

»Auf dem Poster steht ›Totoder‹«, entgegnete Burns und wollte gerade einen weiteren Lappen in Brand setzen, als eine vorbeireisende Kugel der dazugehörenden Flasche den physikalischen Zusammenhalt raubte.

»Man sollte niemals«, rief Sheriff Starski, nachdem der Knall verhallt war, und nahm sein Gewehr von der Schulter, »vergessen, wer hier die Musik bezahlt.« Und er stieß zu ihnen auf einem schweißnassen, schäumenden Pferd. Richard Thysson, Dickie Thysson, die vier Jones und eine Hand voll von Helfern mit Namen wie Bob, Joe, Bill oder Walt sahen ihm entgegen. Ihm und dem fast zuschanden gerittenen Gaul.

»Ich hatte es eilig«, erklärte Starski, selber mehr als nur ein bisschen verschwitzt, »herzukommen. Dachte, ich würde gebraucht. Also, Leute, was liegt an?«

»Wir vermuten, dass der Totoder sich hier verschanzt hat«, meinte Ropeman und spuckte aus.

»Der Fremde? Also dann«, rief der Sheriff fröhlich, »räuchern wir ihn aus! Oder was spricht dagegen?«, wandte er sich an Richard Thysson.

»Ich habe Grund zu der Annahme«, formulierte der Bürgermeister gegen spürbaren inneren Widerstand an, »dass sich auch meine Tochter hinter diesem Dickicht befindet.«

»Ihre Tochter? Zusammen mit dem Fremden?«, sprach Starski aus, was Thyssons innere Widerstände drinbehalten hatten. »Nun, das ändert die Sachlage natürlich.«

»Außerdem will ich sein Pferd«, meldete sich Dickie quengelnd zu Wort.

»Scheiße, das Dynamit!«, entfuhr es Toller Hund. »Wenn die Flammen auf das Wäldchen übergreifen, fliegt uns hier alles um die Ohren!«

»Fremder, komm raus oder wir grillen dich«, tönte ein öliger Bariton.

»Scheiße, der Sheriff«, entfuhr es Pancho. »Wenn der uns zu fassen kriegt, dann aber gute Nacht allerseits.«

»Eva, bist du da drin?«

»Scheiße, mein Vater!«, entfuhr es Eva. »Wenn der mich mit dir zusammen erwischt, lässt er mich auspeitschen! Bis aufs Blut!« Und sie schmiegte sich so eng es nur ging an mich. Als ob sie es kaum erwarten könnte, die Peitsche zu schmecken zu kriegen.

Ich bereute kurz, dass ich meinen Schecken ohne Gerte ritt, sonst hätten wir hier an Ort und Stelle schon mal ein wenig üben können ... Doch dann brachte die Frage, was ein Vater, der willens war, seine eigene Tochter bis aufs Blut zu peitschen, wohl mit ihrem, tja, putativen Stecher anstellen würde, eine gewisse Ablenkung mit sich.

»Könntest du das vielleicht noch mal wiederholen«, bat Shits Pancho mit einigem Sarkasmus, »das mit dem am besten gehüteten Geheimnis von ganz North Carolina?«

»Boah, was fürn Rauch!«, bölkte Bro Ho. *»Was ist denn eigentlich los?«*

»Thysson und Starski und weiß der Schinder wer noch versuchen uns auszuräuchern«, antwortete Toller Hund.

»Boah, was ist denn eigentlich los?«

»Hör auf, hier so rumzubrüllen!«, rief Shits. »Sag mir lieber, wie wir hier rauskommen!«

»Boah, warum sagt mir denn keiner, was –«

Kloinnggg! machte die Schaufel, Bro Ho schüttelte den Kopf und zwei Bohnen flogen links und rechts heraus.

»... hier los ist?«, führte er seine Frage zu Ende.

Shits legte die Schaufel beiseite und klärte ihn kurz und knapp auf.

»Warum hauen wir nicht den Weg hinunter ab, den die Mexe ins Gestrüpp gehackt haben?«, schlug Bro Ho daraufhin vor.

Wir alle sahen uns reihum an, und die Frage, warum wir da nicht eher drauf gekommen waren, stand kurz im Raum. Bis Toller Hund die Hand hob. »Schon mal Karnickel ausgeräuchert?«, fragte er nüchtern und rhetorisch. »Man macht das Feuer an *einem* Ende des Baus«, erklärte er dann, und mit resignativem Nicken gaben wir ihm zu verstehen, dass er das Thema nicht weiter auszuführen brauchte.

»Also«, entschied Shits und schnappte sich sein Gewehr, riss eine Munitionsschachtel auf und sah sich nach Deckung um. »Wenn wir nicht verduften können, werden wir unsere Haut so teuer wie nur möglich verkaufen!«

Und wie auf Kommando kamen, zusammen mit den Funken, Kugeln durch den Rauch geflogen.

»Bleib hier!«, befahl ich Eva und drückte sie hinter den nächsten größeren Felsen. »Und halt den Kopf unten!« Dann wandte ich mich an die Jungs. »Los, Shits, Bro Ho, wir rücken ein Stück vor! Pancho und Toller Hund, ihr bewacht den Hinterausgang!«

Der alte Thysson war, wenn ich mir das Geballer anhörte, nicht alleine nach seiner Tochter suchen gekommen, sondern in Begleitung von mindestens einem Dutzend Bewaffneter.

Und sie schienen eine Aktion wie diese nicht zum ersten Mal durchzuführen. Zu routiniert kamen die Kommandos.

»Alle Mann abgesessen!«

»Burns, Edgeman, ihr verstärkt das Kommando am hinteren Ende! Da lang! Wir treiben sie euch zu! Aber passt auf das Mädchen auf!«

»Und auf das gescheckte Pferd!«, quengelte es von weiter hinten.

»Hundert Dollar für den, der den Fremden erwischt!«

»Hey, ihr haltet euch da raus! Der Fremde gehört uns!«

»Joe, links von dir!«

»Aber passt auf mit seinem Pferd!«

»Los, Joe, ziel vernünftig und du bist ein gemachter Mann!«

»Nu schieß schon, Joe, er robbt dir direkt vor die Flinte!«

Schüsse peitschten, doch zu sehen war so gut wie nichts in all dem Qualm.

»Joe? Jo-hoe?«

»Ey, Joe ... Oh, gottsverdammich! Es hat ihn erwischt.«

»Schlimm?«

»Na. Geht so. Nichts, was Doc Tatters nicht wieder hinbekäme.«

»Also ist er tot?«

»Ja klar. Doofe Frage.«

Das anschließende Gelächter sprach eine deutliche Sprache. Dies war eine raue Gegend, kein Vertun.

»Jetzt aber mal Schnauze, alle!«, befahl ein bekannter Bariton. »Walt, Bill, Bob, Dickie zu mir! Und kein Wort mehr!«

Der letzte Name ließ mich mein Gewehr noch etwas fester packen.

Die lauten Kommandos verstummten wie die Kommentare. Gelegentliches Flüstern und Murmeln und Knacken von Ästen drang durch das dichte und dornige Buschwerk um uns herum.

Von irgendwo hinter mir meinte ich, ein Keuchen zu vernehmen.

Knack-knack, machten die Zweige weiter vorn.

Knack-knack-knack, machte es ein Stück zur Linken.

Knister-knister, kam es von ungefähr rechts.

Ein Pfiff gellte, schräg rechts vorne, und ein Dutzend Pfiffe antworteten ringsum.

»Die Pferde! Die Pferde gehen mir durch«, rief Pancho.

»Ich sehe nichts durch diesen Qualm«, schimpfte Bro Ho. »So kann ich nicht zielen!«

»Kannst du sonst auch nicht. Macht also keinen Unterschied«, maulte Shits.

Knuff-knuff, kam es aus ihrer Richtung.

Und *knister-knister, knack-knack-knack* von allen Seiten.

Eijeijei, dachte ich. Viel schlimmer kann es nicht kommen. Da nahm ich eine verstohlene Bewegung an meiner linken Seite wahr und Eva glitt wieder neben mich. Dicht neben mich.

»Warum bist du nicht in Deckung geblieben?«, zischte ich und sah sie kurz an, kurz und staunend, wie sie sich so, erhitzt, erregt, auf die Knie erhob, den Lauf meines Revolvers umklammert hielt und den Arm hochriss.

»Tut mir Leid«, raunte sie und mein Hinterkopf explodierte in Farben, Tönen, Schmerzen. »Aber ich muss sehen, wo ich bleibe. Und ihr Clowns«, blaffte sie dann meine treuen Weggefährten an, »Waffen weg oder ich erschieße den Fremden! Und *du*«, schnappte sie, während mich Dunkelheit zu ertränken begann wie wachsende Enttäuschung, »bleibst schön, wo du bist!« Und der Hahn meines Revolvers schnackte unmissverständlich.

Frauen, dachte ich, und dachte nicht weiter.

»Vater? Wo bist du?«, hörte ich Eva noch in hohen Tönen winseln, dann musste ich den Kampf gegen die Ohnmacht aufgeben, »ich bin hier! Ich habe den Fremden und, oh, Vater, der Fremde, er hat … er hat … er hat …« (Schluchzen).

Hätt ich mal, dachte ich noch.

Dann Schwärze.

»Was ist das … was ist das so dunkel?«, fragte ich schwächlich und Hufschmidt ging in die Luft.

»Jetzt hör mit diesem Scheiß auf, Kryszinski! Wir haben es *schriftlich*, dass du voll vernehmungsfähig bist! Also beantworte mir meine Fragen! Hast du diesen Diebstahl in Auftrag gegeben?«

»Nein«, antwortete ich klar und wahrheitsgemäß. »Aber ich denke darüber nach, wie ich dich persönlich dafür haftbar machen kann.«

Diese Genies hatten es tatsächlich fertig gebracht, sich meine Aprilia klauen zu lassen. Aus dem Polizeigewahrsam.

»Wie konnte das passieren?«, fragte Menden.

Hufschmidt ging die drei Schritte, bis er seinen Vorgesetzten hinter der Trennwand sehen konnte.

»Nachdem die kriminaltechnische Untersuchung abgeschlossen war, haben wir die Maschine ausgelagert«, berichtete er etwas steif. »Das hier ist Bolterop«, fügte er erklärend hinzu, »nicht Berlin. Und es gibt noch so viel Material zu sichten, da war einfach kein Platz für –«

»Was hat die Untersuchung erbracht?«

Hufschmidt sah von Menden zu mir und wieder zu Menden.

»Äh, die vom Motorrad?«, fragte er, zögernd.

»Sie wissen, wovon ich rede!«

»Äh, Chef, Untersuchungsergebnisse wie diese sind ganz sicher nicht für *seine* Ohren bestimmt«, meinte er und meinte meine.

»Was, verdammt noch mal, hat die Untersuchung erbracht?«

Hufschmidt wand sich unter Mendens Blick, den ich nicht sehen konnte, aber zur Genüge kannte. O ja.

»Nun, am Luftfilterkasten der Maschine fanden sich, äh, tatsächlich Spuren der von Ihnen, äh, verdächtigten Person.«

Mit einem Ruck sperrte ich meine Ohren auf, bis Durchzug zwischen ihnen entstand. Was die Zöllner gefunden und was mir die Haftstrafe im sonnigen Süden eingebracht hatte, war im Luftfilterkasten der Falco versteckt gewesen.

»Stankowski! Stankowski war so dämlich, auch noch Spuren zu hinterlassen?«

Hufschmidt sah aus, als ob er gleich aus den Latschen kippen wollte. Mit kleinen, panischen Gesten versuchte er, seinen Vorgesetzten an meine Anwesenheit zu erinnern.

»Ach, vergessen Sie den!«, meinte er. »Ich weiß ganz genau, was seine Kumpels ihm da dauernd zustecken. Ein halber Becher von seiner Pisse und wir können alles, was er hier gehört und gesehen zu haben glaubt, als drogeninspirierte Halluzinationen abhaken.«

»Aber wie soll denn der Polizeichef an meinen Luftfilter gekommen sein?«, rätselte ich.

Hufschmidt sah zu mir, wieder zu Menden, wieder zu mir.

»Erinnerst du dich daran, wie wir dich mit 153 Sachen vor der Hauptwache geblitzt haben?«

»Das waren höchstens 140!«

»Es waren 153 km/h, in einer 50er-Zone, über eine rote Ampel, das Motorrad in fahrlässiger Weise voll gepackt mit Urlaubsgepäck, und auf dem Radarfoto ist auch noch zu erkennen, wie du einen funkelnagelneuen Volvo in eine Reihe parkender Wagen abdrängst!«

Wir hatten uns im Atlas-Gebirge treffen wollen, ein paar von den Jungs und ich.

»Der ist mir voll in die Ideallinie gegurkt.«

»Der Mann hatte *Vorfahrt*!«

Für mich war dann schon in Ceuta Schluss gewesen.

»Außerdem war er besoffen, das habt ihr selbst gesagt.«

»Okay, er hatte 1,2 Promille«, gab Hufschmidt zu, »aber *du hattest 1,4*!«

Und während ich ohne formelle Anklage in einer 14-Mann-Zelle hauste, ist mir zu Hause der Vater gestorben, nachdem sie ihn aus dem eigenen Haus herausgeklagt hatten.

»Blödsinn. Das waren höchstens zwei Bierchen gewesen, oder drei.«

»Das Blutalkoholergebnis stellt eindeutig –«

»Könnten Sie beide so langsam mal wieder zur Sache kommen?«, mischte sich Menden ein.

Aus der netten kleinen Villa Zum Schönen Ufer am Emscherbogen.

»Gut. Du weißt also noch, wie du die Nacht in der Zelle verbracht hast und dein Mopped in der Polizeiwerkstatt?«

»Die haben nichts gefunden!«

»Abgesehen von 'nem 122-Phon-Rennauspuff und 'nem Elektronik-Chip für nahezu zwanzig Prozent mehr Leistung und handgeschnittene Slicks als Bereifung und ...«

Gefunden hatten sie nichts, ging mir auf, na, fast nichts, dafür aber was versteckt. Und dann haben sie mir die Falco am nächsten Morgen wieder ausgehändigt. Scheiße ...

»Wie war das noch, mit dem Orakel?«, hörte ich Shits fragen. »Der Teil, wo der Fremde seine Feinde besiegt und so weiter?«

»Ja, und was ist auch mit den ganzen Squaws, die er flachlegen sollte?«, warf Bro Ho ein. »Bis jetzt ...«

»Das kann alles noch kommen«, versprach Toller Hund, wenn auch nicht wirklich überzeugend.

»Was ich für ihn kommen sehe, ist eher das Ende, das auch der dicke Fremde mit den roten Haaren genommen hat«, prophezeite Shits und legte damit, was meine Person anging, den Finger auf die Wunde, wie man so sagt.

»Und wenn ihr nicht bald die Schnauze haltet, endet ihr genauso«, schnarrte Foreman Jones.

»Gott, ist das heiß«, bemerkte Pancho nach einer Weile des Schweigens mit geplagtem Seufzen.

Ach ja?, dachte ich. Noch gar nicht gemerkt.

Vielleicht war ich in sarkastischer Stimmung, aber die Sonne stand selbst nachmittags noch in geradezu wütender Entschlossenheit am Himmel, alles zu Staub zu verbrennen. Nicht mal die Kakteen schienen ihr heute viel entgegenzusetzen zu haben. Bis auf ihre Stacheln natürlich.

»Was würde ich nicht geben für einen Drink«, fuhr Pancho ziemlich laut fort.

Bis auf ihre verbliebenen Stacheln, will ich sagen. Die, die noch nicht irgendwo in meiner Pelle steckten. Und ein Teil meiner Bitterkeit rührte sicher auch daher, dass alle anderen bequem auf den Rücken ihrer Reittiere unterwegs waren anstatt auf dem eigenen. Rücken. So wie ich.

»Wenn mir einer von euch Jungs nur mal für einen Augenblick die Hände losbindet«, schlug Pancho vor, »komme ich vielleicht an meine spezielle Reserve.«

Der ganze Tross kam zum Stehen. Der ganze Tross bis auf mich. Ich kam zum Liegen.

Möglich, dass ich ein bisschen zum Zetern neige, aber es gibt angenehmere Wege zu reisen, als an zusammengebundenen Händen von einem Pferd durch die Halbwüste geschleift zu werden und Kaktusdornen einzusammeln, bis man sich zu fühlen beginnt wie ein auf links gezogenes Stachelschwein.

»Was heißt ›spezielle Reserve‹?«, knurrte Foreman und schmatzte mit den Lippen.

Ich sah mich um, so gut ich konnte. Starski war weg, die Thyssons waren weg, und mit ihnen mein Pferd. Geblieben waren meine Jungs, gefesselt, aber ansonsten, wie es schien, intakt, und die

Gebrüder Jones. In all ihrer verschlagenen Selbstgefälligkeit.

»Crystal Lightning«, antwortete Pancho versonnen. »Die Wonne der Götter.«

»Nur 'ne weitere Pulle von seinem schwarz gebrannten Grillanzünder«, vermutete Ropeman in abfälligem Tonfall, rückte sein Pferd aber trotzdem näher heran.

»Oh, oh, oh«, machte Pancho und wackelte viel sagend mit dem Kopf. »Oh, oh, oh. Nur ein weiterer Schwarzgebrannter? Ihr wisst ja nicht, wovon ihr sprecht. Das Destillations-Verfahren für Crystal Lightning ist das sorgfältigste und aufwändigste auf der ganzen Welt. Es braucht mehr als hundert Pfund Hrmbrlmrbrldrmbl ...«

Pancho verfiel kurz in ein unverständliches Murmeln, während Shits »Sprich deutlich, Mann« forderte, »das hat uns schon immer interessiert!«

»... um nur einen einzigen Tropfen dieser unvergleichlichen Essenz zu gewinnen.«

Neugierig rückten nun auch Edgeman und Burns näher heran, grinsend und mit den Adamsäpfeln in reger, antizipierender Bewegung.

»Könige und Staatsoberhäupter zahlen Unsummen für diesen Nektar der Sinne, Dichter schreiben Oden darüber.«

»›Oden‹? Wassendas?«, hörte ich Bro Ho, auch in den prekärsten Situationen nicht von seinem Interesse an Fortbildung abzubringen.

»Und du behauptest, du hättest was davon, von dem Odenzeugs?«, wollte Ropeman mit gespieltem Desinteresse wissen. »Wo denn?«

»In meinem Stiefel.«

»Rechts oder links?« Regelrecht heimtückisch jetzt, das Grinsen. Und zwar aller vier.

»Rechts.«

»Und wieso sollen wir dir dann noch die Hände losbinden?«, fragte Ropeman, drängte sich dicht an Panchos rechte Seite und lachte das ungemein sympathische Lachen des Schurken, der sich im Vorteil glaubt. Wir alle wissen, wie so was ausgeht.

»Weil ich als Vorsichtsmaßnahme auch noch eine Rattenfalle im Stiefel habe und die muss ich erst mit einem kleinen Trick entspannen.«

»Dein Bein, dein Fuß, eine Rattenfalle *und* eine Flasche Fusel, alles zusammen in deinem Stiefel? Du willst mich wohl verscheißern!« Ropeman Jones lachte erneut, bevor er seine Hand ohne weitere Umschweife in Panchos Stiefel senkte und, begleitet von dem irgendwie zu erwarten gewesenen *›Aiiiiiiiiiiiiii!!!!!‹*, eingeklemmt in eine solide Rattenfalle wieder ans Licht zog.

All diese Aktivitäten brauchten ein Weilchen, und so schaffte ich es auf die Füße, gerade rechtzeitig, um Pancho Escuzitos Gesichtsausdruck milden, fast schon väterlichen Vorwurfs zu bewundern.

»Crystal Lightning, die Wonne der Götter, verstaut man nicht ungesichert«, meinte er mit indigniertem Zungenschnalzen.

»Aber das war dann alles an Fallen?«, fragte Foreman und drängte seinen Mitstreiter mit den nun wenig vorteilhaft gebleckten Zähnen ein Stück beiseite.

»Ja. Trotzdem gehört dieses edle Getränk besser in die Hand eines Profis.«

»Profi bin ich selbst«, raunte der Anführer der Jones, rammte seine Hand in Panchos Stiefel und zog sie mit einem in dieser Form gänzlich unerwarteten *›Aiiiiiiiiihhh!!!!‹* wieder heraus, begleitet von einem großen, pechschwarzen Skorpion.

Pancho erbleichte sichtlich.

»Jesus«, stammelte er. »Da muss ich heute Morgen vergessen haben, meinen Stiefel auszuschütteln. Unverzeihlich.«

»Aber echt unverzeihlich. Dafür machen wir dich kalt«, bellte Edgeman, ritt sein Pferd recht ruppig zwischen die von Pancho und Foreman, der einen feinen Kranz von Schaum um seine reichlich unattraktiv gefletschten Zähne zu entwickeln begann, und zückte sein Messer. »Aber erst holst du selbst den Schabau aus deinem Stiefel.« Damit schnitt er Panchos Handfessel durch.

Ich stand und nutzte den Moment, um Disteln, Zweige, Kakteenfragmente, Kleintiere der zumeist insektoiden Ausrichtung und Mineralien in ihren unterschiedlichsten Kristallisationsformen von mir zu spucken. Dann tat ich es den anderen gleich und beobachtete mit Spannung, was Pancho denn wohl aus dem Schaft seiner Fußbekleidung zaubern würde.

Panchos altbekannter Shake trug erheblich zur Steigerung der allgemeinen Erwartungshaltung bei. Zweimal entglitt es ihm wieder, was er da hervorziehen wollte, und als er dann endlich Erfolg hatte, kam tatsächlich eine Flasche zum Vorschein, wenn auch nur eine kleine Hüftflasche, was unserer, der Hoffnung der Gefesselten, auf einen möglichen Anteil am Gesöff einen herben Dämpfer verpasste.

»Vorsicht mit der Dosierung dieses kostbarsten aller Tropfen«, mahnte Pancho und hielt die Flasche hoch ins Licht. »Denn nur wahrhaft große Männer sind seiner würdig.«

»Groß bin ich, wahrhaft auch, und ein Kerl sowieso, also her mit dem Stoff«, schnauzte Foreman, wischte sich den Schaum vom Mund und hatte die Flasche auch schon am Hals. Setzte sie ab. Hustete mannhaft. Zwinkerte mit den Augen. Gab ein langes, tonloses *Chhhhhh* von sich, bevor er die Flasche ohne ein weiteres Wort an Ropeman weiterreichte.

Gleiche Show. Husten, Zwinkern, langes, tonloses *Chhhhhh*, ohne einen Kommentar weiter an Edgeman.

Und noch mal. Auch Edgeman nahm einen Schluck von der herzhaften Sorte, und wer sah, wie Burns anschließend am Flaschenhals zutzelte, wusste, dass wir endgültig leer ausgehen würden.

Und richtig. Der letzte der Gebrüder Jones löste die Flasche gerade mit einem viel sagenden, tief gestimmten *Pfömm* von den Lippen und warf sie, begleitet von einem gedehnten, wenn auch tonlosen *Chhhhhh* hinter sich, als Foreman seine Stimme wiederfand. Na, einen Teil davon.

»Wonne der Götter, mein Arsch«, stieß er heiser keuchend hervor. »Das ist stinknormaler, billiger Fusel, wie ihn höchstens die Schwarzfüße freiwillig in sich hineinschütten.« Und er winkte verächtlich ab. Nur um einen Wimpernschlag später in kerzengerader Haltung seitlich aus dem Sattel zu kippen und mit dem Hut voran volltönend auf den Wüstenboden aufzuschlagen.

»Ich hab mal, *ein Mal*, nur meine Lippen damit

benetzt«, meinte Toller Hund versonnen, während wir einen der gefürchteten Gebrüder Jones nach dem anderen ihre Sättel leeren sahen. »An die drei Tage danach habe ich überhaupt keine Erinnerung mehr.«

»Wir schon!«, riefen Bro Ho und Shits wie aus einem Mund.

»Ich will, dass du die Lok die ganze Nacht unter Dampf hältst«, befahl Mandoney und Sam nickte. »Wenn es hier eng wird, fahren wir und holen Starski und Thysson zurück in die Stadt. Ob sie wollen oder nicht.«

Sam nickte wieder. Die Gleise führten direkt an der Beau-Rivage-Ranch und der dazugehörenden Sägemühle vorbei. Eine späte, kostenträchtige Änderung des ursprünglich geplanten Streckenverlaufs, durchgesetzt in, was man ›forcierte Weitsicht‹ nennen könnte, von einem gewissen R. Thysson, Bürgermeister.

Mandoney humpelte die Hauptstraße hinunter. Die Stadt war verrammelt, jeder, wirklich jeder Zugang, und seien es Katzenklappen oder die von Hühnerställen, alles war vernagelt, alle Gassen verbarrikadiert, alle Barrikaden bemannt, die Wachtposten angewiesen, ohne Zuruf zu schießen. Buttercup hatte sich in ein Fort verwandelt, eine Festung.

Nachdem der letzte Hammerschlag verklungen war, begann sich eine gespannte Ruhe auf den Ort zu legen, gepaart mit ungewöhnlicher Finsternis. Nach den Erfahrungen des letzten Aufstandes hatte Mandoney eine völlige Verdunkelung angeordnet.

Mehr, dachte er und verlangsamte seinen mühsamen Schritt, mehr konnte ich nicht tun.

Schemenhaft erkannte er zu seiner Linken die dunkle, imposante Fassade der Buttercup Savings and Loans. Sein Sorgenkind, wenn er ganz ehrlich war. Doch er hatte einfach nicht genug Leute, um noch eine extra Wachmannschaft für das Geldinstitut aufzustellen. Anderseits, beruhigte sich der Deputy, stand der Ziegelbau mitten im Ort, also praktisch in zweiter oder dritter Verteidigungslinie. Und verfügte obendrein mit Nebukadnezar von der renommierten Firma Burlitz & Freytag über den sichersten Safe der Welt. Nein, diesem Safe war nicht beizukommen, dachte Mandoney, außer mit …

Eine Erinnerung, eine nagende Erinnerung wie das Ziehen einer Narbe bei Wetterwechsel, ließ Mandoney den schleppenden Schritt gänzlich verhalten.

Katanga, dachte er.

Von weit außerhalb der Stadt erklang ein Knurren. Wie das eines Kettenhundes. Nur ohne Kette. Denn es kam näher. Und näher.

»Ihr eigener Polizeichef hat mir Drogen untergeschoben, um mich aus dem Weg zu haben! Was, verdammt noch mal, geht ab in dieser Stadt?«

»Ihnen Drogen unterschieben zu wollen, Kryszinski, hieße, Flöhe auf einen Hund zu setzen. Und was in Bolterop abgeht, das lassen Sie mal meine Sorge sein.«

»Ha! Aber wohl kaum! Es geht hier um meinen Hals! Sie kennen die Liste der Punkte, die mir vorgeworfen werden, dabei bin ich doch –«

»Die Liste ist noch lange nicht vollständig, Kryszinski. Lassen Sie mich erst mal hier aus dem Bett aufstehen und die Ermittlungen vorantreiben. Dann erst dürfen Sie sich mit Fug und Recht als ›in Schwierigkeiten‹ betrachten.«

»Wenn ich die Geschichte mit den untergeschobenen Drogen an die große Glocke hänge, kann ich damit Ihren ganzen Apparat als korrupt und unglaubwürdig darstellen.«

Menden seufzte.

»Um das an die große Glocke hängen zu können, müssten Sie es erst mal *beweisen*. Das können Sie nicht. Keiner kann das. Nicht mal ich. Also verschonen Sie mich mit Ihren dilettantischen Versuchen, Ihren Kopf aus der Schlinge zu ziehen. Was immer Ihre Motive gewesen sein mögen, Sie haben es endgültig übertrieben diesmal, und wir werden Sie dafür in vollem Umfang zur Rechenschaft ziehen. Sie und Ihre ganze Bande. Einschließlich ihm da.«

Menden meinte Willy, der gerade zur Tür hereinkam, mit einer ungewöhnlichen, weil ungewöhnlich großen Sonnenbrille auf einer rot und geschwollen aussehenden Nase. Er winkte Menden kurz zu, trat dann an meinen Nachttisch und ließ einen Beutel Pillen in der Schublade verschwinden.

»Schöne Grüße von Scuzzi«, meinte er und zog eine Flasche Wodka aus der Innentasche seiner Jacke. »Und die ist von deiner Anwältin«, fügte er hinzu. »Elke kommt selber vorbei, sobald sie mit dem Aktenstudium durch ist.«

Ich beäugte ihn kritisch.

»Nimm mal die Brille ab«, sagte ich.

Willy gehorchte zögernd. Zum Vorschein kam ein Brillenhämatom, ein beidseitiges blaues Auge, wie man es für gewöhnlich nach einem wuchtigen Schlag auf den Zinken davonträgt.

»Toll«, fand ich. »Wunderbar symmetrisch. Lass mich raten: Ehemann?«

Willy schüttelte den Kopf, schraubte die Flasche auf und gönnte sich einen Schluck. »Bruder«, erklärte er.

Ich schwieg. Ich schwieg so lange, bis Willy sich meiner erinnerte und mir auch einen gönnte.

»Ich kapier das nicht«, sinnierte er dann, »wie sich manche anstellen. Ich meine, wenn *ich* eine Schwester hätte ...«

Einen Moment lang dachten wir beide daran, wie es wäre, oder besser: gewesen wäre, wenn Willy seinerzeit eine Schwester gehabt hätte. Wir dachten beide nicht zu Ende und kamen rasch und nonverbal zu der Übereinkunft, dass es in gewisser Weise sicherlich besser war, dass er ein Einzelkind geblieben ist.

Es war aus, es war alles aus, und das, bevor es auch nur richtig begonnen hatte. Ich ließ mich rücklings von Panchos Pferd gleiten und auf den Hintern fallen.

Beau Rivage war verloren. Morgen würde die Ranch versteigert werden und es gab nichts mehr, was ich daran hätte ändern können. Das Dynamit war weg, zurückgeblieben in einem brennenden Wäldchen und mittlerweile sicherlich hochgegangen wie all meine Pläne, Träume, Vorhaben.

Buttercup lag vor uns im Dunkeln, wie meine Zukunft. Ich war hierher gekommen als stolzer

Rächer auf der Durchreise, und jetzt würde ich hier enden als gehetzter Outlaw, gefangen und letztendlich zum Scheitern verurteilt in einem unüberwindbaren Kreis aus Eisen.

Toller Hund und Shits waren unterwegs, die Lage ausspähen, und die beiden anderen schwiegen, jeder mit seinem Kram beschäftigt. Pancho rührte in seiner Kanne herum, Bro Ho hängte den Pferden ihre Futtersäcke um und brummelte mit ihnen auf seine beruhigende Art.

Ich würde alle Schuld auf mich nehmen, beschloss ich. Vielleicht schafften es ja wenigstens die Jungs, diesem Leben hier etwas abzugewinnen. Von den Frauen verlacht, um mein Erbe betrogen, konnte ich mir auch gleich einen Platz auf dem Stiefelhügel suchen gehen. Zu Fuß.

Denn nicht mal meinen Schecken hab ich mehr, dachte ich, in bitterer Resignation, wo einmal tiefe, entschlossene Rachsucht gelodert hatte. Doch das Feuer war erloschen. Es war aus, wie alles.

Pancho goss sich einen Becher kalten Kaffee ein, schwang seine auf dem Rücken getragene Gitarre nach vorn und ließ einen Fingernagel über die Saiten streichen. Ich stoppte ihn mit festem Griff an den Hals. Des Instruments.

»Pancho«, fragte ich müde, »hast du schon mal darüber nachgedacht, dass du auch vor deiner Zeit sterben könntest?«

Bevor Pancho antworten konnte, näherten sich knirschende Schritte und Toller Hund und Shits hockten sich neben uns in den Staub.

»Die Stadt ist komplett verrammelt«, keuchte Shits, »da gibt's kein Raus- und kein Reinkommen mehr.«

»Außer, vielleicht ...«, begann Toller Hund, doch ich unterbrach ihn.

»Wozu auch«, sagte ich matt.

»Es muss doch irgendwo einen *Schlüssel* geben zu diesem verdammten Safe«, zischte Shits. »Wenn wir uns den –«

»Den hat Thysson«, unterbrach ich auch Shits. »Und um ihm den abzunehmen, sind wir mit gerade mal fünf Mann viel zu wenig. Obendrein müssten wir ja erst mal wissen, wo Thysson überhaupt steckt.«

»Nun, ich wüsste schon ...«, begann Toller Hund, doch ich hatte genug von undurchführbaren Plänen, hatte genug vom Anrennen gegen unsichtbare wie sichtbare Widerstände, ich hatte genug von diesem ganzen, aussichtslosen Ringen. Ich wollte nur noch schlafen, schlafen, schlafen und wenn möglich vergessen.

»Ohne das Dynamit haben wir keine Chance, und damit Ende der Debatte«, entschied ich. »Morgen früh werde ich mich dem Sheriff stellen und ...«

Von ferne erklang ein Knurren, doch das war es nicht, was uns alle aufhorchen ließ. Denn von nahe erklang ein Schnauben. *Und* ein Stöhnen. Plötzlich standen wir alle, Waffen in der Hand. Aus der Dunkelheit des Flachlandes schälte sich der Umriss eines Tieres mit langen Ohren. Und einer rundlichen, sackähnlichen Last auf seinem Rücken.

»Oh, oh, oh«, machte die Last und stöhnte.

»Doc Tatters«, rief Bro Ho in freudigem Erstaunen, »wo kommst du denn her?«

»Oh, oh, oh«, antwortete der Doc. Und stöhnte. Er hing bäuchlings im Sattel, quer zur Reitrichtung, mit baumelnden Extremitäten beiderseits von ...

»Virago!«, freute sich Toller Hund. »Mein Eselchen! Komplett mit –«

»Los, helft dem Doc runter«, unterbrach ihn Shits. »Doc, was ist? Alles okay?«

»Oh, oh, oh«, machte der Doc stöhnend, »ich we- wewewe- werde nie wieder si- sisisi- sitzen können.«

»Komplett mit –«, staunte Toller Hund und dann sah ich es auch.

»Nie wieder«, stöhnte der Doc, während ihm Shits und Pancho gemeinsam aus dem Sattel und runter auf den Boden halfen.

»Dieser Frou-Frou ...« Tatters schauderte.

»Aber, Doc«, fragte ich in staunender Freude, »wo hast du denn den Esel her? Komplett mit –«

»Dieser Frou-Frou ...«, murmelte der Doc, bevor er unwillig den Kopf schüttelte und auf meine Frage einging. »Der ka- kakaka- kam mir entgegengetrabt, wie ich so auf allen vi- vivivi- vieren unterwegs war, nur weg von den Li- Lilili- Liebesbezeugungen dieses verdammten, perversen Zo- Zozozo- Zombies.«

»So, wie er ist?«, staunte ich weiter. »So kam er dir entgegen, der Esel? Komplett mit Packtaschen und ...« Ich hob den Deckel von einer und spähte hinein. Es war alles noch da. Unfassbar. Sachte ließ ich den Deckel wieder herunter und drehte mich langsam um. Zu Toller Hund.

»Wolltet ihr das Zeugs nicht verstecken?«, fragte ich und die rasant wachsende Schärfe meines eigenen Tonfalls legte sich mir wie Säure auf die

Zunge. »Im *Wäldchen*? Du und *Aisha*?«, hakte ich nach, und Toller Hunds Adamsapfel fuhr einmal über die volle Distanz, vom Keller bis hoch ins Dachgeschoss und wieder zurück.

»Wir, wir haben *gesucht*«, stieß er hervor, »nach einem geeigneten Platz …«

»Ach ja?!«, blaffte ich, »mehr als eine halbe Stunde lang? Und ihr habt einen gefunden, was? Bloß dass ihr da nicht das Dynamit versteckt habt, sondern deinen –«

»Ich wüsste einen Weg«, stammelte er und seine großen Eulenaugen blickten furchtsam.

»Oh, ja?«, grollte ich, und tiefer Zorn ließ mich beben wie das Fell einer Basstrommel, die von einem Orang-Utan mit eine Keule bearbeitet wird, »du findest ja immer einen Weg, oder? Du schleimiger Lump. Einen Weg hinein in –«

Und eine Erinnerung verschlug mir kurz die Sprache. Eine Erinnerung an ein Keuchen. Hinter mir, während vor mir die Dornbüsche brannten und kurz bevor Eva wieder an meine Seite …

»Hinein in die Stadt«, versicherte Toller Hund hastig.

»When it's late at night
Honey hear my call
She said ›Boy,
I'm gonna make you crawl ...‹«

The Slamhound Hunters
›Cadillac Walk‹

VI

Die Nachtschwester summte, sie trippelte umher, in einem kurzen Rock und mittelhohen Pumps, sie *schäkerte* mit Menden, was unerträglich war.

»Na«, begrüßte ich sie dann auch entsprechend verkniffen, als sie endlich Zeit für mich fand, »gute Laune heute?«

»Ach«, meinte sie und fegte mit leichter Hand ein paar Krümel von meiner Bettdecke, richtete mir das Kissen, füllte meine Nase mit einem neuen, schweren Duft, »ich hab einfach beschlossen, von nun an mein eigenes Leben zu leben. Und nicht das meiner Familie. Tradition und Religion, die ganzen alten Werte, das ist ja alles schön und gut. Aber eine Frau«, sagte sie und senkte Stimme und Lider, während sie sich durchs Haar strich, »sollte zuallererst einmal *Frau* sein ... und dann erst religiös.«

»Weiser Entschluss«, stimmte ich zu. »Und so schön formuliert! Da sollten wir mal drauf anstoßen. Vielleicht im Rahmen eines netten, kleinen Abendessens?«

Sie lächelte warm, geschmeichelt.

»Warum nicht?«, gurrte sie. »Doch ich finde, wir sollten nichts überstürzen und uns damit noch ein bisschen Zeit lassen. Zumindest so lange«, meinte sie und ihre Augen funkelten, »bis ich Sie nicht mehr füttern muss!«

Und mit silberhellem Lachen schwebte sie aus dem Raum.

Die Tür schloss sich hinter ihr, und ich sank in die Kissen und in ein dumpfes, brütendes Schweigen.

»Was ist denn mit *der* passiert?«, hörte ich Menden fragen. Rhetorisch, da war ich mir sicher, denn uns beiden begann zu dämmern, wie die Antwort auf diese Frage lauten musste.

»Leise jetzt.«

»Hier müsste irgendwo ein Boot sein, ein Ruderboot.«

»Urgs. Willst du damit sagen, wir sollen mit einem ...«

»Ha- hahaha- hat vielleicht jemand was zu trinken dabei? Ich werde sonst schne- nenene- nell seekrank.«

»Nimm 'ne Pille, Doc. Schnaps ist alle.«

»Oh, verflu- lululu- lucht! Da wär ich bald besser bei den Zo- Zozozo- Zom-«

»Hier ist es! Ich hab's!«

»-bies geblieben. Die hatten wenigstens noch Te- Tetete- Tequila.«

»*Das* ist es? Du meinst allen Ernstes, wir sollen mit diesem winzigen, wackligen, *löchrigen*, hölzernen Eimer quer über diesen See aus ...«

»Leise! Und, Shits! Kippe aus! Bist du wahnsinnig?!«

»… diesen See aus …«

»Hier! Gebt mir die Packtaschen, die verstauen wir zuerst!«

»Scheiße!«

»… paddeln?«

»Scheiße noch mal! Hier ist kein Ruder, kein Paddel, kein gar nichts!«

»Hoho, da issja gut, dass ich die Pfanne dabeihab.«

»Was? Bro Ho, wozu um alles in der Welt schleppst du die Pfanne mit dir herum?«

»Siehste doch.«

»Na, anschließend esse *ich* aber keine Bohnen mehr daraus!«

»Anschließend essen wir sowieso keine Bohnen mehr. Nie wieder. Sondern nur noch Steaks, und Steaks, und … Steaks. Na, vielleicht mit 'n paar Bohnen auf der Seite, aber nur 'n paar.«

»Sagt mal, wie könnt ihr nur übers Essen reden bei diesem Mief?«

»So, los! Alle Mann an Bord!«

Es zogen Wolken auf am nächtlichen Himmel. Durch die Lücken schien ein dünner Fingernagelmond und schimmerte silbrig auf der spiegelglatten Oberfläche des riesigen Klärbeckens, fast so groß wie Buttercup selbst und in diesen Ausmaßen durchgepeitscht aufgrund, wie sich bald herausstellte, übertrieben optimistischer Wachstumsprognosen von einem gewissen R. Thysson, Bürgermeister.

Vom Deich des Beckens konnte man den gesamten Amish-Bogen überblicken bis hinunter nach …

Mir stockte der Atem.

»Leute«, flüsterte ich, »könnt ihr das auch sehen?« Und ich zeigte in die Richtung, aus der das Licht schien. Das Licht in den Fenstern von Beau Rivage.

»Verdammt noch mal! Wo bleiben die Jones?!«

»Die werden schon kommen, Bürgermeister. Machen Sie sich mal nicht ins Hemd.«

»Ich mache mir nicht, wie Sie sich auszudrücken belieben, ins Hemd, Starski. Aber haben Sie einmal überlegt, was passiert, wenn die Aufständischen an der Erstürmung Buttercups scheitern sollten? Wenn sie sich ein neues, leichteres Ziel für ihren Wahn suchen?«

Ein nachdenkliches Schweigen senkte sich für einen Moment über das Wohnzimmer der Ranch, nur getrübt vom anhaltenden, weinerlich vorgetragenen »O mein Gott, sie werden uns ... und dann werden sie ... und dann werden sie ... und dann werden sie ... und *dann* werden sie uns *töten*!«, mit dem Bürgermeistergattin Geneviève in einer entfernten Ecke den Ereignissen der Nacht entgegensah.

»Ich bin nur froh, dass wir, auf *meine* Initiative hin«, betonte der Bürgermeister mal wieder, »zumindest den Fremden erledigt haben. Und ab morgen, das verspreche ich Ihnen, ab morgen, sobald die Versteigerung sicher über die Bühne gegangen ist, werden wir in Buttercup und Umgebung eine Law-and-Order-Kampagne starten, wie sie das Gemeinwesen noch nicht erlebt hat!«

»Sie werden uns ... und dann werden sie ... und dann werden sie ... und dann ...«

»Ich gehe noch mal nach den Männern sehen«,

entschied der Sheriff und rückte seinen Hut zurecht.

»Gut, gut«, befand Thysson. »Doch kommen Sie mir nicht auf komische Gedanken, Starski. Vergessen Sie eins nicht: Wir sitzen alle im selben Boot.«

»*Thysson?!*«, bölkte ich, und alle um mich herum machten *Sch-sch-sch*, während meine Frage quer über die Wasser-, ähm, quer über die Fläche hallte.

Bro Ho paddelte uns stoisch mit der großen Pfanne, während Toller Hund die Richtung vorgab.

»Urgs. Wie das schau- schauschauschau- schaukelt! Ich glaub, ich muss mich er- erbrerberbrbr-, ach, verdammt, dann eben kotzen.«

»Thysson wohnt schon in meiner Ranch?!« Ich zischte jetzt, ich bölkte nicht mehr, aber, meine Fresse, es fiel mir nicht leicht.

›*Hualbruddelblörks*‹, machte der Doc, quer über die Bordwand.

»Wir wollten es dir schonend beibringen«, raunte Pancho. »Aber während du noch ohnmächtig warst, haben sich die Thyssons und der Sheriff nach Beau Rivage verabschiedet.«

Richard Thysson schien sich, was den Ausgang der Nacht und der morgigen Versteigerung anging, verdammt sicher zu fühlen. Ich teilte diesen Optimismus, was ihn anging, ganz und gar nicht. Und mit einer Stimmung wie der, in die ich nun Schritt für Schritt geriet, hätte ich niemandem guten Gewissens raten können, Wetten auf den Bürgermeister anzunehmen. Und auf seinen Sohn schon gar nicht.

Ich nahm einen ordentlichen Schluck direkt aus der Kanne und die Zeiger meiner Druckventile standen stramm wie …

»Und die Jones sollten dich eigentlich auch da hinbringen. Oder -schleifen, besser gesagt«, fügte Shits hinzu.

»Oh, verdammt! Die Jones!« Ich bereute es jetzt, die Gebrüder einfach so da liegen gelassen zu haben, bewusstlos, allein und mitten in der Wüste. »Wir hätten sie mitnehmen sollen«, fand ich. »Und dann hier versenken.«

»Bisschen links noch«, raunte Toller Hund, »und wir sind da.«

Zusammen mit … dachte ich noch, doch dann gähnte uns die mächtige Öffnung des Buttercup'schen Abwasserkanals aus der Böschung entgegen und die anstehenden Aufgaben verdrängten den Rest des Gedankens. Fürs Erste.

»Hey, hallo.« Willy blickte zur Türe herein und griente. »Ich bin zufällig gerade im Haus und da dachte ich, ich sag euch eben noch Gute Na…«

Willy verstummte, als eine fast volle Pissflasche direkt neben seinem Kopf an der Wand zerschellte, und er blickte eulenäugig und baff, als er Menden und mich wie aus einem Mund *»Hau bloß ab!«* brüllen hörte.

»Gottverdammter, schleimig grinsender Schürzenjäger«, knurrte der Hauptkommissar, kaum dass sich die Türe schlagartig geschlossen hatte.

»Sobald ich hier raus bin«, dachte ich laut, »hänge ich ihm irgendwas an.«

»Und ich«, versprach Menden, »buchte ihn ein.«

»Hier ist es.« Toller Hund klang völlig überzeugt, er schien sich vollkommen sicher zu sein, was mich, aus welchen Gründen auch immer, weiter gegen ihn aufbrachte.

Ich meine, es war scheiße-duster in dieser Drecks-Kanalröhre, so duster, dass man die Hand nicht vor Augen und die Ratten nicht um seine Füße sehen konnte, und wenn man dreißig oder vierzig Pfund Explosivstoffe auf der Schulter mit sich herumschleppt, verbietet es sich ja wohl von selbst, dabei gleichzeitig mit Funken sprühenden Fackeln herumzufuchteln. Vor allem, wenn man von vornherein vergessen hat, welche mitzunehmen.

»Woher, verdammt noch mal, willst du das wissen?«, herrschte ich unseren Scout an, flüsternd. »Eine verdammte Scheiß-Katze könnte in dieser Dunkelheit nicht bestimmen, ob sie sich unter der Sparkasse oder der verdammten Kirche oder dem – ha, das wär's! – Sheriffbüro befindet. Und wir können uns keinen Scheiß-Fehler leisten. Die ganze Stadt da oben ist in Alarmbereitschaft. Ein im falschen Moment und am falschen Platz hochgedrückter Kanaldeckel und sie haben uns alle am –«

Jemand packte mich im Genick, drehte meinen Kopf und schob ihn dann noch ein Stück nach vorn, bis ich ›Buttercup Savings and Loans Inc.‹ lesen konnte, in erhaben geprägten und fluoreszierend angestrichenen Buchstaben auf einem Messingschild, komplett mit ebenfalls schwach leuchtend in die Höhe zeigendem Pfeil am Fuße einer Reihe nach oben führender Leitersprossen.

»Ah«, sagte ich.

Wenn man den Kopf weit in den Nacken legte und eine oder zwei Minuten intensiv starrte, konnte man oben, am Ende der Sprossen, einen ganz, ganz schwach leuchtenden, gitterförmigen Grill sehen. Und wenn man gleichzeitig auch noch die Ohren aufsperrte, zusätzlich noch etwas hören. Und zwar das Geräusch von Schüssen.

»Na dann, glückauf«, entschied ich.

Schwarz wie die Nacht. Praktisch unsichtbar. Unsichtbar und schweigend und damit irgendwie noch unheimlicher, als wenn sie gejault hätten. Nur das rasche, gleichmäßig vorbeiziehende Knurren ihrer Ponys verriet, dass die Schwarzfuß-Indianer die Stadt in ständiger Bewegung umkreisten. Lauernd, wie es schien, lauernd wie Raubtiere auf den richtigen Moment, ein Zeichen von Schwäche oder aber das Kommando zum Angriff. Bis dahin taten sie nichts, als schweigend zu kreisen und zu kreisen.

Sämtliche Schüsse, die zu hören waren, kamen von den Barrikaden, von Bürgerwehrlern, die Nerven zeigten und ihre Positionen verrieten, indem sie blind ins Dunkel feuerten.

All das machte keinen Sinn. Wo blieben die Mexe?, wunderte sich Mandoney. Und wie um alles in der Welt hatten es Starski und Konsorten fertig gebracht, auch noch die Schwarzfüße gegen sich und die Stadt aufzubringen? Wenn die sich zusammentun, sind wir alle noch vor dem Morgengrauen tot.

Doch die Indianer machten keinerlei Anstalten, anzugreifen, drehten nur ihre Kreise, unbeirrbar und völlig unbeeindruckt vom nervösen Sperrfeuer.

Das ganze, dachte Mandoney und spähte von der Höhe der Bahnhofsbarrikade hinaus in die gleichmäßig durchknurrte Nacht, das ganze Theater da draußen kommt mir vor wie ein einziges Ablenkungsmanöver. Doch – wofür?, rätselte er, als ihn der Knall einer Explosion erreichte. Und zwar aus Richtung der Buttercup Savings and Loans.

Die Ratten stoben im kurzen Licht der Explosion in alle Richtungen, verfolgt vom noch lange durch die Röhren der Kanalisation rollenden Knall.

Das verdammte Gitter oben war natürlich verschweißt gewesen. Jetzt war es – weg. Ich steckte meinen Kopf durch die Öffnung und Nebukadnezar ragte vor mir in die Höhe in all seiner imposanten Korpulenz. Er hatte etwas ungeheuer Massives an sich, eine dräuende Präsenz, eine bullige, arrogante Aura. Er stand da, fest mit dem Grund verwachsen wie eine einzige Herausforderung.

Mit einem Ruck war ich aus dem Loch und schon hob mir Shits die Packtaschen mit den Dynamitstangen entgegen. Pancho kam noch hinterher und auch Toller Hund. Gemeinsam packten wir den Sprengstoff rings um den Safe, Shits und ich umwickelten alles mit einem dichten, festen Ring aus Lassos, während Pancho und Toller Hund die Zündschnüre zusammenzwirbelten und schließlich mit einer langen, ölgetränkten und mit Schießpulver eingeriebenen Lunte verbanden, die sie ins Loch hinabließen, bevor sie selber wieder die Sprossen hinunter verschwanden. Wir hatten praktisch überhaupt keine Zeit mehr. Es konnte nicht den geringsten Zweifel geben, dass das Aufsprengen des Gitters den gesamten, eh schon bewaffnet Wache schiebenden Ort alarmiert hatte. Wir mussten alle schleunigst runter in den Kanal, mussten augenblicklich zünden, sofort wieder hoch, die Scheine einpacken, ins Loch werfen und dann flüchten, so schnell wir nur konnten.

Shits ließ sich ab, ich kontrollierte noch mal hastig alle Knoten, alle Verbindungen, und ratterte dann ebenfalls auf den Stiefelspitzen die Sprossen hinunter.

»Los!«, befahl ich und ein Streichholz flammte auf.

Wie zum Teufel …? Der Knall der Explosion war aus dieser Richtung gekommen, völlig zweifelsfrei, und doch wies das Gebäude der Buttercup Savings and Loans keinerlei Beschädigung auf. Zumindest nicht von außen, wie Mandoney sich bei gleich zwei, von Fackeln beleuchteten Rundgängen vergewissert hatte. Das konnte nur eins bedeuten: Wer immer da gesprengt hatte, er befand sich schon drin, in der Sparkasse. Mandoney packte sein für das Niedermähen von Aufständen konzipiertes Schrotgewehr mit fester Hand und den General-Schlüssel aus dem Sheriffbüro mit der anderen. So leise es ging, ließ er den Schlüssel ins wohl geölte Schloss des Haupteingangs gleiten und drehte ihn ohne jede Schwierigkeit herum. Wortlos winkte er die Fackelträger aus der möglichen Schussbahn und einen kleinen, schwer bewaffneten Sturmtrupp in Position. Er selbst kauerte sich sprungbereit neben die Tür.

»Ich zähle bis drei …«, rief er verhalten. Doch er kam nie dazu.

Und selbst wenn, es hätte ihn niemand mehr

gehört. Der Knall war so gewaltig, dass noch Minuten später eine Verständigung nur mit Hilfe von Gesten möglich war und entlang der gesamten Hauptstraße nicht eine einzige Fensterscheibe heil blieb. Vom Sparkassengebäude selbst standen anschließend nur noch die Außenwände. Sämtliche Fenster, sämtliche Türen, ja selbst das komplette Dach hatte es in Tausende und Abertausende von Splittern zerrissen.

Kaum wieder auf den Beinen, ein dröhnendes Klingeln in beiden Ohren, hielt Mandoney die Hand hoch, zählte die Drei mit den Fingern ab, dann stürmten er und der nervenstärkere Rest seines Trupps den Bau, Gewehre geschultert, vorsichtig und zu allem entschlossen. Die Zwischenwände waren wie das Mobiliar, wie Dach und Zwischendecken, komplett weggeblasen. Mondlicht schien in die Ruine, sie hatten ungehinderte Sicht. Von Nebukadnezar, dem sichersten Safe der Welt, stand nur noch die Bodenplatte. Das Geld, rund eine halbe Tonne in säuberlich gebündelten Dollar-Scheinen, war weg, ohne jede Spur. Das heißt, fast ohne. Anfangs. Das Geld blieb spurlos verschwunden, bis, nach endlos scheinenden Minuten der Sprachlosigkeit, das Dröhnen in den Ohren nachließ und damit, ganz allmählich, das Hörvermögen zurückkehrte. Und ähnlich zögernd, ähnlich sacht zu Anfang und dann stärker und stärker werdend, begann es vom Himmel zu rieseln. Flockenfall senkte sich auf den Ort und bedeckte alle waagerechten Flächen und sämtliche Umstehenden mit einem leichten, hellgrünen Flaum aus bis in winzigste Partikel und zu völliger Unkenntlichkeit zerrupftem Papier.

»*Selbstverständlich* brauchen Sie mir keinen Bericht zu erstatten«, sagte Menden. »Schließlich bin ich krankgeschrieben und weder offiziell noch inoffiziell mit dem Fall betraut.« Menden klang so vernünftig und einsichtig wie nur je. Trotzdem schluckte Hufschmidt mehrmals, trat von einem Fuß auf den anderen, sah immer wieder zu mir, zu Menden und wieder zurück. Schließlich gab er sich einen Ruck, verschwand hinter dem Paravent und ich hörte ein Quietschen, als er sich einen Stuhl heranzog. Dann begann er, in einem gedeckten, fast schon gehauchten Flüstern zu sprechen. Was immer er da berichtete, es war definitiv nicht für meine Ohren bestimmt.

»Was denn«, entfuhr es Menden, »der junge Theissen ist mit dem Motorrad verunglückt?«

Ein etwas hektisches, doch nach wie vor extrem leise gehaltenes Flüstern antwortete ihm.

»Mit *seinem* Motorrad? Der Aprilia? Die unter mysteriösen Umständen aus dem Polizeigewahrsam –«

Flüstern, dringlich und energisch, unterbrach den Hauptkommissar.

»Und bei sich trug er einen exakten Zwilling der Waffe, die Sie in Kryszinskis Wagen gefunden haben? Na, das ist mir ja eine Entwicklung«, dröhnte Menden. »Sieht mir ganz so aus, als ob das unseren Privatschnüffler hier in dem einen oder anderen Punkt entlastet, was?«

»Ha!«, mischte ich mich ein. »Ich hab ja immer gesagt, ich bin unschuldig wie ein –«

»Aber keineswegs!« Hufschmidt kam um die Trennwand herumgeschnellt wie eine Muräne aus dem Loch. »Da bleiben immer noch die Sparkasse und die Kläranlage und –«

»Irgendwelche Beweise?«, unterbrach ich ihn knapp. Ich ritt auf einer plötzlichen Woge von Hochgefühl. Eine Nacht noch und mit ein ganz klein bisschen Glück war ich frei …

»Da bleiben immer noch die fehlenden Alibis!«, ereiferte sich Hufschmidt.

»Frag mich doch einfach«, ermutigte ich ihn. »Ich höre das so gerne.«

Hufschmidt blickte verwirrt und misstrauisch. »Wo willst du die denn so plötzlich herzaubern?«, knurrte er.

»Nu, fragen Sie ihn schon«, forderte Menden.

Hufschmidt leckte sich nervös die Lippen, zog sein Notizbuch hervor, klappte es auf. Blätterte. Las.

»Also gut«, begann er scharf, und ich stählte mich innerlich für die Frage, die eine Frage, ohne die kein Fernsehkrimi denkbar wäre. »Wo genau«, stieß Kommissar Hufschmidt hervor und verengte die Augen zu Schlitzen, aus denen heraus er mich bohrend, starr, hart und kalt anstarrte, »wo genau haben Sie sich in der Nacht vom achtundzwanzigsten auf den neunundzwanzigsten August zweitausendunddrei in der Zeit von einundzwanzig Uhr abends bis circa drei Uhr am nächsten Morgen aufgehalten?«

Er klappte sein Notizbuch entschieden zu und behielt den bohrenden Blick bei, während ich mich, erschöpft vom Druck des Verhörs, rücklings ins Kissen sinken ließ. Müde drehte ich den Kopf, bis ich Hufschmidt direkt ins Gesicht sah.

Zittrig tastete ich in seine Richtung.

»Mutter?«, fragte ich dann schwächlich.

»Da haben Sie's«, kommentierte Menden. »Da haben Sie Ihr Alibi, Hufschmidt.«

Was für eine Wendung, dachte ich und setzte die Klinge an, das Schicksal doch mitunter nimmt.

Mit zusammengebissenen Zähnen trieb ich die Schneide zentimetertief hinein und ließ sie der dünnen, blauen Linie folgen.

Das ist also das Ende, dachte ich, das Ende aller Mühen.

Letzte Chancen, ohne Zaudern und mit aller nötigen Entschlossenheit ergriffen, verpufften einem buchstäblich über dem Kopf zu Konfetti, und eh man sich versah, fand man sich am Abgrund wieder, mit den Zehen schon unbehaglich weit über den Rand hinausragend.

Was schief gehen konnte, war schief gegangen, und obwohl alles Jammern nichts nützt, bereute ich doch so manche Entscheidung.

Hätt ich mal Ja gesagt, dachte ich bitter. Dann wäre ich womöglich jetzt schon Alban Adangos Schwager, könnte mit ihm zusammen reiten, ein Leben als naturalisierter mexikanischer Bandido führen und Nacht für Nacht für Nacht für Nacht für Nacht seine scharfe Schwester besteigen. Aah, hätt ich mal! Obendrein hätte ich dann eine Gattin an der Seite gehabt, die mir bei der Dosierung des Sprengmittels möglicherweise leicht in den Arm gefallen wäre … Plus, fiel mir auf, einen völlig legalen Grund, einen bestimmten Indianerscout voll Blei zu pumpen, bis ihn sechs Mann nicht mehr vom Boden hochgekriegt hätten.

Doch, zu spät. Ich setzte das Messer erneut an.

Niemand beachtete mich. Sie ließen mich in Ruhe, allein in meiner Ecke, allesamt viel zu eifrig damit beschäftigt, im blassen, durch die zahllosen Löcher im Dach scheinenden Licht des Mondes Pancho zu assistieren, der mit einem Brecheisen über der Schulter den Boden absuchte.

Ohne Geld, ohne Ziel war es allen nur natürlich erschienen, der Kanalisation ein weiteres Stück zu folgen und schließlich die Sprossenleiter zum Boothill Saloon zu erklimmen.

Das Schlimmste daran, dachte ich und zog die Klinge erneut durch einen Schnitt von nahezu chirurgischer Präzision, ist die Ungerechtigkeit des Ganzen. Abtreten zu müssen und dabei das hämische Gelächter von Thysson und Co. in den Ohren klingeln zu haben, das war so erbärmlich. Doch der Kampf war verloren. Ein für alle Mal. Endgültig. Goliath hatte mal wieder gewonnen.

Verhaltener, heimlicher Jubel brandete auf, als Pancho unter dem protestierenden Quietschen der Nägel ein Fußbodenbrett hochhebelte und damit eine ganze Reihe unetikettierter Flaschen mit ach so klarem Inhalt freilegte.

Gedankenverloren klappte ich das Messer zusammen, pustete letzte Späne weg und betrachtete mein Werk.

LIEBER ZU VIEL ALS ZU WENIG

stand, sauber und ordentlich, in den Querbalken eines schlichten, ungehobelten Holzkreuzes geschnitzt. Motto eines Lebens, das, wie man mir schon in der Grundschule prophezeit hatte, destiniert schien, vor seiner Zeit zu enden.

»Und ihr kommt mir nicht eher wieder hoch, als dass ihr mir sagen könnt, wohin sie sich verzogen haben!«, bellte Mandoney in den Schacht. »Denkt an die Belohnung!« Zustimmendes Gebrumm antwortete ihm und schwankender Laternenschein entfernte sich die Kanalisation hinunter. Der Deputy richtete sich auf, und wer immer in seiner Nähe war, machte einen Schritt zurück. Mandoneys Miene spiegelte eine Laune, für die es nur ein Wort gibt: Mordlust.

Die Schwarzfüße waren kampflos abgezogen, die Mexe nie gekommen. Dafür hatte man ihm direkt vor der Nase, mitten im abgeriegelten Ort, die Bank hochgejagt. Als Resultat stand er nun da wie ein Idiot.

Die Ungerechtigkeit des Ganzen ließ Mandoney mit den Zähnen knirschen. Die Schmach und die Ungerechtigkeit. Bald schon, allzu bald schon würde sich die Frage der Verantwortlichkeit stellen, und wem würde dieses Desaster angeheftet werden? Dem Bürgermeister oder dem Sheriff, die es auf dem Höhepunkt der Krise vorgezogen hatten, durch Abwesenheit zu glänzen? Wohl kaum.

Und wem, wenn er nur eine Sekunde darüber nachdachte und das vorläufige Ausbleiben handfester Beweise einmal still ignorierte, wem hatte er diese Schande ursächlich zu verdanken?

Mandoney packte sein Gewehr und stampfte entschlossen zum Bahnhof. Die einzige Hoffnung, die der Fremde jetzt noch besaß, die einzige dünne Chance, seinem, Mandoneys, Zorn noch zu entgehen, und sei es auch nur für ein Weilchen, war, den Kreis aus Eisen zu durchbrechen und das Weite zu suchen.

Und dabei, sagte sich Mandoney, schwang sich hoch auf die Lok und nickte Sam energisch zu, dabei, schwor er sich, während der Dampf rhythmisch puffte und Minna anrollte, dabei werde ich ihn fassen. Und wenn es sein muss – nein!, wenn möglich, wenn irgendwie machbar – mit bloßen Händen.

Bro Ho und Shits schienen sich gleich wieder zu Hause zu fühlen, nahmen ihre Plätze am Fenster und in der Ecke ein, als hätten sie nie von hier zu verschwinden versucht. Toller Hund sah aus, als ob er sich am liebsten mit einer großen Flasche Fusel zurück in den Mietstall und sein Rollenklischee begeben würde, und als auch noch Pancho mit geschäftiger Miene anfing, Gläser und Spiegel zu polieren, begann ich mich zu fragen, ob die Ereignisse der letzten Tage überhaupt stattgefunden hatten oder aber nichts als ein fiebriger Traum gewesen waren.

Doc Tatters nahm seine Tasche unter den Arm und spähte durch die Ritzen der Bretter vor den Fenstern nach draußen. Pancho hielt ihm ein Glas hin, doch der Mediziner lehnte ab.

»Es wird Zeit, mich wie- wiewiewie- wieder meinen Aufgaben zu widmen«, meinte er nachdenklich. »Allein aus der Ka- Kakaka- Kata- tatata- tanga- gagaga- ach scheiß drauf!« Der Doc nahm das angebotene Glas und leerte es auf einen Schluck, keuchte. »Allein aus der Katanga-Schlacht sind bestimmt noch eine Menge Verletzte zu versorgen«, brachte er den Satz zu Ende.

»Lass lieber sein, Doc«, knurrte Shits. »Nachher muss ich die noch alle in Kisten nageln.«

»Und ich kann sie dann verbuddeln«, beschwerte sich Bro Ho.

Sie alle nahmen ihre Haltungen wieder ein, ihre Positionen, ihre Parts, wie Schauspieler nach einer Drehpause, wie ferngesteuert. Mich würde man hängen, doch sie waren für das Funktionieren der Stadt unentbehrlich, ein Umstand, den auch der Sheriff nicht lange ignorieren konnte und würde.

Ähnlich wie bei meinem Auftauchen vermieden sie es wieder, mich anzusehen.

Ich besah mir jeden Einzelnen der Reihe nach, und obwohl sie alle ihr Bestes taten, es zu verbergen, spiegelten ihre Mienen vor allem eins: eine tiefe Enttäuschung. Sie hatten sich mehr erwartet. Von mir. Von mir und diesem verfluchten Orakel.

›... wird den Weg über das Wasser nehmen und den Kreis aus Eisen brechen ...‹

Müdigkeit, nackte, rohe, bleischwere Müdigkeit sog mir den Saft aus dem Denkvermögen wie Toller Hund den Fusel aus seiner Pulle. Ein volles Glas und ein Becher von Panchos Kaffee materialisierten sich neben meinem rechten Ellenbogen. Ich leerte sie mit zwei energischen Rucken. Keuchte.

›... wird den Weg über das Wasser nehmen und den Kreis aus Eisen brechen ...‹ Kein Wort von: ›Wird mit einem Strick um den Hals unter einem selbst geschnitzten Holzkreuz verscharrt.‹

Meine Pumpe lief an und erhöhte den Druck im System. Mein Kopf hob sich, mein Kinn, mein ...

»Komm mal her!«, befahl ich und winkte Toller Hund zu mir herüber.

»Was soll das heißen, ›den Weg über das Wasser

nehmen‹?«, fragte ich ihn. »Welches Wasser? Welchen Weg?« Er zuckte die Achseln.

»Unsere Orakel sind nur Ausblicke auf eine mögliche Zukunft«, erklärte er. »Keine Gebrauchsanweisungen. Da ist immer ein Element von Nebulosität enthalten.«

»Aha. Na, eigentlich kein Wunder«, merkte ich an, »bei einem Medizinmann mit dem Namen ›Kleines Glas Das Immer Leer Ist‹, oder?« Toller Hund nickte vage.

»Wie ist eigentlich *dein* vollständiger Name?«, fragte ich, und er schluckte und druckste ein bisschen herum, bevor er damit herausrückte.

»›Toller Hund Der Einen Knochen Vornedrin Hat‹«, murmelte er dann. »Haben mir die Squaws verpasst«, fügte er, fast schon entschuldigend, hinzu.

Und gleich noch etwas, fand ich, über das ich mich in Zukunft nicht weiter zu wundern brauchte.

Shits stand am Fenster und blickte hindurch, obwohl dort nicht viel mehr zu sehen war als die Rückseiten der von außen davor genagelten Bretter, Bro Ho hob eine wochenalte Zeitung vom Boden auf und betrachtete sie mit Interesse, Pancho wischte seine Theke von einem Ende zum andern und wieder zurück blank, Doc Tatters kramte durch seine Arzttasche und hielt immer mal wieder ein chirurgisches Instrument ins Licht, als ob er es zum ersten Mal sähe und sich ums Verrecken nicht erklären könne, wofür das jetzt wieder gut sei, Toller Hund rollte die Eulenaugen und packte den Korken seiner Flasche mit den Zähnen, und alles wäre vermutlich für immer so weitergegangen in Buttercup, wie ein gut geschmiertes Karussell, wenn nicht plötzlich Schüsse zu hören gewesen wären. Schüsse und Schreie. Und noch mehr Schüsse. Sie kamen aus dem Schacht, dem Abstieg zur Kanalisation, mitten im Fußboden des Saloons.

Automatisch griff jeder, was gerade in Reichweite war. Bro Ho seine Schaufel. Pancho seine Gitarre, die er wie eine Keule hielt. Toller Hund hatte eh schon eine Flasche in der Hand, der er nur noch rasch einen Schluck abnötigte, ich hielt mein Holzkreuz am Fußende, und Shits warf sich auf Doc Tatters, dem irgendwie eine Schrotflinte in die Hände gefallen war.

»Langsam, Doc«, raunte er und kam wieder hoch mit der Schrot in der einen und seinem Maßband in der anderen Hand. Schweigend versammelten wir uns um den Schachtdeckel. Heulen, Schreien, Schüsse und trappelnde Schritte drangen durch das Gitter.

»Falls sich der Deckel hebt und ein Kopf erscheint«, wies ich Pancho flüsternd an, »brätst du ihm sofort eins über!«

Ich hatte den Satz noch nicht beendet, als der Deckel explosionsartig in die Höhe flog und eine männliche Gestalt aus dem Loch geschossen kam, gefolgt von noch einer und noch einer. Alle drei hielten rauchende Revolver in Händen, alle drei machten, kaum oben, auf der Hacke kehrt und blickten mit starren, schreckgeweiteten Augen zurück auf das Loch, aus dem sie gerade gekommen waren. Shits hielt einem von ihnen die Schrot unter die Nase, doch der Effekt war gleich null.

»Schlag zu«, forderte ich und gab Pancho eins in die Rippen, doch der schüttelte den Kopf und ließ das verdammte Instrument sinken, was mir ein Seufzen der Frustration abrang.

»Das sind Stammgäste«, erklärte er. »Lauter Ingenieure.«

Kratzende, scharrende Geräusche drangen aus dem Schacht zu uns hoch und hohler, keuchender Atem. Die drei Ingenieure, und wir mit ihnen, machten einen unwillkürlichen Schritt rückwärts.

Das Kratzen, das Scharren wurde lauter. Wer immer da im Schacht war, er oder es kam hochgekrochen.

»Herr, nä«, ließ er oder es sich vernehmen. »Watten Theater!«

Ein staubiger, fransiger, leicht geknickter Zylinder hob sich über den Schachtrand, gefolgt von der etwas fleischarmen Physiognomie einer Person, die eine nicht unerhebliche Zeit in ihrem eigenen Grab zugebracht hat. Nach dem Ableben. Durch, wie es aussah, Messerstich.

»Dabei habbich doch bloß gefracht, obse nich vielleicht ma 'ne Fluppe für mich ham«, meinte Tom-Tom.

Die Unterkiefer der drei Ingenieure arbeiteten in sprachlosem Entsetzen.

Unter Ächzen zog der Zombie sich aus dem Schacht, schnüffelte hörbar durch die beiden Löcher, die bei Lebenden gnädigerweise von der Nase verdeckt werden, und drehte suchend den Kopf. »Hatt ich doch den richtigen Riecher«, freute er sich, als die Drehbewegung mit Blickrichtung auf die von Flaschen gekrönte Theke endete. »'n orntliches Schlücksken könntich nämlich auch vertragen.«

Pancho seufzte ein Seufzen von unauslotbarer Schicksalsergebenheit und begab sich zur Bar. Die meisten Anwesenden, die immer noch blassen Ingenieure vorneweg, rückten in bequeme Reichweite derselben.

»Was treibt dich her?«, fragte ich Tom-Tom, reichte ihm eine Zigarette und goss ihm einen ein, nachdem ich Toller Hund die Flasche entwunden hatte.

»Ich hab mir datt Orakel nochma durchen Kopp gehen lassen«, meinte er. »Und wie ich mich auffe Socken mach, dazu ma datt eine oder andere mit euch zu bequatschen, treff ich die da, wiese mit Lampen inne Kanalröhren am leuchten sind und eure Spuren am folgen.«

Das verlangte nach einer Erklärung, und das Warten darauf füllte den Saloon mit Schweigen, ließ die Gläser der Ingenieure aber gleichzeitig bemerkenswert leer. Pancho hielt die Flasche und wir anderen den Mund.

Nacheinander drehten die drei sich zu uns um.

»Wir sind ein Suchtrupp«, eröffnete der Erste, der mit dem Schnauzer.

»Wir suchen euch«, erläuterte der Zweite, der mit dem Ziegenbart. »Vor allem den Fremden.«

»Im Auftrag Mandoneys«, erklärte der glatt rasierte Dritte.

Der Morgen wollte und wollte nicht kommen. Schwarze Wolken waren am östlichen Horizont aufgezogen, aus denen hin und wieder Blitze zuckten. Rote Glut beleuchtete das Innere des

Führerstands, als Sam kurz die Klappe der Feuerung öffnete, um ein paar weitere Schaufeln Kohle nachzulegen. Minna puffte eifrig vor sich hin, folgte dem riesigen Rund ihres Schienenstrangs, während Mandoney die Gegend im Inneren des eisernen Kreises mit den Augen absuchte.

Fast wie in alten Tagen, dachte er. Auf Streife, wenn die Welt noch schläft.

Vom Fremden keine Spur.

Und doch ahnte Mandoney, spürte es in den Knochen, fühlte es bis in die letzte Faser seines Deputy-Herzens, *wusste* es einfach, mit absoluter Gewissheit, dass der Fremde genauso wach war wie er, dass er irgendwo in diesem großen Rund aktiv war, etwas ausheckte, etwas, das er, Mandoney, verhindern musste.

Er wird versuchen, den Kreis zu brechen, dachte er mit immer mal wieder einem nervösen Auge nach vorn, auf den noch unversehrten Parallelstrang der Gleise. Und er kann von Glück sagen, wenn *ich* ihn dabei erwische. Und nicht jemand anders. Die Thyssons, zum Beispiel. Oder die Jones.

»Sei leise«, hauchte sie. Ich schlug die Augen auf und Karen küsste mich sanft auf den Mund. »Wir wollen doch deinen Zimmernachbarn nicht wecken, oder?«

Ich schüttelte den Kopf, als ob ich ihn von Schuppen befreien wollte.

Karen trug einen blassblauen, seidenen Morgenmantel, und als sie sich aufrichtete, einen Schritt zurück machte und ihn von ihren Schultern gleiten ließ, wurde mir klar, dass das alles war, was sie trug. Mondlicht schien durch das Fenster und gab ihrer Haut einen unfassbaren, einen unwirklichen Schimmer.

Ein Geräusch verließ meine Brust, es klang fast wie ein Schluchzen. Endlich, dachte ich. Endlich …

»Und, gefalle ich dir?«, fragte sie mit leiser, heimlicher Stimme, fasste sich beidhändig ins Haar und sog sich die Lungen voll Luft, und ich nickte wie jemand, der beim Anlauf gestolpert, lang hingeschlagen und mit dem Kinn auf dem Vorderende des Sprungbretts zu liegen gekommen ist.

»Ich bin mir nicht sicher«, flüsterte sie, trat ganz nah ans Bett und begann langsam, die Steppdecke von meinem verschwitzten Balg zu pellen, »ob ich das zugeben sollte«, hauchte sie, und leicht, kitzelnd wie ein Tropfen auf der Haut, setzte sie ihren Zeigefinger an meinem Brustbein an und ließ ihn von da abwärts laufen, weiter und weiter, bis ich mir Sorgen machte, ich könnte mir die Zunge abbeißen und nie wieder einen verständlichen Satz herausbringen, »aber deine reine Hilflosigkeit törnt mich unwahrscheinlich an. Ich dachte, wir tun es, tun es jetzt, ehe du schon morgen früh deine Selbständigkeit zurückerlangst …«

Ja, dachte ich, Zunge zwischen die Zähne gepresst, dass ich Blut schmeckte, jajaja, dachte ich, o ja, ja, ja, ja, ja, ja …

Das ganze Bett knackte und knirschte, als Karen sich grazil darauf niederließ, und ich schlug die Augen auf.

Nackt vom Deckstuhl eines unter tropischer Sonne segelnden Partyschiffes geschleudert zu werden und sich völlig alleine zwischen Eisschollen im grauen Wasser des Polarmeeres treibend wiederzufinden, kann keinen größeren Grad an Ernüchterung bringen als meine in diesem Augenblick.

Das Bett knackte und knirschte nicht nur, es *ächzte* unter dem Gewicht von Richard Theissen sen., Oberbürgermeister von Bolterop, Nordrhein-Westfalen. Er hielt einen überbordenden Fresskorb auf dem Schoß, einen enormen Strauß langstieliger Blumen in der linken Armbeuge und ein zähnefletschendes Lächeln im Gesicht.

»Ich muss mit Ihnen sprechen«, begrüßte er mich in vertraulichem Tonfall.

Ich grunzte ihn an. Für das, was ich noch ein paar Sekunden vorher gedacht hatte, was ich jetzt tun würde, war Sprechen kein wirklich in Betracht zu ziehender Ersatz.

Theissen war kräftig für einen Politiker, aber wie so viele fett geworden im Amt. Nur eine einzige Etage Treppenhaus hatte ihm schon den Schweiß aus den Poren getrieben, und seine breiten Schultern hoben und senkten sich im Takt schweren Atmens.

Sein wie festgeschraubt wirkendes Lächeln stand in krassem Widerspruch zu dem Ausdruck von Hass in seinen Augen, und mir wurde klamm, als mir aufging, dass er der Mann war, der, abgesehen vielleicht mal von mir, in der ganzen Affäre am meisten zu verlieren hatte.

Ich dachte kurz daran, Menden zu wecken, doch hinter der Trennwand war es auffallend ruhig, kein Schnarchen, kein Röcheln, nichts, ein sicheres Zeichen dafür, dass Menden eh schon wach war und lauschte. Also hielt ich erst mal den Mund.

OB Theissen seinerseits schien Wert darauf zu legen, sich leise zu verhalten. Er begrüßte mich jovial in so was wie einer gedeckten Tonlage und wies die mitgebrachten Geschenke als Gaben der Stadt Bolterop aus, womit er indirekt zugab, den Krempel weder selbst besorgt noch selbst bezahlt zu haben. Nicht recht wissend, wie jetzt weiter, erhob er sich wieder von der ächzenden Matratze, legte die Blumen auf dem Waschbecken ab, stellte den Fresskorb auf einen Stuhl und baute sich neben meinem Bett auf.

»Herr Kryszinski, ich halte Sie für einen vernunftbegabten Menschen«, log er aus dem Stand heraus munter drauflos. »Wir von der Stadt Bolterop sind etwas besorgt über die Entwicklungen der letzten Tage.«

»Mit ›wir von der Stadt‹ meinen Sie in erster Linie sich und Baudezernent Richard Theissen junior«, präzisierte ich ungefragt. »Der sich mit meinem Moped langgelegt hat.«

OB Theissen schnalzte fettig mit der Zunge und machte eine abwiegelnde Handbewegung.

»Plus der Rest des von Ihnen protegierten Bolteroper Klüngels, der sich so stolz ›Der Kreis aus Eisen‹ nennt.« Plötzlich, unerklärlich, war mir jetzt doch nach Reden zumute. Da schien sich was angestaut zu haben, in mir.

»Herr Kryszinski«, mahnte Theissen geduldig, »Sie sprechen hier von einem Förderverein namhafter Persönlichkeiten aus Wirtschaft und Politik zum Zwecke der Stärkung des Standortes Bolterop und der ganzen Region.«

»Theissen«, entgegnete ich und pfiff auf den Titel, »Sie und Ihre Kumpels haben sich mit dem Bau der idiotischen Ringbahn zu Stadtvierteln, die niemals gebaut werden, und mit Bau und Betrieb der vollkommen überdimensionierten Kläranlage die Taschen voll gestopft und gleichzeitig die Stadt in den Bankrott getrieben. Es gibt jede Menge Akten und andere Unterlagen, die das beweisen.« Er wollte etwas sagen, doch ich war noch nicht fertig. »Dann haben Sie und Ihre Kumpels von der Sparkasse bewusst Firmen im Emscherbogen in die Pleite getrieben, als Sie von den Renaturierungs-Plänen der Regierung Wind bekamen. Plötzlich waren die Grundstücke links und rechts der betonierten Köttelrinne Unsummen wert, Protzvillen sollten in Zukunft die ganzen Kleinbetriebe ersetzen. Doch einer davon war zufällig der meines Vaters. Und er hatte schon eine hübsche, alte Villa, auch wenn die Adresse ›Zum Schönen Ufer‹ seit der Kanalisierung der Emscher nicht mehr wirklich zutraf. Doch schon in ein paar Jahren wird sich der Emscherbogen ja wieder als erste Adresse präsentieren. Und dann haben Sie erfahren, dass ich *Detektiv* bin und entschlossen, meine Nase in diese ganzen schmierigen Affären zu stecken, und Sie und Stankowski sind durchgedreht. Doch alle Ihre Intrigen und anderen wenig intelligenten Pläne, mich einzuschüchtern oder aus dem Weg zu räumen, haben nicht gefruchtet, Theissen. Ich bin immer noch da. Und entschlossener denn je.«

Theissen bedeutete mir jetzt ziemlich eindringlich, die Lautstärke unten zu halten.

»Was diese Akten und anderen Unterlagen angeht ...«, begann er, beschwichtigend.

»… hätten Sie sie besser selbst vernichtet«, führte ich seinen Satz zu Ende. Und lachte. »Anstatt dieses Unternehmen zu beauftragen.«

Ein Arbeitsbeschaffungs-Programm der Zeche-Katarina-Initiative, wie sich später herausstellen sollte. Lauter Autonome, lauter Leseratten und mit der Stadt auf ständigem Kriegsfuß.

»… wären wir bereit, eine größere Summe für ihre Wiederbeschaffung zu bezahlen«, vervollständigte Theissen seinen Satz in Eigenregie. Flüsternd.

Bestechung. Bestechung zur Strafvereitelung.

»Sagen Sie mal 'ne Hausnummer«, forderte ich. Doch Theissen wiegelte ab.

»Wir alle wissen, dass Fehler gemacht worden sind«, fuhr er etwas lauter, aber immer noch sehr verhalten fort, »wir alle bedauern das sehr, vor allem in Hinsicht auf manche Entscheidung, die Ihre Person betraf …«

»Wie beispielsweise, mir Drogen unterzujubeln und den Zoll von hier bis Marokko davon zu unterrichten?« Ich sprach ganz leise jetzt, als ob ich Menden nicht wecken wollte und, als wollte ich mir das Angebot mal durch den Kopf gehen lassen.

Theissen wog das Haupt, schnalzte wieder mit der Zunge.

»Eine größere Summe«, wiederholte er verträumt, »und was das Anwesen Ihres Vaters angeht …«, er suchte und fand meinen Blick, »… scheint da eine solide Versicherungspolice zu bestehen, und selbst was die Hypotheken betrifft, gibt es von Seiten der Stadtsparkasse Bolterop ein Zeichen von Bereitschaft zum Einlenken. Vorausgesetzt, natürlich, Sie zeigen ebenfalls ein Einsehen und ...«

»Sie versuchen mich hier zu bestechen«, blaffte ich, »zu korrumpieren, und das, obwohl Hauptkommissar Menden jedes einzelne Wort mithört? Haben Sie den etwa *auch* in der Tasche?«

OB Theissen blickte zufrieden wie eine satte Katze, und ich konnte körperlich spüren, wie mich eine Woge von Entrüstung und Ekel mitriss.

»Und selbst wenn«, spie ich, obwohl ich mir Menden nicht mit offener Hand vorstellen konnte, nie im Leben, »und selbst wenn«, wiederholte ich, zitternd vor Abscheu und plötzlicher Angst, »selbst dann kriegen Sie mich nicht weich. Sie haben sich den falschen Gegner gesucht, Theissen. Denn ich werde nicht ruhen, bevor Sie und Ihr ›Kreis aus Eisen‹ aufgeflogen und Sie aus sämtlichen Ämtern entfernt worden sind und sich vor Gericht für die ganze Scheiße, die Sie angerichtet haben, verantworten müssen!«

»O doch«, meinte OB Theissen grimmig und griff sich ein Kissen, beugte sich vor, auf mein Gesicht zu, und mit einem Schlag und urplötzlichem Grauen wurde mir dreierlei klar, dreierlei auf einmal: dass Theissens ›O doch‹ sich auf den ›... ich werde nicht ruhen ...‹-Teil meiner Rede bezog, dass man Hauptkommissar Menden, während ich noch von Karen träumte, unbemerkt aus dem Zimmer geschafft hatte und wir somit, Theissen und ich, allein waren. Und drittens, dass ich mich gerade um Kopf und Kragen geredet hatte.

Theissen schwitzte, er zitterte, seine Augen spiegelten Hass und Panik und einen gewissen Rest an Unglauben über das, was er im Begriff war zu tun, doch seine Miene war die kalter Entschlossenheit.

Alles ging jetzt rasend schnell, doch ich fand noch Zeit für eine Betrachtung voll tiefer Traurigkeit. Nur diese eine Nacht hätte ich noch überstehen müssen, bevor, schon am Morgen, Karen …

»Fahr zur Hölle, Kryszinski«, zischte Theissen, das Kissen füllte meine Sicht, ich strampelte in zittriger, angeketteter Hilflosigkeit, wollte noch schreien, doch da, mit einem weichen, leisen *Ffumpf,* wurde es still um mich herum. Und dunkel.

»Jungs«, sagte ich und schnappte mir eine volle Flasche und ein paar Gläser, »euch schickt der Himmel.«

»Nein, nein«, wiederholte der Glattrasierte, »im Gegenteil, das war Mandoney …«

Ich suchte uns einen Tisch mit vier Stühlen, und die Herren Ingenieure saßen schon, noch bevor ich mit dem Einschenken fertig war.

Draußen begannen die ersten Vögel zu piepen und Tom-Tom hatte sich schon wieder zu seinem Schönheitsschlaf verabschiedet. Nachdem er mir noch einen kurzen Vortrag gehalten hatte.

Ich hob mein Glas, die Ingenieure folgten meinem Beispiel und wir alle flößten uns die Getränke ein. Keuchten.

»Hört mal«, begann ich rundheraus, »ihr habt doch diese Eisenbahnlinie gebaut, oder?« Dreifaches Nicken, dafür gab es noch eine Runde. »Und irgendwo musstet ihr doch sicherlich eine Brücke schlagen, oder?«

Es war, wie wenn man den nervösesten Partygast das Fass anschlagen lässt. Es zischt, es spritzt, es sprüht in alle Richtungen, und man ist erst mal gut beraten, sich auf Distanz zu halten und den Dingen ihren Lauf zu lassen.

»Eine?«, fragte der mit dem Schnauzer sofort zurück. »Eine? Ha! Fast ein halbes Dutzend!«

»Fünf, um genau zu sein«, präzisierte der mit dem Ziegenbart. »Fünf Stück, von den Tunneln ganz zu schweigen.«

»Allein die über die St.-Andreas-Senke hat mehr als ein halbes Dutzend Bögen«, meinte der Glattrasierte.

»Exakt sieben Stück«, bestätigte Ziegenbart. »Alle gleich, alle vorfabriziert.«

»Dafür ist sie allerdings nicht besonders hoch«, relativierte der Schnauzer.

»Stimmt, keine zehn Fuß«, bestätigte der Dritte, der ohne Bartwuchs.

»Neundreiviertel am tiefsten Punkt der Senke«, erläuterte Ziegenbart, und ich begann mich zu fragen, wie lange das jetzt so weitergehen würde. »Sechseinhalb am südlichen und nur dreieindrittel Fuß am nördlichen Kopf.«

»Aber lang, das ist sie«, fuhr der mit ohne Bart fort. Ziemlich genau 'ne halbe Meile.«

»Kann man nie so hundertprozentig sagen, bei Eisenkonstruktionen«, erklärte Ziegenbart. »Hängt vom Wetter ab. Von den Temperaturen eigentlich. Mittags und im Sommer sind sie länger und in Winternächten schrumpeln sie regelrecht zusammen.«

»War die Hölle, die Fundamente in den sandigen Untergrund zu graben«, erinnerte sich Schnauzer mit der allen Schreibtischtätern eigenen Wichtigtuerei. Als ob sie bei den gesamten Bauarbeiten auch nur einen einzigen Handschlag selbst erledigt hätten. »Immer wieder sind uns die Abstützungen eingeknickt, bis wir selbst die Chinesen kaum noch da runtergekriegt haben. Die Hölle. Aber, wie gesagt, hoch ist sie nicht. Wenn du Höhe willst, Fremder, dann musst du dir mal unser Viadukt über die Fitzroy-Spalte anschauen. Hängt an Ketten, das Ganze. Vierhundert Fuß, das ist nichts für Schwindelige. Die Schlitzaugen haben sich bald beschissen vor Angst. Wir mussten das Ding mit Indianern bauen. Schon mal mit Rothäuten gearbeitet? Wahnsinn. Sterben wie die Fliegen.«

»Oder zwei Meilen später die Einbogen-Stahlskelett-Konstruktion über das Südende des Katanga-Canyons«, führte Schnauzer an. »Immerhin noch zweihundertfünfzig Fuß. Wie viele Iren sind uns beim Bau da runtergefallen? Weiß das noch einer?«

»Augenblick mal«, unterbrach ich.

»Dreiundzwanzig, wenn wir den Polen mal großzügig mitrechnen«, ignorierte Ziegenbart meine Unterbrechung.

»Nein, was ich fragen wollte«, begann ich.

»Nerven, Nerven musst du haben, wenn du 'ne verdammte Eisenbahn bauen willst«, sinnierte der Schnauzerträger und hielt mir sein Glas hin. »Nerven, sag ich immer, Nerven und Dyna…«

Die Dunkelheit wich einem plötzlichen Gleißen. Die Fenstervorhänge hinter mir flatterten nur so, als ich einatmete, lang, kehlig und tief. Eine nach der andern kehrten die sinnlichen Wahrnehmungen zurück. Angeführt vom Gehör.

»Kumma, wie nett unser OB dem armen Kristof Kryszinski die Kissen am aufschütteln is«, kam es heiser und ziemlich überraschend vom Fenster her. Von *vor* dem Fenster, wie es sich anhörte. Von draußen. »Hasse alles drauf?« Ein tiefes, zustimmendes Brummen antwortete.

»Was, was was«, stammelte Theissen, zwinkerte in das grelle Licht und betrachtete das Kissen in seinen Händen, als könne er sich nicht recht erklären, wie es dahin gekommen war.

»Na, Oberbürgermeisterchen, erinnernse sich noch an mich?«, tönte es – unzweifelhaft jetzt – von draußen, gefolgt von einem Ächzen und den anderen Geräuschen, die jemand macht, der von einer Leiter aus in ein offenes Fenster klettert. »Thomcyk, der Name, Thomas Thomcyk. War mal 'ne Zeit lang Reporter bei der *Bolteroper Allgemeinen*. Bis Ihnen und Ihren Kumpels meine Artikels über Bolterop nich mehr allgemein genuch gefasst waren. Wissense noch? Stankowski hat meinen Informanten erpresst, der hat mir'n Haufen Scheiße erzählt, ich hab da 'nen Riesen-Artikel draus gemacht und Sie ham mir dann höchstpersönlich dat Messer im Kreuz gejacht. Schlau gemacht, war echt 'n paar Jährkes ganz unten, bis datt ich mich davon wieder erholt hab. Heut binnich Frielänzer bein Färnsehn. Und da werden mir doch glatt letzter Tage ein paar Katongs voll von Akten präsentiert, und wie ich die durchgeh, die Akten, da tauchen die ganzen alten Namen widder auf. Und Zahlen, Theissen, Zahlen, da wernse schwindelich, echt. So, dann darf ich noch eben den Kollegen vorstellen, der hier im Fenster leuchtet: Datt is Fridolin Frohwein, mein Kameramann.«

»Seien Sie herzlich gegrüßt, Herr Oberbürgermeister«, flötete eine außerordentlich gekünstelt wirkende Stimme, die nicht recht zu dem gerade noch gehörten, zustimmenden Brummen passen wollte.

»Sie, Sie haben kein Recht ...«, begann der OB und warf das Kissen von sich, wie man einen Blutegel von sich schleudern würde.

»Datt könnwer später noch verhackstücken, obwer hier 'n Recht haben oder nich. Tatsache is, wattwer ärsma ham, is 'ne schöne Fuhtitsch, und wennse mir 'n Momentchen geben ...« Ächzen, Scharren, Rumpeln folgte, »... den Kollegen hier reinzuhieven, dann könnwer Ihnen die auch vorfürn. Wa, Fridolin? Komm, zeich ihm ma!«

Allmählich rückten die beiden ins Bild. Thomcyk war eine elegante Erscheinung mit tadellos frisiertem Kopf, teurer, sehr intellektuell wirkender Hornbrille, modischem Hemd und seidenem Binder im Vorderausschnitt seines makellosen blauen Jacketts. Abwärts davon ging die Eleganz der Erscheinung allerdings in die Binsen, wie man so sagt. Nackte, stoppelige Beine ragten aus einem Paar der vielleicht fransigsten und schmuddeligsten Anglershorts, die ich je gesehen hatte, und endeten barfüßig in völlig ausgelatschten Ledersandalen.

Fridolin steckte dagegen in einem praktischen, wenn auch lilafarbenen Overall, der wie maßgeschneidert saß. Im gleichen Sinne, in dem, sagen wir mal, ein Kartoffelsack wie maßgeschneidert um seine Feldfrüchte sitzt.

»So, dann kommen Sie doch mal an meine grüne Seite, Oberbürgermeisterchen«, flötete er, und zahlreiche Armreifen klimperten, als er sich mit der stark beringten Hand durch seine, ich möchte mal sagen, übernatürliche Lockenpracht fuhr. Ohne viel Mühe nahm er die gewichtige Kamera von der Schulter und zeigte dem wie gelähmt wirkenden OB den kleinen Monitor. »Sie kommen jetzt möglicherweise ein bisschen blass rüber«, plapperte er, »aber wir konnten Sie ja schlecht vorher noch in die Maske schicken, oder? Ha! Wär ja die ganze Überraschung hin gewesen. So, hier kommt's.« Fridolin drehte an ein paar Knöpfen. »Na, wo bleibt denn der Ton?«, wunderte er sich und drehte an ein paar weiteren Knöpfen. »Um alles muss man sich selber kümmern«, schimpfte er. »Diese läufige kleine Schlampe von Toningenieur war heute Morgen nicht aus dem Bett zu kriegen, glauben Sie's mir. Hat die ganze Nacht gesumpft und gehurt, wenn Sie mich fragen. Also hab ich zu ihm gesagt: Dann leck mich doch, du loses Flittchen. Einen dicken Puschel am Ende eines langen Stängels hochhalten, das kann ich auch ohne dich!«

Der OB begann mehr und mehr auszusehen wie jemand, der nach Einnahme einer ganzen Reihe wirkungslos gebliebener Pillen gerade eine ganze Reihe mehr genommen hat und nun von der Wirkung der ersten Fuhre überrollt wird und sich zu fragen beginnt, ob das alles klug gewesen ist.

»Ah, hier kommt's«, kündigte Fridolin an, und mit einem gezischten »Fahr zur Hölle, Kryszinski!« kam es tatsächlich aus dem kleinen Lautsprecher. »Und ab hier jetzt die Bilder!«

Theissen starrte, schluckte und starrte woanders hin.

Fridolin wuchtete die Kamera wieder hoch, und das Gleißen des obendrauf montierten Scheinwerfers erfasste Thomcyks Oberkörper, der dicht an den immer noch wie erstarrt wirkenden Theissen heranrückte.

»Thomas Thomcyk hier«, begann er, routiniert, flüssig, sauber artikuliert, »live aus der Unfallchirurgischen Abteilung des St.-Marien-Hospitals in Bolterop, wo ich und Kameramann Frohwein gerade eben Zeugen geworden sind, wie Oberbürgermeister Richard Theissen versuchte, den hilflos an sein Bett gefesselten Privatdetektiv Kristof Kryszinski mit einem Kissen zu ersticken. Ich hoffe, jetzt und hier dazu ein erstes Statement des Oberbürgermeisters zu bekommen. Nun«, wandte sich Thomcyk mit neutraler, höflich interessierter Miene an Theissen, dessen Blick, zumindest für einen Politiker, wenig professionell starr ins Objektiv gerichtet war, »wie äußern Sie sich zum Vorwurf des versuchten Mordes?«

Und er hielt Theissen das Mikro vor die Nase.

»Äh«, machte der nach einem endlos langen Moment peinlicher, von Thomcyk aber gnadenlos ausgesessener Stille, »ist das wirklich live?«

»Blödsinn«, mischte sich ein wohl geölter Bariton ein und Polizeichef Stankowski schloss die Zimmertür hinter sich. Mit einem Knall, wie wir ihn schon lange nicht mehr hatten.

»Scheinwerfer aus, Kamera aus, Mikro aus«, befahl er, und Fridolin Frohwein gehorchte, wie man das so macht, konfrontiert mit dem so klein und doch so biestig aussehenden Loch am vorderen Ende eines auf einen kurzen, dicken Revolverlauf geschraubten Schalldämpfers.

Wenn … dachte ich.

»Äh«, wandte sich Pancho an mich, etwas kurzatmig, »bist du dir sicher, dass das die richtige Richtung ist?«

»Ja«, antwortete ich knapp.

»Weil«, schnaufte Bro Ho, »normalerweise geht's hier andersrum.«

»Ich weiß«, sagte ich.

»Und dahinten, da oben hockt ein angesoffener Indianer mit 'nem Feuerzeug und 'ner Lunte zu zwanzig Dynamitstangen, und wenn der einen Fehler macht …«, gab Shits ziemlich außer Atem zu bedenken.

»Wird er schon nicht«, beruhigte ich ihn genauso wie die andern und nicht zuletzt mich. Ich hatte Toller Hund den Fusel weggenommen, ihm dafür den Kaffee dagelassen, plus einen Haufen minutiöser Instruktionen, was die Uhrzeit der Zündung anging und wie er sich anschließend zu verhalten habe. Unter anderem sollte er zusehen, dass er nach Katanga kam und Siouxsie dazu brachte, die Pferde wieder rauszurücken, die sie und ihre Jungs letzte Nacht hatten mitgehen lassen. »Und zwar egal wie«, hatte ich ihn angewiesen und er hatte sehr beflissen genickt. Eifrig, geradezu. Hoch motiviert.

Als Anführer, sagte ich mir, muss man die besonderen Begabungen seiner Leute auch richtig einzusetzen verstehen.

»Und bis es knallt, sind's nur … wie viele Minuten noch, Doc?«

»Sie- siesiesie-«, keuchte der Doc, »nein, se- sesese- sechsunddreißig jetzt nur noch.« Und ich hörte seine Taschenuhr zuklappen.

»Das passt schon«, behauptete ich.

Wir machten gute Fahrt. Es mochte etwas verbeult und rostig sein, unser rotes Gefährt, aber solange seine vier Pumpschwengel in Schwung gehalten wurden, ging es ordentlich vorwärts damit. Und es lief wie auf – okay, nicht ›wie‹ – es lief auf Schienen, folgte mit typischer Zwangsläufigkeit dem Einspurstrang der Green Line das Amish Valley hinunter.

Wenn ich ..., dachte ich.

»Du ... du weißt, dass wir voll auf Beau Rivage zuhalten?«, gab Pancho pustend zu bedenken.

»Und?«, fragte ich und verschränkte die Arme vor der Brust.

»Und was ist, wenn sie uns da auflauern?«, schnaufte Shits.

»Wer?«, stellte ich mich doof. Es gab kein Zurück mehr, alle wussten es, somit erübrigten sich alle Bedenken. Es gab kein Zurück mehr. Basta.

Wenn ich Beau ..., dachte ich.

»Na, die Thyssons ...«

»... und ihre Leute ...«

»... Starski, nicht zu vergessen ...«

»... und di- dididi- die Jones!«

Aus dem Schatten eines kleinen Wäldchens, hoch am Hang eines der sanften Hügel, die das Amish Valley begleiteten, löste sich die Gestalt eines Reiters, unverkennbar in der klaren Luft des frühen Morgens. Unverkennbar vor allem das Pferd, auf dem er saß. Unverkennbar scheckig. Ich zog meinen Revolver und ließ die Trommel prüfend aufschnacken. Sie war leer. Mit einem Seufzer der Resignation warf ich die Waffe von mir. Dann eben nicht. »Vergesst die Jones«, sagte ich.

Die ersten Vögel piepten, doch Foreman Jones konnte sich nicht recht darüber freuen. Er erwachte mit grausamen Kopfschmerzen, Krämpfen und einer Menge Schaum vor dem Mund. Ohne Zögern räumte er diesem schwarzbrennenden Schweinehund Pancho Escuzito den einsamen Spitzenplatz seiner ganz persönlichen Abschussliste ein.

Mühsam hob er die Linke, um sich den Schaum vom Mund zu wischen, doch der entsprechende Arm war schwer wie Blei, brannte wie Feuer und ließ sich, alles in allem, kaum bewegen. Seine Lider schon. Wenn auch ebenfalls nicht ohne Mühe. Sie öffneten den Blick auf ein paar Sohlen. Stiefelsohlen. Keine Handbreit entfernt und, wie es schien, schwebend. Foreman ruckte den Kopf ein wenig und erkannte zweifelsfrei, dass es sich um Ropemans Stiefel handelte. Denn der steckte noch drin. Wenn er auch nicht unbedingt schwebte. Sondern eher *hing*. Man könnte auch sagen: baumelte. An einem Strick, wie es aussah. Um den Hals.

Vorsichtig drehte Foreman den Kopf zur Seite. Nach rechts. Seine Augen erfassten ein Messer. Einen Messer*griff* eher, da der Rest, also der spitze und scharfe, der *entscheidende* Teil, komplett im Brustkorb des einstigen Besitzers steckte. Genannt Edgeman.

Mit mehr als nur einem Hauch von Vorahnung wandte sich Foreman nach links, aufs Schlimmste gefasst, und schauderte trotzdem ein bisschen beim Anblick von Burns. Oder dem, was von ihm übrig geblieben war. Und immer noch qualmte.

Unmerklich hob der ehemalige Boss der ehemaligen Gebrüder Jones seinen pochenden Kopf mit den schaumigen Lippen. Zwischen seinen Füßen hindurch konnte er zwei Mexe beim Scharren von Gräbern beobachten. Vor allem das letzte, das, wie es aussah, vierte, kam ihm dabei unnötig und unangemessen flach vor. Und unbedachterweise um einiges verfrüht. So unmerklich, wie er ihn gehoben hatte, ließ Foreman seinen Kopf wieder sinken.

Scheiße, sagte er sich und tastete mit seiner guten, seiner rechten, seiner Schusshand nach dem Revolver und sagte sich: Du hast Panchos Fusel überlebt, du hast den Skorpionstich überlebt, du wirst auch das hier überleben.

Mit einem Gefühl tiefer Befriedigung und Sicherheit fühlte er den kalten Stahl des Abzugs unter seinem Zeigefinger und die harten Holzschalen des Griffs in seiner restlichen Hand. Geräuschlos, wie man es nur nach tausendfacher Praxis hinbekommt, spannte er den Hahn und nahm die Waffe vorsichtig hoch, legte sie ab auf seinen Oberschenkel für ein paar rasche und genaue Schüsse zwischen seinen Füßen hindurch. Dann hob er erneut den Kopf, krümmte den Abzugsfinger, blickte auf. Er blickte genau in die Mündungsrohre zweier Revolver. Gehalten von Alban Adango. Aus den beiden Mündungen schossen zwei spitze, blaue Flammen. Und sie waren das absolut Letzte, das Foreman Jones jemals sehen sollte.

»So, beide auf die Knie, die Kamera runter auf den Boden und dann die Hände über dem Kopf gefaltet, wo ich sie sehen kann!«

Thomcyk und Frohwein gehorchten sofort,

kommentarlos. Auch wenn ich vom Bett aus beobachten konnte, dass sich das kleine Kassettenlaufwerk der Kamera nach wie vor drehte.

»Sie haben die Akten und die anderen Unterlagen!«, platzte Theissen heraus, im anklagenden Tonfall der Klassenpetze.

»Gut«, fand Stankowski. Theissen blickte verwirrt und nach wie vor panisch, während der Polizeichef offenbar die Ruhe in Person war. »Weil«, erklärte er, »uns Freund Thomcyk hier und jetzt verraten wird, wo sie die für meine Arbeit so wichtigen Beweismittel versteckt haben.«

Thomcyk schnaubte die auf ihn gerichtete Waffe verächtlich an, zuckte aber doch gehörig zusammen, als Stankowski sie kurz zur Seite riss und einen kaum hörbaren Schuss abfeuerte. Mitten ins Kassettenlaufwerk, verdammt.

»Wo sind die Akten, Thomcyk?«, fragte er eisig und ließ den Revolver, ohne hinzusehen, ohne den Blick vom knienden Reporter zu wenden, weiter zur Seite wandern, bis er direkt auf meine Stirn zielte.

Es ist unbeschreiblich. Ich meine, es ist unbeschreiblich, wie *satt* ich es hatte, hier zu hängen, die Arme in einer Art doppeltem Hitlergruß fixiert, linkes Bein in ewigem Ausfallschritt, und die Dinge über mich ergehen lassen zu müssen, passiv wie ein gottverdammtes Möbelstück. Mir war danach, zu schreien, schrill zu kreischen, nur um diese unfassbare Frustration loszuwerden. Und um es hinter mir zu haben, und scheiß drauf. Nicht, dass es viel genützt, viel Aufmerksamkeit erregt hätte. Eine Etage über uns war die geschlossene Psychiatrie, und wer da lag, hatte des Öfteren den Drang, sich eher schrill Luft zu verschaffen. Stattdessen riss ich mich also zusammen und sagte, nicht zuletzt, um Thomcyk die Schmach zu ersparen: »Sämtliche Unterlagen sind sicher verwahrt im Safe meiner Pflichtverteidigerin, die Anweisungen hat, sich damit sofort an übergeordnete Stellen zu wenden, sollte mir etwas zustoßen.« Ich blickte unauffällig hoch zur Uhr, und mein Magen krampfte sich zusammen, als mir aufging, dass es noch mehr als dreißig Minuten waren bis zum Beginn der Frühschicht.

»Ja und jetzt?« Theissen sah Stankowski Hilfe suchend an. Der grunzte nur, packte den Revolver in einem entschlossenen, beidhändigen Griff.

»Elke Muffler«, stieß er verächtlich hervor. »Die schnappen wir uns als Nächstes.«

Die Vögel piepten immer lauter, und der Gedanke, dass ich sie möglicherweise das letzte, das allerletzte Mal hören sollte, deprimierte mich bis zur Apathie. So hatte ich mir den Ausgang dieser Nacht nicht vorgestellt, aber echt nicht.

»Ja, aber …« Theissen war ganz Konfusion jetzt, stand sichtlich kurz vor der Auflösung, sah von Thomcyk zu Frohwein zu mir, versuchte, sich das Morden vorzustellen, und dann, denke ich mal, wie man mit so was durchkommen könnte.

Stankowski hob die Waffe, richtete sie auf Thomcyk.

»›Im verzweifelten, irregeleiteten Versuch, seinen Vater von den falschen Anschuldigungen eines semikriminellen Privatdetektivs und einer Amok laufenden Presse zu befreien, zog Oberbürgermeistersohn Richard Theissen junior eine blutige Spur der Verwüstung durch das frühmorgendliche Bolterop‹«, formulierte er im emotionsbefreiten Tonfall eines Nachrichtensprechers.

»Mein ... mein Sohn?«, stammelte Theissen. »Sie wollen das ...«, er ließ eine Hand über das kurz bevorstehende Blutbad streichen, »... das alles meinem *Sohn* anhängen?«

Stankowski seufzte ungeduldig. »Theissen«, knurrte er, »machen wir uns doch nichts vor: Ein oder zwei Jahre in der Psychiatrie waren so oder so fällig, für Dickie. Oder wollen Sie tatsächlich, dass er in seiner Funktion als Baudezernent vor einem Untersuchungsausschuss aussagt? Also, ziehen wir das jetzt durch, ja oder nein?«

»Sagen Sie nein«, riet eine Stimme hinter mir, um mit der für sie üblichen, leicht durchschaubar vorgespielten Härte fortzufahren. »Und Sie, Stankowski, Waffe runter, und zwar sofort! Sie sind beide verhaftet!«

Stankowski riss den Revolver völlig unbeeindruckt hoch und zielte aufs offene Fenster hinter mir. »Und auch Sie, Hufschmidt«, meinte er verächtlich, »werden mir nicht länger im Weg stehen.«

»Aber ich«, kam es von der Tür her, die mit einem höchst befriedigenden Krachen aufflog. »Auch wenn ich zurzeit noch liege«, räumte Menden ein. Er lag tatsächlich, im Engelshemdchen, völlig unbewaffnet im Bett, blasser und hagerer denn je, doch der Ausdruck seiner Augen war so grau und so kühl wie immer, das heißt, ziemlich genauso grau und ziemlich genauso kühl wie Holzkohle, die bei optimaler Temperatur vor sich hin glimmt.

Stankowskis Waffe polterte zu Boden und seine

und Theissens Hände wanderten in die Höhe, sicherlich auch gefördert durch den Umstand, dass es die martialisch ausgestatteten Mitglieder eines Sondereinsatzkommandos waren, die Menden durch die Tür geschoben hatten.

Wenn ich Beau Rivage ..., dachte ich.

»Es ist Dickie! Dickie Thysson! Er kommt direkt auf uns zu!«

»Ich weiß«, sagte ich, Arme verschränkt, weiterhin auf der vorderen Stoßstange der roten Draisine stehend, Fahrtwind im Gesicht, Tränen vom Fahrtwind in den Augen.

»So- sososo- soll ich ...« Ein Schuss fiel und entlaubte einen Busch zu unserer Rechten.

»Hua! Doc! Wo hast du denn schon wieder die Schrot her!?«

Wir verloren kurz ein bisschen an Fahrt, während Shits Doc Tatters die Waffe aus der Hand wand.

Dickie kam in schrägem Winkel näher und näher. Er ritt aufrecht, fast schon zurückgelehnt, dirigierte meinen Schecken mit einer Hand, hielt die andere keck auf der Hüfte abgestützt. Von den Münzen in seinem Hutband bis hinunter zu den Sporen glänzte, leuchtete, funkelte alles an ihm im frühen Licht des Morgens. Er hielt die Lippen geschürzt, als wäre er dabei, ein Liedchen zu pfeifen.

Weiß der Deibel, was mir sonst noch an ihm aufgefallen wäre, wenn ich den Kopf gewandt und richtig zu ihm hingeblickt hätte.

»Wir zählen bis drei, lassen die Schwengel los und nehmen ihn alle Mann hoch unter Feuer«, keuchte Bro Ho.

»Wink ihn ran, als ob du mit ihm reden wolltest, und ich blas ihn mit der Schrot aus dem Sattel«, schlug Shits vor, mit fliegendem Atem.

»Lasst uns anhalten und ich fordere ihn! Von Mann zu Mann!« Pancho klang ein bisschen am Ende seiner Kräfte, und auch mehr als nur ein bisschen am Ende seiner Nerven. Doch nicht mehr lang und ...

Wenn ich Beau Rivage nicht ..., dachte ich.

»Nur noch ei- eieiei- einundzwanzig Minuten!«, hörte ich Docs warnende Stimme, gefolgt vom Zuschnacken seiner Taschenuhr.

»Pumpt weiter«, sagte ich. »Das ist eine Sache zwischen Dickie und mir.«

Und er wusste es. Als ob er mitgehört hätte. Als ob er meine Gedanken lesen könnte. Als ob wir uns *ähnlich* wären. Wie Zwillinge, von denen der eine gut geworden ist und der andere schlecht. Wobei die Rollenverteilung, wie ich fand, zwischen uns noch zu klären wäre. Neben ein paar anderen Dingen.

Er kam bis auf Steinwurfweite heran. Näher nicht. Er mochte verrückt sein, aber so verrückt nun auch wieder nicht.

»Hey, Fremder!«, rief er, und allein der Klang seines entfernt an das nervtötende Janken einer Katze erinnernden Organs ließ mich jede Geduld mit Dickie Thysson verlieren. Ich drehte den Kopf und sah ihn an.

Er schwenkte seinen Hut, dirigierte Falco mit Schenkeldruck und leichter Hand am Zügel. Er grinste übermütig, siegessicher. Für ihn, fiel mir auf, mussten wir wirken wie Männer auf der Flucht. Vier schwitzende, buckelnde Gestalten und ein stehender, unbewaffneter Anführer auf einem kuriosen, rostroten Gefährt. Fünf Loser, die nicht einmal mehr eigene Pferde besaßen.

»Hey, Fremder! Du weißt, was man sich hier in der Gegend über Männer ohne Pferde erzählt?«

Mein bohrender Blick war alles an Antwort, was er bekam.

»Ein Mann, der kein Pferd hat, sagt man, der hat auch keine –«

Ich stoppte ihn mit einer Handbewegung, einer Geste. Ich hob die Rechte, mit gespreizten Fingern, krümmte dann Daumen und Zeigefinger, bis sie sich mit den Spitzen berührten und, wenn man so will, ein O formten. Das drückte ich mir zur Hälfte zwischen die Zähne, biss zu und stieß einen Pfiff aus, der den Schecken mit explosivem Wiehern auf die Hinterbeine steigen ließ.

Als mein Pferd wieder auf den Vorderhufen landete, war sein Sattel leer. Ich pfiff noch mal, nur wesentlich sanfter, und Falco verfiel zurück in einen leichten Galopp, folgte uns eifrig und mit angelegten Ohren. Die Staubwolke, die er dabei aufwirbelte, rührte in nicht unbeträchtlichem Maße daher, dass Dickie Thysson noch mit einem seiner Stiefel im Steigbügel festhing.

»Halt dich fest!«, sagte sie und zerrte an seinem Stiefel, zog ihn glatt vom Fuß. »So«, meinte sie, »ist es doch wesentlich bequemer, oder?«

Smith nickte zustimmend, während sie wieder in der kleinen Schüssel rührte.

»Hast du schon mal daran gedacht, dir einen Schnauzer stehen zu lassen?«, fragte sie. »Damit würdest du noch verwegener aussehen!«

Smith gestand etwas verlegen ein, schon mal mit dem Gedanken gespielt zu haben.

»Verdient man eigentlich gut, als Deputy?«, wollte sie unvermittelt wissen und griff zum Lederriemen.

Smith gab zu, dass man damit sein Auskommen hatte.

»Bist du eigentlich … getauft?«

Smith bestätigte, römisch-katholischen Glaubens zu sein.

»Und, was würdest du davon halten, zu … heiraten?«

Smith hielt eine Menge davon. Überhaupt, musste er sich eingestehen, ging der Lauf seiner Gedanken erstaunlich konform mit dem dieser schönen Frau mit den pechschwarzen Haaren, dem glutroten Mund und diesem absolut scharfen … Rasiermesser.

»Wie schön«, fand Aisha, trat hinter ihn und setzte die Klinge an. Ganz behutsam natürlich.

»So, so, so, dann wollen wir Sie mal vorsichtig wieder mobilisieren.« Dr. Tatlarek hängte, eines nach dem andern, die Gewichte aus, die zur Streckung meiner gebrochenen Knochen gedient hatten, und obwohl er dabei erstaunlich behutsam vorging, war ich froh um den Lederriemen zwischen meinen Zähnen. Der Doktor hatte von sich aus vorgeschlagen, mich für diese Prozedur unter Schmerzmittel zu setzen, doch ich hatte abgelehnt. Ich wollte wach sein, wach und klar für …

»Nun, nun, nun. Das hätten wir. Sind die Beschwerden auszuhalten?«

Ich nickte, ganz der tapfere Patient. Tapfer, wach und klar für …

»Gut, gut, gut, dann lasse ich Sie mal allein. Um alles Weitere wird sich dann in …«, wir sahen beide hoch zur Wanduhr, »… circa zwanzig Minuten Ihr Physiotherapeut kümmern.«

Ich spuckte den Lederriemen von mir wie ein Hund einen ausgelutschten Knochen.

»-tin«, sagte ich fest.

»Was, was was?« Dr. Tatlarek, Türgriff schon in der Hand, drehte sich noch mal fragend zu mir um. Er verstand nicht ganz.

»Mein*e* Physiotherapeut*in*«, korrigierte ich ihn.

Karen. Ah. Und hatte sie nicht versprochen, mir eine gewisse Geschmeidigkeit zurückzumassieren in all meine steif gewordenen Glieder?, rief ich mir mit einem regelrechten Schauder der Vorfreude ins Gedächtnis.

»Oh, oh, oh, stimmt«, erinnerte sich der Doktor. »Das hatte ich ganz vergessen, Ihnen mitzuteilen. Da gab es eine kleine Umstellung des Plans. Therapeutin Karen wurde leider zu einem P-Patienten abbestellt.«

»P-Patient!?«, blaffte ich, dass es von den Wänden widerhallte. »Was soll das heißen: *P-Patient!?*«

Dr. Tatlarek nickte ganz ernsthaft und bedauernd. »Privatpatienten gehen vor, so ist nun mal das System«, erklärte er noch, achselzuckend, dann war er weg, und ich sackte zurück und fragte mich brodelnd, wer das verdammte privat versicherte Arschloch wohl sei und was ich mit ihm anstellen müsste, damit er sein widerwärtiges Anspruchsdenken ein paar Grad zurückschraubte.

Und während ich noch sprachlos vor Groll grübelte, nahm ein irritierendes Geräusch mehr und mehr von meiner Aufmerksamkeit gefangen. Es war ein Pfeifen. Leise, beinahe tonlos, doch unverkennbar stillvergnügt. Und es kam von drüben, von der anderen Seite der Trennwand.

Wenn ich Beau Rivage nicht haben kann ..., dachte ich.

»Aber ... aber was hast du vor?«, keuchte Shits pumpend. Die Ranch kam in Sicht, seitlich an einen Hügel geschmiegt, während vor uns in der kahlen Flussebene die stillgelegte Verladestation des Sägewerks auftauchte, links von den Gleisen und rechts vom Kanal gesäumt, der mal der Amish River gewesen war. Und es bald wieder sein dürfte.

»Ich meine, wir können deine Ranch nicht mit Gewalt zurückholen, das siehst du doch hoffentlich ein, oder?«

Ich nickte. All das hier würde bald wieder Weideland werden, doch trotzdem ...

»Ich bin mir eh nicht sicher, ob ich zum Rancher tauge«, sagte ich.

»Wennse uns auflauern, dann da vorn, in der Station«, meinte Bro Ho.

»Wir ziehen die Köpfe ein und *schießen* einfach hindurch«, rief Pancho in milder Überschätzung unseres Tempos. Obwohl, das Gleis war leicht abschüssig, und wir waren immerhin schneller als Falco, der aber, das darf man nicht vergessen, ganz gehörig von seiner Schlepplast gebremst wurde.

Die Station, nicht viel mehr als ein gewöhnlicher, hölzerner Bahnhof mit ein paar Kränen und

Lagerschuppen, kam in Sicht. Und wir wurden tatsächlich erwartet.

»Langsam!«, rief ich, fast gegen meinen Willen.

»No- nonono- noch sieben Minuten!«, warnte Doc Tatters.

»Nur einen Augenblick«, forderte ich und zog die Bremse.

»Jetzt nu- nununu- nur noch sechs!«

Unter protestierendem Kreischen der stählernen Räder und nervösem Schnaufen der pumpenden Mannschaft kam die Draisine am Bahnsteig zum Stehen. Alle vier brachen über ihren Schwengeln zusammen und keuchten sich die Seelen aus den Leibern.

»Eva?«, fragte ich und stieg ab. »Was machst du denn hier?«

Sie trug ein weites, hellgelbes Cape mit einer breiten Kapuze, die fast vollständig ihr Gesicht verbarg. Sie sah zu Boden, als ich näher trat.

»Ich wusste, dass du kommen würdest«, sagte sie leise, kaum hörbar. »Ich hatte es so gehofft.«

»Ge*hofft*?«, fragte ich, ungläubig wie nur je.

»Ja«, antwortete sie mit kleiner Stimme, »ich hatte gehofft, vom ersten Augenblick an gehofft, du und ich, wir würden … wir könnten …« Sie brach ab, warf die Kapuze nach hinten und strich sich eine Locke ihrer hell glänzenden Haare aus dem weichen, halb traurig, halb vorwurfsvoll dreinblickenden Gesicht. In ihren blauen Augen standen Tränen.

Eijeijeij, dachte ich. Vielleicht taugte ich ja doch zum Rancher. Seite an Seite mit einer blonden, liebeshungrigen Rancherin …

Vorausgesetzt natürlich, dass sie mich immer noch unwiderstehlich fände, auch nachdem ich ihren Vater und ihren Bruder ins Jenseits befördert hatte. Nachdenklich kratzte ich mich am Hinterkopf und stieß dabei auf eine prachtvolle Beule, Resultat eines fast schon vergessenen Hiebes mit einem – meinem eigenen – Revolverknauf.

»Oh«, machte sie schuldbewusst und trat einen Schritt näher. »Tut es noch sehr weh?«

Nicht so sehr wie die Schmach des Ganzen, nicht so sehr wie anschließend ohne Pferd aufzuwachen und sich in der Gewalt von vier hässlich lachenden Rohlingen wiederzufinden, hätte ich fast entgegnet. Etwas in ihrem Blick hielt mich zurück.

»Ich musste das tun«, flüsterte sie, nun ganz nahe. »Vater durfte nicht erfahren, dass ich mit dir ... durchbrennen wollte. Er hätte mich sonst auspeitschen lassen. Er ist so, so ... grausam.«

Eijeijeij, dachte ich. Vielleicht machte es ihr ja wirklich nichts, wenn ich sie von dieser familiären Tyrannei befreite? Gewaltsam, sicher, doch manchmal geht es halt nicht anders.

»Nimm mich.« Ihre Stimme war rau, ihre Nähe magnetisch, der Blick ihrer aufwärts in meine gerichteten Augen hypnotisch. Blutdruck und Denkvermögen rutschten mir, Hand in Hand und lachend, schwungvoll unter die Gürtellinie. Mann, war ich müde. »Nimm mich mit dir mit.«

»So ein *Irrsinn*!«, schäumte Mandoney. Er stand neben der fauchenden Lok, und die drei Ingenieure, die ihn auf offener Strecke gestoppt hatten, standen vor ihm und blickten betreten drein.

»Ich habe euch losgeschickt, den Fremden aufzuspüren und festzusetzen, und was macht ihr!? Ihr lasst euch nicht nur überrumpeln und besoffen machen, nein, ihr verratet diesem Verrückten auch noch, wo ihr euren Sprengstoff gebunkert habt! Seid ihr denn noch ganz gescheit!?«

»Sie waren uns zahlenmäßig überlegen«, entgegnete der mit dem Schnauzer.

»Im Verhältnis zwei zu eins«, fügte Ziegenbart hinzu.

»Doch immerhin, kaum dass wir uns befreit haben«, führte der Glattrasierte an, »sind wir ohne Zögern die ganze Strecke hier rausgeritten, um Sie von den Vorfällen zu unterrichten. Das sind fast zwölf Meilen gestreckter Galopp.«

»Elf Komma acht, Luftlinie«, präzisierte Ziegenbart.

»Und was haben diese Knallköpfe jetzt vor?«

»Nun, sie haben sich die Draisine ausgeliehen …«, begann Schnauzer,

»… und sind runter ins Amish Valley …«, fuhr der Glattrasierte fort,

»… Richtung Beau Rivage«, schloss der mit dem Ziegenbart.

Im nächsten Moment hatte sich Mandoney wieder auf die Lok geschwungen.

»Volle Kraft voraus!«, bellte er, und die drei Ingenieure verschwanden im Dampf, als Sam das Fahrt-Ventil bis hinten hin aufriss.

»Tu, was du willst, nur, bitte, nimm mich.«

Fast hätten sich unsere Lippen berührt.

Da trappelten Hufe und mein Schecke tauchte auf, mit stiebenden Nüstern und wehender Mähne. Ein kurzer Schritt und ich hatte ihn am Zügel, ein kurzer Blick und ich war erleichtert, den Stiefel in seinem Steigbügel leer vorzufinden. Falco wieherte und furzte vor Freude, mich zu sehen, und wir knutschten kurz und heftig und dann stupste er mir den Hut vom Kopf und ich bückte mich rasch danach und ein Schuss peitschte und ich schrie auf vor Schmerz und Empörung.

Der verdammte Gaul hatte es natürlich wieder geschafft, mir seine gelben Hauer in die Kehrseite zu graben, als ich mich vorbeugte. Wütend richtete ich mich auf und erblickte den rauchenden, kleinen Einschüsser, eine Waffe, wie sie Spieler gern im Stiefel tragen, Huren im Strumpfband und Damen der Gesellschaft in ihren Handtäschchen. Ich hatte keine Ahnung, wo Eva ihren versteckt gehabt hatte, doch es konnte keinen Zweifel geben, dass die daraus abgefeuerte Kugel nun in meinem Wanst stecken würde, hätte mein Pferd nicht im Laufe der Jahre so einen absonderlichen Sinn für Humor entwickelt.

»Nur noch ei- eieiei- eine Minute!«

Eva und ich sahen uns an, und ihre Wangen glühten und ihre Augen blitzten vor kaum unterdrückter Wut.

»Warum?«, fragte ich lahm und kam mir wie ein Schwachkopf vor dabei.

»Weil Beau Rivage *unser* ist!«, zischte sie. »Beau Rivage gehört jetzt meiner Familie, es gehört uns, uns, uns!« Verrückt. Verrückt vor Habgier wie ihre ganz Sippe.

Lass sie. Lass sie doch alle zusammen glücklich werden mit der Ranch, hätte ich fast gedacht. Doch dazu war es jetzt zu spät.

Der Schecke zuckte und tänzelte, als aus Richtung Buttercup ein feuchter, fast schon schmatzender Knall ertönte.

»Zündung!«, schrie Doc Tatters. »Wir müssen sofort los!«

Gleichzeitig näherten sich Rufe, Schüsse, Hufgetrappel von der Ranch her. Und Shits', Bro Hos, Panchos und Doc Tatters' Stimmen begannen sich zu überschlagen, so brüllten sie alle auf mich ein, um mich zum Aufsteigen zu bewegen.

Ein Wind wehte durchs Amish Valley und er trug einen galligen Mief und ein monströses Gurgeln mit sich.

Eva und ich standen immer noch auf dem Bahnsteig, einander gegenüber, unfähig, uns voneinander zu lösen. Dies war ein Moment für große Abschiedsworte, doch verdammt, ich war müde, also sprach ich aus, was mir gerade durch den Kopf ging: »Vielleicht«, sagte ich, »werde ich ganz einfach homosexuell.«

»Komm endlich! Wir fahren jetzt! Ob mit oder ohne dich!«, hörte ich Shits schreien.

»Waffen weg und Hände hoch und keinem passiert etwas!«, vernahm ich einen öligen Bariton, begleitet von donnernd nahenden Hufen und den fast schon obligatorischen Gewehrsalven.

Der Schecke riss den Kopf herum, blickte hinter sich, scheute, wieherte gellend, stürmte davon, und irgendwie riss er mich damit aus meiner Erstarrung.

Die Draisine rollte schon, als ich aufsprang.

Falco stürmte uns voran in lang gestrecktem, vollem Galopp, in unübersehbarer Panik, getrieben von etwas in unserem Rücken.

Und jetzt hörten wir es alle. Ein gurgelndes, mahlendes Donnern, ein Geräusch von weicher und doch vollkommen unaufhaltbarer Wucht.

Wenn ich Beau Rivage nicht haben kann, dachte ich, dann …

Nicht eine einzige Kugel folgte uns.

Es hätte auch keinen Unterschied mehr gemacht.

Selbst der schlimmste Hagel von Geschossen vermag nicht das Grauen auszulösen, das uns beim Anblick dieser riesigen, schwarzbraunen Wand aus … nennen wir es Wasser, aus Schlamm und Geröll überkam, die sich auf ihrem Weg talabwärts von keinem noch so großen Hindernis auch nur verzögern ließ. Geschweige denn aufhalten. Gurgelnd, schäumend, kehlig röhrend schien sie uns, und mit uns alles und jeden auf ihrem Weg verschlingen zu wollen wie ein nasses, von Unersättlichkeit getriebenes Monster.

Der Wald an den Hängen links und rechts des Tales knickte unter der Gewalt der Woge wie Präriegras unter den Rädern der Planwagen. Die Verladestation wurde zermalmt und weggeputzt wie ein Praliné von einer Frau auf Diät. Man konnte nur ahnen, was mit dem Ranchgebäude unterhalb der beiden Hügel geschah. Schaumige Gischt tobte dort und mehr war nicht zu sehen.

Wenn ich Beau Rivage nicht haben kann, dachte ich, dann soll sie keiner kriegen.

»Jetzt kriegt sie keiner«, keuchte Pancho, der mit dem Rücken zur Fahrtrichtung schuftete, und es wurde nicht ganz klar, ob er von der Ranch sprach oder der Bürgermeisterstochter, deren hellgelbes Cape noch zwei- oder dreimal an verschiedenen Punkten der walzenden Wassermasse aufgetaucht war. Ähnlich Starskis weißem Hut. Und dem einen oder anderen bedauernswerten Pferdeleib.

Und sie rollte näher, die Woge, sie holte auf. Alle pumpten die Schwengel in einem Tempo, bis wir selbst Boden auf den gestreckt galoppierenden Schecken gutzumachen begannen, und doch walzte sie näher und immer näher. Ich hätte mich mit auf die Schwengel geworfen, doch es waren nur vier und die waren bemannt und so blieb mir nur der Job des Ausgucks oder Steuermanns, ganz wie man will.

»Eine Achtelmeile noch!«, schrie ich. »Wir müssen es nur noch über die Brücke schaffen!«

Die Brücke über den Amish River. Der Weg über das Wasser. Tom-Tom hatte mich über die vielen Facetten des Verbs ›nehmen‹ aufgeklärt.

»Den Weg nehmen«, hatte er gesagt, »kann eine Menge bedeuten. Von ›wählen‹ bis ›befahren‹. Aber ›nehmen‹ kann man durchaus auch anwenden im Sinne von ›greifen‹, ›packen‹, ›wegnehmen‹«, hatte er zufrieden hinterhergeschickt.

Wird den Weg über das Wasser *weg*nehmen und den Kreis aus Eisen brechen, war da durch mein Schädelrund geechot, und das nachfolgende Gespräch mit den Herren Ingenieuren hatte erbracht, dass die einzige ihrer fünf Brücken, die tatsächlich über Wasser führte, die direkt vor uns war, die uns quer zur donnernden Schlammlawine und dann, auf der anderen Seite, in die relative Sicherheit eines kleinen Seitentals des Amish Valleys bringen sollte.

Und wir schafften es. So gerade. Haarscharf.

Wir donnerten mit zusammengebissenen Zähnen und geschlossenen Augen über die Brücke, pumpend und schwengelnd wie von Sinnen, und hatten just so eben wieder felsigen Grund unter den Schwellen, als die schwarzbraune Flut brüllend, gurgelnd, tobend und tosend hinter uns vorbeistürzte, die Brücke wie alles andere, was sie unterwegs aufgesammelt hatte, mit sich ins Verderben reißend.

Unser Jubel der Erleichterung stieg zusammen mit den schäumenden Fontänen gen Himmel.

Leiser und leiser klang das Rattern der Räder, langsamer und langsamer wurde der Hufschlag des Schecken wie der Ausschlag der Schwengel, mannhafte Tränen flossen ohne Hemmung, als wir uns gegenseitig in die Arme fielen und …

»Ich will euch ja nicht den Spaß verderben«, rief Shits, »aber werft mal rasch einen Blick nach vorne!«

Mit Funken durchsetzter Qualm quoll in rhythmischen Intervallen und enormen Mengen aus dem Schornstein von Minna, der grünen Lok, Dampf umzischte ihre Flanken, grell schrillte ihre Pfeife und hell leuchtete mir ihr einsamer Rundscheinwerfer ins Gesicht. Sie kam mit Endgeschwindigkeit die Gefällstrecke hinabgeflogen und damit direkt auf uns zu.

»Scheiße, ich hab ja gleich gesagt, wir sind in der falschen Richtung unterwegs«, schrie Pancho, was in Momenten wie diesen immer sehr hilfreich ist.

Die Räder der Lok quietschten schrill auf, als Sam in fliegender Hast die Bremsblöcke herunterschraubte, und blockierten schließlich zu beeindruckendem Funkenflug, allerdings ohne die Lok auch nur ansatzweise in ihrer Fahrt zu bremsen.

Pendelschlag auf Pendelschlag rollte die kleine, rote Draisine aus, schienengebunden und damit unfähig, dem auf sie zukreischenden Unheil noch auszuweichen.

Unbeweglich, Arme verschränkt, die hagere Miene eine Maske von Entschlossenheit, stand Deputy Mandoney vorne auf dem Kuhfänger der Lok, ein, wenn man so will, Spiegelbild meiner selbst auf der Stoßstange der Draisine.

»Springt! Springt ab!«, schrie Pancho und einer nach dem anderen flankte sich herunter vom Gefährt nach – wie ich mit Befriedigung feststellen konnte – *beiden* Seiten.

Der Kreis aus Eisen, und mit ihm sein Bann, war also tatsächlich gebrochen, meine Aufgabe erfüllt. Jetzt blieb nur noch eins zu tun. Etwas Persönliches.

Als Letzter sprang Sam ab, dann waren wir alleine unterwegs, Mandoney und ich, mit hoher Geschwindigkeit und in schnurgerader Linie aufeinander zu.

Unsere Blicke verschränkten sich ineinander wie Bohrgestänge, und wir wussten, jeder für sich, mit vollkommener Gewissheit, dass keiner von uns beiden auch nur blinzeln würde, bis wir schließlich, Arme verschränkt, Kinn runter, Stirn voran, kollidieren mussten.

Mit einem Knall.

ENDE

»It's ten miles to Laredo
And a hundred to Hell
And I know a shortcut
But I ain't gonna tell.«

Cliff Barnes And The Fear Of Winning
›Bound for Glory‹

Mit einem Knall flog die Türe auf und schwang bis gegen die Wand. Ich war, aller Schmerzen zum Trotz, auf vieles vorbereitet, doch nicht auf das: Im Türrahmen stand ein Stier. Ein Stier in weißem Kittel. Kinn wie ein Stier, Stirn wie ein Stier, Nacken wie ein Stier, Arme …

»Kasper«, stellte er sich vor, »und machen Sie ruhig Ihre Witze.«

Das war nett gesagt, doch irgendwas in seinem Tonfall, von der Statur und ihrer Haltung mal ganz zu schweigen, ließ einem das Tri-Tra-Trullala von ganz alleine im Hals stecken bleiben.

»Ich«, sagte Kasper mit unerklärlicher Befriedigung, »bin ab sofort Ihr persönlicher Physiotherapeut.«

Er ließ seine Fingerknöchel knacken, trat nah ans Bett, sah auf mich herunter, und urplötzlich wusste ich, wie sich ein Schwein fühlt, das seinem Schlachter gegenübersteht.

»Biker, was?«, fragte Kasper im gleichen Tonfall äußerster Zufriedenheit. »'ne Sorte«, meinte er, ohne eine Antwort abzuwarten, und griff nach meinem rechten Arm, »mit der ich *null* Mitleid habe.«

Prüfend beugte er den Arm am Ellenbogen, und ich machte Geräusche dazu, die nahe legten, dass dieser Vorgang äußerst schmerzhaft war. Kasper reagierte nicht, sondern blickte versonnen aus dem Fenster, prüfte die Beweglichkeit meines Schultergelenks zu ähnlichen Lautäußerungen von meiner Seite.

»Sind Sie das nicht, der den inoffiziellen innerstädtischen Bolteroper Geschwindigkeitsrekord hält?«, fragte er träumerisch und begann meine Muskulatur zu kneten.

Man stelle einen Fuß in viel zu heißes Badewasser und lausche sich selbst, und man hat einen Eindruck davon, wie ich, akustisch, auf dieses Kneten reagierte.

»Hundertdreiundfünfzig Sachen«, meinte Kasper verträumt. »Vor der Polizeiwache, und noch über 'ne rote Ampel dabei, oder?« Jetzt sah er auf mich herunter, und der Ausdruck seiner Augen war so hart wie der Griff seiner Finger, die weiterhin kneteten und kneteten. Als ob sie etwas suchten. Einen Punkt, einen ganz bestimmten Punkt ...

Ich begann mich vorsichtig zu fragen, wie er an diese ganzen Fakten gekommen sein mochte. Mit meiner Einlieferung hier hatten sie nichts, aber auch gar nichts zu tun.

Da dämmerte mir etwas. Etwas Entsetzliches.

»Erinnern Sie sich noch an den Volvo, den Sie bei erwähnter Gelegenheit in eine Reihe parkender Wagen gedrängt haben?«, fragte Kasper und jetzt wusste ich, welchen Punkt seine Finger suchten. Es war der Punkt, an dem es ganz besonders wehtut.

Der Einwand, dass der Volvo-Fahrer ja betrunken gewesen war, bot sich hier an und wurde, geradezu hastig, wieder verworfen.

»Der Volvo-Fahrer«, meinte Kasper in verträumtem Tonfall, doch mit starrem Blick, und seine Finger suchten und suchten, »der Volvo-Fahrer, das war nämlich ...«

Und sie fanden.

»... ich.«

»Da bist du ja endlich! Wir warten schon eine Ewigkeit auf dich!«

Ich stieg vom Schecken und direkt hinunter in Mama Escuzitos Arme. Die Wucht ihres Parfüms ließ meinen Hut davonsegeln wie einen Kinderdrachen.

»Sieh nur!«, forderte sie. Und ich sah – kurz – Panchos Destille, hinten auf einem Planwagen, sah – kurz – Knuckle, Shovel, Flat, sah Elektra und Virago, alle bepackt, reisefertig, sah den Doc, Bro Ho, Shits, sah – kurz – Pancho, der Strohballen rings um seine kostbare Apparatur packte. Alle wirkten aufgekratzt, voller Energie und Erwartung.

»Sie haben Oklahoma zur Besiedlung freigegeben!«, rief Shits mit einem Haufen Holzpflöcke unter einem Arm und einem dicken Hammer auf der Schulter. »Wenn wir uns beeilen, sind wir unter den Ersten. Wir stecken einen Claim ab und gründen eine eigene Stadt!«

Wie schön, dachte ich – kurz. Mit eigener Sargtischlerei, eigenem Friedhof, eigener Arztpraxis, die beide gut im Geschäft halten sollte, eigenem Saloon und …

»Doch sieh nur«, forderte Mama Escuzito und zog mich am Ärmel mit sich mit. »Sieh nur, wer sich uns angeschlossen hat!«

Sie führte mich zu einem Planwagen, wie ich ihn noch nie gesehen hatte. Er war in sanften Farben lackiert, bis hinunter zu den Speichen seiner Räder, die gewölbte Plane schien aus Samt zu bestehen, und da waren Blumen und Girlanden überall, und wohin man auch blickte, all das atmete: reine Weiblichkeit.

»Es ist eine Gruppe französischer Tänzerinnen«, frohlockte Mama Escuzito.

Ich erklomm eine Stufe, tastete nach Halt und bekam einen Fuß zu fassen.

»Okay«, fuhr sie halblaut fort, »die Mädels kommen jetzt nicht direkt *alle* aus Frankreich, aber der Tanz, den sie aufführen …«

Ich zog an dem Fuß und hielt, wenn man so will, einen Indianer in Händen. Einen eulenäugigen Indianer mit schiefem Grinsen und der Hose auf halbmast. Wir tauschten einen Blick und Toller Hund erinnerte sich dringender Erledigungen anderswo.

Ich schlug die Plane beiseite und war mit einem Satz im Inneren des Wagens.

Es war ein einziger Diwan. Und das Hallo zu meiner Begrüßung, es hätte nicht offener, nicht wärmer, nicht freundlicher, nicht einladender sein können.

Sie waren zu siebt, und sie hatten alles, einfach alles an Farben und an Formen, das man sich nur vorstellen konnte.

Wie von allein sank ich in ihre Mitte, atmete ihren Duft und lauschte einer Musik, wie ich sie noch nie geh…

Okay, machen wir's kurz: Es war eine Musik, wie niemand sie jemals hören sollte. Und sie dauerte auch nur so lange, bis ich mich vom Planwagen geschwungen, Pancho vom Pferd gezerrt, ihm seine Gitarre abgenommen und schwungvoll über den Schädel gezimmert hatte.

Dann war ich zurück, jemand hatte ein Bad für mich vorbereitet, ein Glas schäumenden Weins fand seinen Weg in meine Hand, viele, viele zarte Finger begannen, all die Schnüre und all die vielen Knöpfe zu lösen, die meine Kleidung zusammenhielten, sanftes, weiches Haar strich über meine Haut, sanfte, weiche Stimmen schmeichelten meinen Ohren, vorsichtig ruckte der Wagen an und wir waren unterwegs.

»Wie lange brauchen wir eigentlich bis Oklahoma?«, fragte ich, die Augen halb geschlossen.

»Ungefähr vier Wochen?«, schätzte jemand ganz dicht an meiner Seite.

»Bisschen kurz«, fand ich. Und schnüffelte, irritiert. »Irgendwas riecht hier scharf.«

»Riechsalz«, meinte Kasper zufrieden. »Die alten Rezepte sind doch immer noch die wirkungsvollsten. Nun, wo waren wir stehen geblieben? Ah ja. Also, der Volvo-Fahrer, das war ich. Und nun beantworten Sie mir bitte eine Frage: Auf einer Skala von eins bis tausend, was würden Sie sagen, wie weh tut *das?*«

Oklahoma, dachte ich, here I come.

»When a man saddles up and starts makin' tracks,
ain't no way of knowin' if he's comin' back.«

Webb Wilder
›Carryin' The News To Mary‹

»Ein geniales, ein teuflisches Debüt, das alle unsere gängigen Moralvorstellungen in Frage stellt.« Val McDermid

An einem schönen Frühlingsabend zieht der Krimiautor Andrew Thomas ein anonymes Schreiben aus seinem Briefkasten: Auf seinem Grundstück sei die Leiche einer seit kurzem vermissten jungen Frau begraben, mit einem von Andrews Küchenmessern ermordet und mit seinem Blut befleckt. In der Jeans der Leiche werde er eine Telefonnummer finden, die er anrufen solle. Ansonsten bekomme die Polizei einen Tipp, wo die Mordwaffe zu finden sei. Ein Scherz, denkt Andrew zunächst. Doch er täuscht sich ...

Blake Crouch

Bruderherz

Thriller

Deutsche Erstausgabe

ULLSTEIN TASCHENBUCH